传世励志经典

生当常怀四海心

顾炎武励志文选

顾炎武 著
孙晓春 编

中华工商联合出版社

古往今来，所有的成功者，他们的人生和他们所激赏的人生，不外是：有志者，事竟成。励志并非粘贴在生命上的标签，而是融汇于人生中一点一滴的气蕴，最后成长为人的格调和气质，成就人生的梦想。无论从事哪一行，有志不论年少，无志枉活百岁。

图书在版编目（CIP）数据

生当常怀四海心：顾炎武励志文选 / 顾炎武著；孙晓春编. --北京：中华工商联合出版社，2015.6

ISBN 978-7-5158-1322-6

Ⅰ. ①生… Ⅱ. ①顾… ②孙… Ⅲ. ①古典散文一散文集一中国一清代 Ⅳ. ①I264.9

中国版本图书馆 CIP 数据核字（2015）第 108299 号

生当常怀四海心

——顾炎武励志文选

作　　者：顾炎武
编　　者：孙晓春
出 品 人：徐　潜
策划编辑：魏鸿鸣
责任编辑：徐　涛
封面设计：周　源
营销总监：曹　庆
营销推广：万春生
责任审读：李　征
责任印制：迈致红
出版发行：中华工商联合出版社有限责任公司
印　　刷：天津兴湘印务有限公司
版　　次：2015 年 6 月第 1 版
印　　次：2022 年 1 月第 4 次印刷
开　　本：710mm×1020mm　1/16
字　　数：200 千字
印　　张：20.25
书　　号：978-7-5158-1322-6
定　　价：38.00 元

服务热线：010－58301130
销售热线：010－58302813
地址邮编：北京市西城区西环广场 A 座 19－20 层，100044
http://www.chgslcbs.cn
E-mail：cicap1202@sina.com（营销中心）
E-mail：gslzbs@sina.com（总编室）

序

为了给《传世励志经典》写几句话，我翻阅了手边几种常见的古今中外圣贤大师关于人生的书，大致统计了一下，励志类的比例，确为首屈一指。其实古往今来，所有的成功者，他们的人生和他们所激赏的人生，不外是：有志者，事竟成。

励志是动宾结构的词，励是磨砺，志是志向，放在一起就是磨砺志向。所以说，励志不是简单的立志，是要像把刀放在石头上磨才能锋利一样，这个磨砺，也不是轻而易举地摩擦一下，而是要下力气的，对刀来说，不仅要把自身的锈磨掉，还要把多余的部分都要毫不留情地磨掉，这简直是一场磨难。所有绚丽的人生都是用艰难磨砺成的，砥砺生命放光华。可见，励志至少有三层意思：

一是立志。国人都崇拜的一本书叫《易经》，那里面有一句话说：天行健，君子以自强不息。这是一种天人合一的理念，它揭示了自然界和人类发展演化的基本规律，所以一切圣贤伟人无不遵循此道。当然，这里还有一个立什么样的志的问题，孔子说：士不可以不弘毅，任重而道远。古往今来，凡志士仁人立的都是天下家国之志。李白说：大丈夫必有四方之志，白居易有诗曰：丈夫贵兼济，岂独善一身，讲的都是这个道理。

二是励志。有了志向不一定就能成事，《礼记》里说：玉不琢，不成器。因为从理想到现实还有很大的距离。志向须在现实的困境中反复历练，不断考验才能变得坚韧弘毅，才能一步一个脚印地逐步实现。所以拿破仑说：真正之才智乃刚毅之志向。孟子则把天将降大任于斯人描述得如此艰难困苦。我们看看历代圣贤，从世界三大宗教的创始人耶稣、穆罕默德、释迦牟尼到孔夫子、司马迁、孙中山，直至各行各业的精英，哪一个不是历经磨难终成大业，哪一个不是砥砺生命放射出人生的光芒。

三是守志。无论立志还是励志都不是一朝一夕、一蹴而就的，它贯穿了人的一生，无论生命之火是绚丽还是暗淡，都将到它熄灭的最后一刻。所以真正的有志者，一方面存矢志不渝之德，另一方面有不为穷变节、不为贱易志之气。像孟子说的那样：富贵不能淫、贫贱不能移、威武不能屈。明代有位首辅大臣叫刘吉，他说过：有志者立长志，无志者常立志，这话是很有道理的。

话说回来，励志并非粘贴在生命上的标签，而是融汇于人生中一点一滴的气蕴，最后成长为人的格调和气质，成就人生的梦想。不管你做哪一行，有志不论年少，无志空活百年。

这套《传世励志经典》共收辑了100部图书，包括传记、文集、选辑。为励志者满足心灵的渴望，有的像心灵鸡汤，营养而鲜美；有的就是萝卜白菜或粗茶淡饭，却是生命之必需。无论直接或间接，先贤们的追求和感悟，一定会给我们带来生命的惊喜。

徐　潜

前　言

他被称为清朝的“开国儒师”、“清学开山”之始祖；他曾行万里路，读万卷书，写就了《日知录》等五十余部著作；他提出“天下兴亡，匹夫有责”的响亮口号，激励着一代又一代的爱国志士奋发向上；他以朴实归纳的考据方法和全新的探索精神，开创了朴学风气的先路，扭转了晚明的空疏学风，对清代学者影响极为深远。

他，便是顾炎武。

顾炎武（1613～1682 年），原名绛，字忠清，江苏昆山人，明末清初杰出的思想家、史学家，爱国学者。明亡后，改名炎武。因故居旁有亭林湖，遂被后世学者尊为“亭林先生”。

顾炎武一生著作颇丰，学问广博，在金石、地理、音律等方面均有建树。他以“明学术，正人心，拨乱世，以兴太平之事”为宗旨治学，对空谈进行了强烈的批判，反对辞章的雕琢伪饰，强调学问要修诸身心而达于政事，提倡走出书斋，在实践中让知识得到升华。他品行高洁，与王夫子、黄宗羲被合称为“清初三大儒”。

梁启超对顾炎武极为推崇，说“他不仅是经师，而且是人师”，在学术史上更是“能历久而常新者，不徒在其学问之渊粹，而尤在其人格之崇峻”。诚然，顾炎武的品格和追求，永远值得学习，其脚踏实地的学术精神也值得借鉴，以便将灿烂的中华学术发扬光大。

目 录

《日知录校释》以上海古籍出版社 2013 年 10 月第 1 版为底校稿；本选参考《顾亭林诗文集》（中华书局，1983 年 5 月第 2 版）；《论语》、《孟子》标点采用杨伯峻先生句读标点校对；《礼记》采用上海古籍出版社《礼记正义》版本校对；《尚书》采用曾运乾《尚书正读》华东师范大学出版社版本校对；《四书章句集注》、《诗经》、《史记》、《左传》等采用中华书局版本校对。本选参考张兵译注《顾炎武文选》（苏州大学出版社，2001 年 9 月第 1 版），李永祜、郭成韬译注《顾炎武诗文选注》（凤凰出版社，2011 年 5 月第 1 版）等著作。

郡县论一

【题解】

《郡县论》是顾炎武反思中国传统政治制度的名篇，体现了作者关心家国天下的情怀。郡县制与封建制的优劣比较是中国传统政治思想的重要议题，贾谊《治安策》、柳宗元《封建论》等均对此问题展开论述。顾炎武作为明末儒生，既明晓封建之弊端，又深知郡县之专失；此文以历史的角度既分析了郡县制度代替封建制度的必然性，又分析了郡县制度发展到明末的必然结果——民生日贫、中国日弱。顾炎武给出的"寓封建之意于郡县之中"的对策是顾氏所能想到的最好的答案，体现了作者经世致用的治学精神。但顾氏忽视了一个可能的结果，这种主观的制度设计也可能将郡县制的弊端与封建制的弊端结合，引起更为糟糕的结果。本文为顾炎武所作《郡县论一》。

【选文】

知封建[①]之所以变而为郡县[②]，则知郡县之敝[③]而将复变。然则将复变而为封建乎？曰，不能，有圣人[④]起，寓封建之意于郡县之中，而天下治矣。

盖自汉以下之人，莫不谓秦以孤立而亡。不知秦之亡，不封建亡，封建亦亡；而封建之废，固自周衰之日而不自于秦也。封建之废，非一日之故也，虽圣人起，亦将变而为郡县。方今郡县之敝已极，而无圣人出焉，尚一一仍[⑤]其故事，此民生之所以日贫，中国之所以日弱而益趋于乱也。

何则？封建之失，其专[⑥]在下；郡县之失，其专在上。古之圣人，以公心待天下之人，胙[⑦]之土而分之国；今之君人者，尽四海之内为我郡县犹不足也，人人而疑之，事事而制之，科条文簿[⑧]日多于一日，而又设之监司[⑨]，设之督抚[⑩]，以为如此，守令不得以残害其民矣。不知有司之官，凛凛焉救过之不给[⑪]，以得代为幸[⑫]，而无肯为其民兴一日之利者，民乌得而不穷，国乌得而不弱？

率[⑬]此不变，虽千百年，而吾知其与乱同事，日甚一日者矣。然则尊令长之秩[⑭]，而予之以生财治人之权，罢监司之任，设世官[⑮]之奖，行辟属[⑯]之法，所谓寓封建之意于郡县之中，而二千年以来之敝可以复振[⑰]。后之君苟欲厚民生，强国势，则必用吾言矣。(《亭林文集·卷之一》)

【注释】

①封建：封邦建国，君王把爵位、土地分赐宗族或功臣，使之在各地建立邦国、护卫君王。相传黄帝为封建之始，至西周制度健全，春秋战国时损毁，秦废封建制。②郡县：郡和县的并称，两级行政级别划分方法；周代末期形成，秦实行郡县制，汉后郡县制与分封制并行，后形成省、府、县三级行政级别。③敝：衰败。④圣人：圣君。⑤仍：因袭。⑥专：专制、专权。⑦胙：音 zuò，赏赐。⑧科条：法令条文。文簿，文册簿籍。

⑨监司：监察辖区官吏的官员。⑩督抚：总督和巡抚，地方行政长官。⑪凛凛：恐惧。救过之不给：补救过失都来不及。⑫得代：可得继任。幸：幸运。⑬率：循。⑭令长：秦汉时治万户以上县者为令，不足万户者为长，令长泛指县令。秩：级别。⑮世官：世代承袭的官职。⑯辟属：征聘、委任属吏。⑰振：古同“赈”，救济。

郡县论五

【题解】

公私关系是政治哲学的核心命题之一，合理协调公利与私利之间的关系是政治制度和政治家直面的现实问题。传统政治思想家多主张牺牲私利以保全公利，顾炎武则认为“天下之人各怀其家，各私其子，其常情也”，承认私利存在的自然性，并以此作为政治治理的理论基础。顾炎武的公私观固然有其弊端，比如政治权力自然属“公”，不可能被君王或官员私有，但其承认合理私利的存在，并以此作为政治制度设计和政治生活实践的基础，仍然值得我们重视。

【选文】

天下之人各怀[①]其家，各私其子，其常情也。为天子为百姓之心，必不如其自为[②]，此在三代以上已然[③]矣。圣人者因[④]而用之，用天下之私，以成一人之公而天下治。夫使县令得私其百里之地，则县之人民皆其子姓[⑤]，县之土地皆其田畴[⑥]，县之城郭皆其藩垣[⑦]，县之仓廪皆其囷窌[⑧]。为子姓，则必爱之而勿伤；

为田畴，则必治之而勿弃；为藩垣囷窌，则必缮之而勿损。自令言之，私也，自天子言之，所求乎治天下者，如是焉止矣。一旦有不虞[9]之变，必不如刘渊、石勒、王仙芝、黄巢[10]之辈，横行千里，如入无人之境也。于是有效死[11]勿去之守，于是有合从缔交[12]之拒，非为天子也，为其私也。为其私，所以为天子也。故天下之私，天子之公也。公则说，信则人任焉[13]。此三代之治可以庶几[14]，而况乎汉、唐之盛，不难致也。（《亭林文集·卷之一》）

【注释】

①怀：关怀。②自为：为自己。③三代：指古代夏、商、周三个朝代。以上：以前。已然：已经如此。④圣人：品德高尚、智慧高超之人。因：顺应。⑤子姓：子孙。⑥田畴：田地、封地。⑦城郭：城墙。藩垣：藩篱、垣墙。⑧仓廪：贮藏米谷的仓库。囷窌：音 qūn jiào，谷仓与地窖。⑨不虞：意料不到。⑩刘渊：字元海，匈奴人，十六国时期汉赵建立者。石勒：字世龙，羯族，十六国时期后赵建立者。王仙芝、黄巢：唐末农民起义首领。⑪效死：舍命。⑫合从：亦作“合纵”，联合。缔交：结盟。⑬“公则说，信则人任焉”：语出自《论语·尧曰》，“宽则得众，信则民任焉，敏则有功，公则说。”公，公平。⑭庶几：或许可以、抱有希望。

郡县论七

【题解】

本文是顾炎武《郡县论》第七篇，在这篇文论中，顾炎武进一步反思了秦以来实行的郡县制的诸多弊害，集中体现了顾炎武的社会批判精神。顾炎武认为，秦汉以后，专制权力日益强固，政治权力可以调配经济资源，但不受制约的政治权力对经济活动的干预往往没有遵循经济规律，反而破坏正常的经济活动，对国家和百姓百害而无利。顾炎武此文针对郡县制“专在上”之弊端，要求给予地方一定程度的经济自由权利。不过，顾炎武把秦以后专制政治的弊端完全归咎于郡县制却有些偏颇。

【选文】

法之敝也，莫甚乎以东州之饷[①]，而给西边之兵，以南郡之粮，而济北方之驿[②]。今则一切归于其县，量其冲僻[③]，衡其繁简，使一县之用，常宽然有余。又留一县之官之禄，亦必使之溢于常数，而其余者然后定为解京[④]之类。其先必则[⑤]壤定赋，取田之上中下，列为三等或五等，其所入悉委[⑥]县令收之。

其解京曰贡、曰赋：其非时[7]之办，则于额赋[8]支销，若尽一县之入用之而犹不足，然后以他县之赋益[9]之，名为协济。此则天子之财，不可以为常额。然而行此十年，必无尽一县之入用之而犹不足者也。(《亭林文集·卷之一》)

【注释】

①饷：粮饷、军粮。②驿：驿站。③冲僻：冲要或偏僻。④解京：解送京城。⑤则：划定等级。⑥悉：全。委：委托。⑦非时：时常。⑧额赋：定额赋税。⑨益：增加。

天下安治在于人民乐业

【题解】

此文是顾炎武《郡县论》的第三篇，目的在于解决官员行使政治权力的问题。开篇即问何谓官员称职，作者立意明确，回答平实，从经济、教化、军事等方面设定了官员称职的标准，平实的语句体现着作者对政治权力性质及目的的独特思考。此外，顾炎武对官僚制度中的用人方式提出了质疑，并针对性地要求给予官员一定程度的自由和信任。

【选文】

何谓称职？曰：土地辟[①]，田野治[②]，树木蕃[③]，沟洫修[④]，城郭固，仓廪实，学校兴，盗贼屏[⑤]，戎器完[⑥]，而其大者则人民乐业而已。

夫养民者，如人家之畜五牸[⑦]然：司马牛者一人，司刍豆[⑧]者复一人，又使纪纲[⑨]之仆监之，升斗[⑩]之计必闻之于其主人，而马牛之瘠[⑪]也日甚。

吾则不然。择一圉人[⑫]之勤干者，委之以马牛，给之以牧地，使其所出常浮[13]于所养，而视其肥息者赏之，否则挞[14]之。然则其为主人者，必乌氏[15]也，必桥姚[16]也。故天下之患，一圉人之足办，而为是纷纷者也。不信其圉人，而用其监仆，甚者并监仆又不信焉，而主人之耳目乱矣。于是爱马牛之心，常不胜其吝刍粟[17]之计，而畜产耗矣。故马以一圉人而肥，民以一令[18]而乐。（《亭林文集·卷之一》）

【注释】

①辟：开垦。②治：整理。③蕃：音 fán，茂盛。④沟洫：沟渠、农田水利。修：整修。⑤屏：摒除。⑥完：完备。⑦畜：音 xù，饲养，五牸：音 zì，指牛、马、猪、羊、驴五种母畜。⑧刍豆：牛马饲料。⑨纪纲：管理。⑩升斗：少量米粮。⑪瘠：瘦。⑫圉（音 yǔ）人：官职名，掌养马放牧，泛称养马之人。⑬浮：超过。⑭挞：鞭打。⑮乌氏：乌氏倮，名倮，秦国乌氏族人，善养牛马，参见《史记·货殖列传》。⑯桥姚：姓桥名姚，善养牛马，参见《史记·货殖列传》。⑰刍粟：粮草。⑱令：县令。

天下之患在于贫

【题解】

本文是顾炎武所作《郡县论》第六篇，文中集中表达顾炎武的富民思想，文章首先强调富民的意义，继而详细介绍节用富民的具体措施，最后预测达到“利尽山泽而不取诸民”的结果，前后呼应、结构清晰。文章体现出顾炎武反思造成明末国弱民贫的原因在于政治权力过度干预经济，假如政治权力对经济活动的干预“十减六七”，或可财富“不可胜用”，“不可悉数”。然而我们当思考海瑞所问，“汉魏桓谓宫女千数，其可损乎？厩马万匹，其可减乎？”本文借民贫的经济现象反思郡县制的“专失”，隐含政治改革的诉求。

【选文】

今天下之患，莫大乎贫。用吾之说，则五年而小康，十年而大富。

且以马言之：天下驿递[①]往来，以及州县上计京师[②]，白事司府[③]，迎候上官，递送文书，及庶人在官所用之马，一岁无虑[④]百万匹，其行无虑万万里。今则十减六七，而西北之马骡不可胜用矣。以文册言之：一事必报数衙门，往复驳勘[⑤]必数次，以及迎候、生辰、拜贺之用，其纸料之费率诸民者，岁不下巨万。今则十减七八，而东南之竹箭[⑥]不可胜用矣。他物之称是者，不可悉数。

且使为令者得以省耕敛[⑦]，教树畜[⑧]，而田功[⑨]之获，果蓏[⑩]之收，六畜之孳[⑪]，材木之茂，五年之中必当倍益。从是而山泽之利亦可开也。夫采矿之役，自元以前，岁以为常，先朝所以闭之而不发者，以其召[⑫]乱也。譬之有窖金焉，发于五达之衢[⑬]，则市人聚而争之；发于堂室之内，则唯主人有之，门外者不得而争也。今有矿焉，天子开之，是发金于五达之衢也；县令开之，是发金于堂室之内也。利尽山泽而不取诸民，故曰此富国之筴[⑭]也。（《亭林文集·卷之一》）

【注释】

①驿递：驿站。②上计：秦汉时地方长官年终将境内户口、赋税、盗贼、狱讼等项编造计簿，遣吏逐级上报，奏呈朝廷。京师：京城。③白事：陈说、禀告公务。司府：官府。④无虑：大概。⑤驳勘：驳回原判、重新审查。⑥竹箭：细竹。⑦耕敛：耕种与收获。⑧树畜：栽种与畜牧。⑨田功：农事。⑩果蓏：瓜果。⑪六畜：猪、牛、羊、马、鸡、狗六种禽畜，泛指牲畜。孳：繁殖。⑫召：招致。⑬五达之衢：通衢。⑭筴：同“策”，方法。

为士何必营求功名

【题解】

本文为顾炎武《郡县论》第九篇。文中集中讨论了科举制度的利弊。科举取士制度是中国传统政治制度中的重要组成部分，对选拔人才与维系政治统治有着不可估量的作用。顾炎武《生员论》反思了科举制度的种种弊端，本文中给出纠治科举取士弊端的对策，“略用古人乡举里选之意”。顾炎武深知科举取士制度是为纠治汉代“察举制”、“举孝廉”与魏晋“九品中正制”选官制度的弊端而设，但苦于没有思想资源，而只能在历史中的制度作选择，进与退之间凸显着明末知识人的无奈与辛酸。此外，本文批评了文人“竞于功名”的心态，并以颜渊、闵子、漆雕开、曾皙等人为例，启示士子未必“必于功名”。顾炎武对待功名的态度仍然值得当前读书人反思。

【选文】

取士之制，其荐①之也，略用古人乡举里选②之意；其试之也，略用唐人身言书判③之法。县举贤能之士，间岁④一人试于部[5]。上者为郎[6]，无定员[7]，郎之高第得出而补令[8]；次者为丞[9]，于其近郡用之；又次者归其本县，署为簿尉之属[10]。而学校之设，听令与其邑之士自聘之，谓之师不谓之官，不隶名于吏部。而在京，则公卿以上仿汉人三府辟召[11]之法，参而用之。

夫天下之士，有道德而不愿仕者，则为人师；有学术才能而思自见于世者，其县令得而举之，三府得而辟之，其亦可以无失士矣。或曰：间岁一人，功名之路无乃狭乎？化[12]天下之士使之不竞于功名，王治[13]之大者也。且颜渊不仕[14]，闵子辞官[15]，漆雕未能[16]，曾皙异撰[17]，亦何必于功名哉！（《亭林文集·卷之一》）

【注释】

①荐：举荐。②乡举里选：从乡里中举荐人才的方式。③身言书判：唐代士子通过科举考试后，参与吏部主持的考试，考试通过后授官职。④间岁：隔年。⑤部：官府。⑥上者：成绩优秀者。郎：官职名，帝王侍从。⑦定员：定额。⑧高第：考绩优等。补：选员补充缺位官职。令：县令。⑨丞：佐官，副职。⑩署：委任。簿尉：主簿和县尉。属：类。⑪三府：太尉、司徒、司空府衙。辟召：征召。⑫化：教化、感化。⑬王治：王道之治。⑭颜渊不仕：《庄子·让王》载："孔子谓颜回曰：'回，来！家贫居卑，胡不仕乎？'颜回对曰：'不愿仕。'"⑮闵子：名损，字子骞，孔子门人。闵子辞官，《论语·雍也》载："季氏使闵子骞为费宰。闵子骞曰：'善为我辞焉！如有复我者，则吾必在汶上矣。'"⑯漆雕：漆雕开，字子开，又字子若，孔子门人。漆雕未能，《论语·公冶长》载："子使漆雕开仕。对曰：'吾斯之未能信。'子说。"信，信心。⑰曾点：字皙，曾子之父，孔子门人。曾皙异撰，出自《论语·先进》，"（曾点）对曰：'异乎三子者之撰。'"

生员论上

【题解】

《生员论》是顾炎武集中剖析科举取士制度的三篇文章。上篇开篇即问设置生员的目的，进而分析明末生员有没有实现此一目的。作者从生员的种种作为中分析生员不仅没有实现与君主共治天下的目的，反而成为国家的病患。作者因此提出罢一切生员，别为其制，课之以当世之务，消除生员特权，以达到求立国治民的目的。顾炎武的文章大都体现出经世致用的现实主义精神，本文中我们既可以看出顾氏的忧世精神，也可以看出“当今之世，舍我其谁”的担当。

【选文】

国家之所以设生员①者何哉？盖以收天下之才俊②子弟，养之于庠序③之中，使之成德达材，明先王之道，通当世之务，出为公卿大夫，与天子分猷④共治者也。

今则不然，合天下之生员，县以三百计，不下五十万人，而所以教之者，仅场屋之文⑤。然求其成文者，数十人不得一，通经[6]知古今，可为天子用者，数千人不得一也。而嚚讼逋顽[7]，以病[8]有司者，比比而是。上之人以是益厌之，而其待之也日益轻，为之条约[9]也日益苛。

然以此益厌益轻益苛之生员，而下之人犹日夜奔走之如骛[10]，竭其力而后止者何也？一得为此，则免于编氓[11]之役，不受侵于里胥[12]；齿于衣冠[13]，得于礼见官长，而无笞、捶[14]之辱。故今之愿为生员者，非必其慕功名也，保身家而已。以十分之七计，而保身家之生员，殆有三十五万人，此与设科之初意悖[15]，而非国家之益也。人之情孰不为其身家者？故日夜求之，或至行关节[16]，触法抵罪而不止者，其势[17]然也。今之生员，以关节得者十且七八矣，而又有武生、奉祀生之属[18]，无不以钱鬻[19]之。夫关节，朝廷之所必诛，而身家之情，先王所弗能禁，故以今日之法，虽尧、舜复生，能去在朝之四凶[20]，而不能息天下之关节也。

然则如之何？请一切罢之，而别为其制。必选夫五经[21]兼通者而后充之，又课之以二十一史与当世之务而后升之。仍分为秀才、明经二科[22]，而养之于学者，不得过二十人之数，无则阙[23]之。为之师者，州县以礼聘焉，勿令部选。如此而国有实用之人，邑有通经之士，其人材必盛于今日也。然则一乡之中，其粗能自立之家，必有十焉，一县之中，必有百焉。皆不得生员以芘[24]其家，而同于编氓，以受里胥之凌暴，官长之笞捶，岂王者保息斯人之意乎？则有秦汉赐爵之法，其初以赏军功，而其后或以恩赐，或以劳赐，或普赐，或特赐[25]，而高帝[26]之诏有曰：“今吾于爵，非轻也。其令吏善遇高爵，称吾意。”至惠帝[27]之世，而民得买爵[28]。夫使爵之重得与有司为礼，而复[29]其户勿事，则人将趋之。开彼则可以塞此，即入粟拜爵，其名尚公[30]，非若鬻诸生以乱学校者之为害也。

夫立功名与保身家，二涂[31]也；收俊乂[32]与恤平人，二术也；并行而不相悖也，一之则敝矣。夫人主与此不通今古之五十万人共此天下，其芘身家而免笞捶者且三十五万焉，而欲求公卿大夫之材于其中，以立国而治民，是缘木而求鱼[33]也。以守则必危，以战则必败矣。（《亭林文集·卷之一》）

【注释】

①生员：通过童子试，入学县、州、府学者，俗称“秀才”。②才俊：才能卓越之人。③庠序：泛指学校。殷代称庠：周代称序。④猷：音 yóu，谋划。⑤场屋：科场，科举考试之地，代指科举考试。场屋之文：科举应试之文。⑥通经：通晓儒家经学。⑦嚚：音 yín，愚蠢顽固。讼：争。逋：音 bū，拖欠债税。顽：愚钝。⑧病：批评、怨恨。⑨条约：法令条文。⑩骛：奔跑。⑪编氓：编入户籍的平民。⑫里胥：里长。⑬齿：并列。衣冠：缙绅。⑭笞捶：亦作“笞棰”，鞭棍抽打。⑮设科：确定取士科目。悖：违背。⑯关节：行贿。⑰势：形势。⑱武生：武秀才。奉祀生：供奉祭祀之官。属：类。⑲鬻：买。⑳四凶：古传尧舜时期浑敦、穷奇、梼杌、饕餮四人。㉑五经：《五经》指儒家的五部经典著作，即《周易》、《尚书》、《诗经》、《礼记》、《春秋》。㉒秀才、明经：取士科目。㉓阙：空缺。㉔芘：庇护。㉕劳赐：慰劳赏赐。特赐：特别赏赐。㉖高祖：汉高祖，刘邦，汉代创建者。㉗惠帝：汉惠帝，刘盈，公元前 194～前 188 年在位。㉘买爵：购买爵位。㉙复：免除赋税徭役。㉚尚公：尚且公允。㉛涂：同“途”，道路、方法。㉜俊乂：才德出众之人。㉝缘木求鱼：爬树找鱼，指劳而无功。

生员论中

【题解】

中篇承接上篇分析“请一切罢之”的四种结果：政治清明、百姓困苏、门户习除与用世材出。中篇采用总分结构，结构清晰，有理有据，逻辑严密。

【选文】

废天下之生员而官府之政清[①]，废天下之生员而百姓之困苏[②]，废天下之生员而门户[③]之习除，废天下之生员而用世[④]之材出。

今天下之出入公门[⑤]以挠[⑥]官府之政者，生员也；倚势以武断[⑦]于乡里者，生员也；与胥史[⑧]为缘[⑨]，甚有身自为胥史者，生员也；官府一拂[⑩]其意，则羣[⑪]起而閧[⑫]者，生员也；把持[⑬]官府之阴事[⑭]，而与之为市者，生员也。前者噪[⑮]，后者和[⑯]；前者奔，后者随；上之人欲治之而不可治也，欲锄[⑰]之而不可锄也，小有所加[⑱]，则曰是杀士也，坑儒也。百年以来，以此为大患，而一二识治体能言之士，又皆身出于生员，而不敢显言其弊，故不能旷然[⑲]一举而除之也。故曰废天下之生员而官府之政清也。

天下之病民者有三：曰乡宦[20]，曰生员，曰吏胥。是三者，法皆得以复[21]其户，而无杂泛之差[22]，于是杂泛之差，乃尽归于小民[23]。今之大县至有生员千人以上者，比比[24]也。且如[25]一县之地有十万顷，而生员之地五万，则民以五万而当十万之差矣；一县之地有十万顷，而生员之地九万，则民以一万而当十万之差矣。民地愈少，则诡寄[26]愈多，诡寄愈多，则民地愈少，而生员愈重。富者行关节以求为生员，而贫者相率[27]而逃且死，故生员之于其邑人无秋毫[28]之益，而有丘山之累[29]。然而一切考试科举之费，犹皆派取之[30]民，故病民之尤[31]者，生员也。故曰：废天下之生员，而百姓之困苏也。

天下之患，莫大乎聚五方不相识之人，而教之使为朋党。生员之在天下，近或数百千里，远或万里，语言不同，姓名不通，而一登科第[32]，则有所谓主考官者，谓之座师[33]：有所谓同考官者，谓之房师[34]；同榜之士，谓之同年[35]；同年之子，谓之年侄；座师、房师之子，谓之世兄；座师、房师之谓我，谓之门生；而门生之所取中者，谓之门孙；门孙之谓其师之师谓之太老师；朋比胶固[36]，牢不可解。书牍交于[37]道路，请托徧于官曹[38]，其小者足以蠹政[39]害民，而其大者，至于立党倾轧[40]，取人主[41]太阿之柄[42]而颠倒之，皆此之繇[43]也。故曰：废天下之生员，而门户之习除也。

国家之所以取生员而考之以经义、论、策、表、判者，欲其明六经之旨，通当世之务也。今以书坊[44]所刻之义，谓之时文[45]，舍圣人之经典，先儒之注疏与前代之史不读，而读其所谓时文。时文之出，每科一变，五尺童子能诵数十篇而小变其文，即可以取功名，而钝[46]者至白首而不得遇[47]。老成[48]之士，既以有用之岁月，销磨[49]于场屋之中，而少年捷得之者，又易视天下国家之事，以为人生之所以为功名者，惟此而已。故败坏天下之人材，而至于士不成士，官不成官，兵不成兵，将不成将，夫然后寇贼奸宄得而乘[50]之，敌国外侮得而胜之。苟以时文之功[51]，用之于经史及当世之务，则必有聪明俊杰通达治体[52]之士，起于其间矣。故曰：废天下之生员，而用世之材出也。（《亭林文集·卷之一》）

【注释】

①政清：政治清明。②困：苦难。苏：缓解、解除。③门户：门第、党派。④用世：为世所用。⑤公门：官府、衙门。⑥挠：扰乱。⑦倚势：依凭权势。断：判定、决定。⑧胥史：亦作“胥吏”，古时官府中掌管文书的小官。⑨缘：趋向、遵照。⑩拂：违背。⑪羣：同“群”，聚集。⑫閧：古同“哄”，喧闹。⑬把持：掌握。⑭阴事：隐秘之事。⑮噪：喧哗。⑯和：应和。⑰锄：铲除、除去。⑱加：施予。⑲旷然：豁然、无拘束。⑳乡宦：退休还乡的官吏。㉑复：免除赋税徭役。㉒杂泛：明代徭役，零碎徭役。差：差役。㉓小民：平民百姓。㉔比比：到处、处处。㉕且如：假如、如果。㉖诡寄：将自己田地伪报在他人名下，借以逃避赋役。㉗相率：亦作“相帅”，相继。㉘秋毫：亦作“秋豪”，微末之物。㉙丘山：山岳，大。累：忧患。㉚派取：分摊收取。之：于。㉛尤：恶劣。㉜登科第：登科，科举应考人被录取。㉝座师：明、清科举中式者对主考官的尊称。㉞房师：明、清科举中式者对分房阅卷之房官的尊称。㉟同年：科举考试同科中式者之互称。㊱朋比：结成私党。胶固：勾结。㊲书牍：简牍书信。交：交回。㊳请托：以私事相托付。徧：同“遍”。官曹：官府。㊴蠹政：败坏朝政。㊵倾轧：排挤。㊶人主：君主。㊷太阿：古宝剑名，相传为春秋时欧冶子、干将所铸造。太阿之柄：权柄。㊸繇：古同“由”，自。㊹书坊：印刷并出售书籍的地方。㊺时文：科举应试文章。㊻钝：愚钝。㊼白首：年老。遇：机遇。㊽老成：年高。㊾销磨：消耗。㊿乘：趁。51苟：假如。功：工夫。52治体：治国要旨。

生员论下

【题解】

下篇继而介绍“别为其制”的内容。“废今日之生员”，“请用辟举之法，而并存生儒之制”是顾炎武给出的对策，从举士、任官等诸方面对生员进行考核，以求得真才实学之人才。最后，顾炎武强调国家官员仅出于取士一途时，应当广开取士之方，甚至举荐“不恃诸生之一途”。学未必仕，仕也未必从学中选拔，顾炎武仕与学的观点较为理性。《生员论》三篇是对明末生员制度的反思，切中时弊，顾氏对现实的敏锐观察与独立思考仍然值得我们借鉴。

【选文】

问曰：废天下之生员，则何以取士？曰：吾所谓废生员者，非废生员也，废今日之生员也。请用辟举[①]之法，而并存生儒[②]之制，天下之人，无问其生员与否，皆得举而荐之于朝廷，则我之所收者，既已博矣，而其廪之学者[③]为之限额[④]，略仿唐人郡县之等：小郡十人，等而上之[⑤]，大郡四十人而止；小县三人，等而上之，大县二十人而止。约[6]其户口之多寡，人材之高下而差次[7]之，有阙[8]则补，而罢岁贡举人[9]之二法。其为诸生者，选其通隽[10]，皆得就试于礼部[11]，而成进士[12]者，不过授以簿尉[13]亲民之职，而无使之骤进[14]，以平其贪躁[15]之情。其设之教官，必聘其乡之贤者以为师，而无隶于仕籍[16]；罢提学[17]之官，而领[18]其事于郡守。此诸生之中，有荐举而入仕者；有考试而成进士者；亦或有不率[19]而至于斥退者；有不幸而死，及衰病不能肄业[20]，愿给衣巾以老[21]者。阙至于二人三人，然后合其属之童生[22]，取其通经能文者以补之。

然则天下之为生员者少矣。少则人重之，而其人亦知自重。为之师者不烦[23]于教，而向所谓聚徒合党[24]，以横行于国中[25]者，将不禁而自止。若夫温故知新[26]，中年考较[27]，以蕲[28]至于成材，则当参酌乎古今之法，而兹[29]不具论[30]也。或曰：天下之才，日生而无穷也，使之皆壅[31]于童生，则奈何？吾固曰：天下之人，无问其生员与否，皆得举而荐之于朝廷，则取士之方，不恃[32]诸生之一途而已也。夫取士以佐人主[33]理国家，而仅出于一涂[34]，未有不弊者也。（《亭林文集·卷之一》）

【注释】

①辟举：征召荐举。②生儒：生员。③廪之学者：廪膳生、廪生，官府供应廪膳的生员。④限额：限定额度。⑤等而上之：以等级往上。⑥约：约计。⑦差次：排列等级次序。⑧阙：空缺。⑨岁贡：由府县荐举入学国子监的生员。举人：乡试中榜者。⑩通隽：博学多才之人。⑪礼部：官署名，掌祭祀、礼乐等。⑫进士：贡士经殿试中举者。⑬簿尉：主簿和县尉。⑭骤进：迅速提拔。⑮贪躁：贪进急躁。⑯隶：隶属。仕籍：记载官吏名籍的簿册。⑰提学：官名，掌州县学政。⑱领：治理、管辖。

⑲不率：不服从、不遵守。⑳肄业：修习课业。㉑衣巾：秀才的资格和待遇。老：终老。㉒属：管辖。童生：习举业而未考取秀才的儒生。㉓烦：苦闷。㉔合党：结党。㉕横行：依仗势力跋扈。国中：国内。㉖温故知新：出自《论语·为政》，“温故而知新，可以为师矣。”㉗中年：隔年。考较：考核。㉘蕲：求。㉙兹：这、现在。㉚具论：详细讨论。㉛壅：堵塞。㉜恃：依赖。㉝人主：君王。㉞涂：同“途”，道路、方法。

音学五书后序

【题解】

专著的序言和后记往往是作者真实感情的自然流露，我们从此文中可以了解顾炎武的治学为人精神。《音学五书》是顾炎武研究《诗经》音韵学三十余年的成果，在后序中顾炎武回顾了三十余年来的种种成书之难；继而介绍此书的结构及缘由；第三部分则批评了一些前人的治学之弊，同时交代后世君子“无轻变改其书”；最后，感谢朋友李因笃对本书的贡献。此文尤须注意顾炎武所提及的治学之难以及顾氏的坚毅精神，当前读书人与明末清初读书人的生存环境和治学环境相比较，有霄壤之别；反观自己，当前读书人尤须向顾氏治学的刻苦、扎实的态度保持敬畏，向顾氏恰当评介前人的真诚态度保持尊敬，向顾氏感谢友人的坦荡态度保持崇敬。

【选文】

余纂辑[①]此书[②]三十余年，所过山川亭鄣[③]，无日不以自随[④]，凡五易稾[⑤]而手书[⑥]者三矣。然久客荒壤[⑦]，于古人之书多所未见，日西方莫[8]，遂以付之梓人[9]，故已登版而刊改[10]者犹至数四，又得张君弨[11]为之考《说文》[12]，采《玉篇》[13]，仿《字样》[14]，酌时宜而手书之；二子叶增、叶箕[15]分书小字[16]；鸠工淮上[17]，不远数千里累书往复，必归于是[18]，而其工费则又取诸鬻产之直[19]，而秋毫[20]不借于人，其著书之难而成之之不易如此。

然此书为《三百篇》[21]而作也，先之以《音论》[22]，何也？曰：审音学之原流[23]也。《易》[24]文不具[25]，何也？曰：不皆音[26]也。《唐韵正》[27]之考音详矣，而不附于经，何也？曰：文繁也。已正其音而犹遵元第[28]，何也？曰：述也。《古音表》[29]之别为书，何也？曰：自作也。盖尝四顾踌躇，几欲分之，几欲合之，久之然后胪[30]而为五矣。

呜呼！许叔重[31]《说文》始一终亥[32]，而更之以韵，使古人条贯[33]不可复见，陆德明《经典释文》[34]割裂删削[35]，附注于九经[36]之下，而其元本[37]遂亡。成之难而毁之甚易，又今日之通患[38]也。孟子曰："流水之为物也，不盈科不行。"[39]《记》曰："不陵节而施之谓孙。"[40]若乃观其会通[41]，究其条理，而无轻变改其书[42]，则在乎后之君子。

李君因笃[43]每与余言诗，有独得者，今颇取之，而以答书附之于末。上章涒滩病月之望[44]，炎武又书。（《亭林文集·卷之二》）

【注释】

①纂辑：编辑。②《音学五书》：顾炎武研究《诗经》音韵学著作，含音论、诗本音、易音、唐韵正、古音表五部分。③亭鄣：亦作"亭障"，边塞堡垒。④自随：随身携带。⑤稾：同"稿"，文稿。⑥手书：亲笔书写。⑦客：寄居。荒壤：偏僻之地。⑧莫：古同"暮"，暮年。日西方莫，

年老。⑨梓人：刻板印刷工人。⑩刊改：修改。⑪张弨：字力臣，号亟斋，江苏淮安人。⑫考：查核。《说文》：《说文解字》，中国第一部系统地分析汉字字形、字源的著作，东汉许慎著。许慎，字叔重，东汉著名经学家、文字学家，著《说文解字》、《五经异义》。⑬采：采取。《玉篇》：古代字书，顾野王著。顾野王，字希冯，文字学家。⑭仿：模仿。《字样》：《九经字样》，唐代唐玄度所著。⑮叶增、叶箕：张弨子。⑯小字：小楷。⑰鸠工：聚集工匠。淮上：淮安。⑱是：正确。⑲工费：人工费用。鬻：音 yù，卖。直：通"值"，钱币。⑳秋毫：微末之物。㉑《三百篇》：《诗经》，中国最早的诗歌集，因孔子删定后共计三百余篇，又称《诗三百》，分为风、雅、颂三部分。㉒《音论》：三卷，《音学五书》总论部分。㉓音学：音韵学，研究语言声、韵、调的学问。原流：源流。㉔《易》：《易音》，三卷，内容以《周易》研究上古音。㉕具：全。㉖皆音：谐音。㉗《唐韵正》：二十卷，以上古音纠正《唐韵》。㉘第：次序。㉙《古音表》：二卷。㉚胪：陈列。㉛许叔重：许慎。㉜始一终亥：《说文解字》部首排列以"一"开始，以"亥"结尾。㉝条贯：体系。㉞陆德明：名元朗，以字行，唐代经学家、训诂学家。《经典释文》：陆德明编著解释音义的著作。㉟删削：删除。㊱九经：儒家九部经典著作，相传不一。㊲元本：元代刻本。㊳通患：通病。㊴孟子：名轲，字子舆，战国时期思想家、教育家，儒家思想代表人物，世称"亚圣"。"流水之为物也，不盈科不行。"语出自《孟子·尽心上》，"流水之为物也，不盈科不行；君子之志于道也，不成章不达。"成章，取得一定成就。达，通达。㊵《记》：《礼记》。"不陵节而施之谓孙。"语出自《礼记·学记》。陵节，超越范围。施，教。孙，顺。㊶会通：融会贯通。㊷轻变：轻易改变。改书史例参见《日知录·春秋阙疑之书》。㊸李因笃：字子德，号天生，陕西富平人，顾炎武朋友。㊹上章：庚。涒滩：申。寎月：三月。望：农历每月十五。

初刻日知录自序

【题解】

《日知录》是顾炎武的读书笔记，顾氏在《与友人论门人书》一文中自称“平生之志与业皆在其中”。本文第一部分介绍了《日知录》的刻印情况；第二部分介绍作者对待学术与书籍的态度，“未敢自以为定”，“不成章不达”，“不足以为矜”等体现了作者谨小慎微的治学态度，同时“藏之名山，以待抚世宰物者之求”也体现出作者对明末清初政治现实与学术界的失望。顾炎武用笔简练，少见华丽辞藻，质朴的背后是作者真诚严谨的治学态度，尤为当前读书人所需。

【选文】

炎武所著《日知录》①，因友人多欲钞写②，患不能给③，遂于上章阉茂之岁④刻此八卷。历今六七年，老而益进⑤，始悔向日学之不博，见之不卓，其中疏漏往往而有，而其书已行于世，不可掩。渐次⑥增改，得二十余卷，欲更刻之，而犹未敢自以为定，故先以旧本质⑦之同志。盖天下之理无穷，而君子之志于道也，不成章不达[8]。故昔日之得，不足以为矜[9]；后日之成，不容以自限[10]。若其所欲明学术，正人心，拨乱世以兴太平之事，则有不尽于是[11]刻者，须绝笔之后，藏之名山，以待抚世宰物[12]者之求，其无以是刻之陋[13]而弃之则幸甚！（《亭林文集·卷之二》）

【注释】

①《日知录》：顾炎武著作，初刻八卷于康熙九年，后康熙十五年刻本三十卷，康熙三十四年刻本三十二卷，现行版本为黄汝成集释。顾炎武称“平生之志与业皆在其中”。②钞写：抄写。③给：供给。④上章阉茂之岁：即康熙九年庚戌年。太岁纪年法纪年，太岁（又称岁阴、太阴）在庚位为上章，太岁在戌位为阉茂。⑤益进：增进、长进。⑥渐次：逐渐。⑦质：问明。⑧“君子之志于道也，不成章不达”语出自《孟子·尽心上》，“流水之为物也，不盈科不行；君子之志于道也，不成章不达。”成章：取得一定成就。达：通达。⑨矜：夸。⑩自限：自我限制。⑪拨：治理。是：这。⑫抚世：治理天下。宰物：从政治民、治理万物。⑬其：如果。陋：浅薄。

营平二州史事序

【题解】

顾炎武的文章一般有较强的经世致用精神和家国情怀，对于明末清初的政治现实多有反映。此文是顾炎武为营州、平州二州所作地方志的序言，第一部分描述郭造卿等人修《燕史》和《永平志》的过程；第二部分描述顾氏为营州、平州二州修志的缘由；第三部分则描述修志的过程；最后借宋亡之故，感慨历史之鉴，亡国亡民之耻，“焉得不纪！”顾炎武的散文因为用语平实，文中少带感情，只是用情处必是“矢在弦上，不得不发”，这种感情更加饱满，这种感情决堤所带来的力量和强度更加震撼人心。

【选文】

昔神庙[①]之初，边陲[②]无事，大帅[③]得以治兵之暇留意图籍[④]。而福之士人郭君造卿[⑤]在戚大将军幕府，网罗天下书志略备，又身自行历蓟北[⑥]诸边营垒，又遣卒至塞外穷濡源[⑦]，视旧大宁[⑧]遗址，还报与书不合，则再遣覆按[⑨]，必得实乃止，作《燕史》数百卷。盖十年而成，则大将军已不及见。又以其余日作《永平志》百三十卷，文虽晦涩，而一方之故颇称明悉。

其后七十年而炎武得游于斯，则当屠杀圈占[10]之后，人民稀少，物力衰耗，俗与时移，不见文字礼仪之教，求郭君之志且不可得，而其地之官长暨士大夫来言曰："府志藁[11]已具矣，愿为成之。"嗟乎！无郭君之学，而又不逢其时，以三千里外之人，而论此邦士林[12]之品第，又欲取成于数月之内，而不问其书之可传与否，是非仆所能。

独恨《燕史》之书不存，而重违[13]主人之请，于是取二十一史、《通鉴》诸书，自燕、秦以来此邦之大事，迄元至正年而止，纂为六卷，命曰《营平二州史事》，以质[14]诸其邦之士大夫。

世之人能读全史者罕矣，宋宣和与金结盟[15]，徒以不考营、平、滦[16]三州之旧，至于争地构兵[17]，以此三州之故而亡其天下，岂非后代之龟鉴[18]哉！异日有能修志者，古事备矣，续今可也。或曰：及营，何也？曰：中国之弃营久矣。夫营，吾州也，其事与平相出入[19]焉，焉得不纪！若夫合幽[20]并营，以正古帝王之疆域，必有圣人作焉，余以此书俟之。（《亭林文集·卷之二》）

【注释】

①神庙：明神宗朱翊钧，年号万历，庙号神宗。②营平：营州、平州。营州，古州名，位于今辽宁。平州，古州名，位于今河北。③大帅：戚继光，字元敬，号南塘，晚号孟诸，卒谥武毅，明末抗倭英雄。④图籍：地图册簿。⑤郭造卿：字建初，号海岳，著《燕史》、《永平志》等。⑥蓟北：蓟州北。蓟州，古地名，位于今天津蓟县。⑦塞外：边塞之外。⑧大宁：明代卫所，位于今内蒙古赤峰宁城。⑨覆按：亦作"覆案"，查究。⑩圈占：指（清）划定界线并占领。⑪藁：文稿。⑫士林：文人、士

大夫。⑬重违：难违。⑭质：质询。⑮宣和：宋徽宗 1119～1125 年间年号。宣和二年，宋徽宗遣马植与金国结盟攻打辽国。⑯滦：滦州，古地名，位于今河北。⑰构兵：交战。⑱龟鉴：榜样或教训。⑲出入：接近。⑳幽：幽州，古地名。

钞书自序

【题解】

顾炎武的学问来自于勤奋、扎实的治学态度，这种治学态度来自于顾氏家族的家学渊源，通过此文我们便可一窥顾氏家族的治学传统。本文第一部分描述作者高祖、曾祖、嗣祖以及作者四代人的爱书藏书传统；第二部分则重点介绍先祖之教诲——“著书不如钞书。凡今人之学，必不及古人也，今人所见之书之博，必不及古人也。”“惟读书而已”。第三部分则怀念先人并赠言朋友。

今人的治学条件较之古人有较大的改善，学者基本衣食无虞，但治学在一定程度上讲是个人的事情，个人的学问并不会因为治学环境的改善而自然的增长，学问的积累是缓慢而“无力”的事情，只有那些勤奋并且耐得住寂寞、坐得了冷板凳的人才有可能致达学术的顶峰。顾炎武的这篇小文与其说是自序，毋宁是对后人的叮咛嘱托。

【选文】

炎武之先家海上[1]，世为儒。自先高祖[2]为给事中[3]，当正德[4]之末，其时天下惟王府官司及建宁书坊乃有刻板[5]，其流布[6]于人间者，不过四书、五经、《通鉴》、性理[7]诸书。他书即有刻者，非好古之家不蓄，而寒家[8]已有书六七千卷。嘉靖[9]间，家道中落，而其书尚无恙。先曾祖继起为行人[10]，使岭表[11]，而倭阑[12]入江东，郡邑所藏之书与其室庐[13]俱焚，无孑遗焉[14]。洎万历[15]初，而先曾祖历官至兵部侍郎[16]，中间莅方镇[17]三四，清介之操[18]，虽一钱不以取诸官，而性独嗜书，往往出俸购之，及晚年而所得之书过于其旧，然绝无国初[19]以前之板。而先曾祖每言："余所蓄书，求有其字而已，牙签锦轴之工[20]，非所好也。"其书后析[21]而为四。炎武嗣祖太学公[22]，为侍郎公仲子[23]，又益[24]好读书，增而多之，以至炎武，复有五六千卷。自罹变故[25]，转徙无常[26]，而散亡者什[27]之六七，其失多出于意外。二十年来赢縢担囊以游四方[28]，又多别有[29]所得，合诸先世所传，尚不下二三千卷。其书以选择之善，较之旧日虽少其半，犹为过之，而汉、唐碑亦得八九十通[30]，又钞写之本别贮二簏[31]，称为多且博矣。自少为帖括[32]之学者二十年，已而学为诗古文，以其间纂记故事，年至四十，斐然欲有所作；又十余年，读书日以益多，而后悔其向者立言之非也。

自炎武之先人皆通经学古，亦往往为诗文，本生祖赞善公[33]文集至数百篇，而未有著书以传于世者。昔时尝以问诸先祖[34]，先祖曰："著书不如钞书。凡今人之学，必不及古人也，今人所见之书之博，必不及古人也。小子[35]勉之，惟读书而已。"先祖书法盖逼[36]唐人，性豪迈不群[37]，然自言少时日课[38]钞古书数纸，今散亡之余犹数十帙[39]，他学士家所未有也。自炎武十一岁，即授之以温公《资治通鉴》[40]，曰："世人多习《纲目》[41]，余所不取。凡作书者，莫病乎其以前人之书改窜[42]而为自作也。班孟坚之改《史记》[43]，必不如《史记》也；宋景文之改《旧唐书》[44]，必不如《旧唐书》也；朱子之改《通鉴》[45]，必不如《通鉴》也。至于今代，而著书之人几满天下，则有盗前人之书而为自作者矣，故得明人书百卷，不若得宋人书一卷也。"炎武之游四方十有八年，未尝干[46]人，有贤主人以书相示者则留，或手钞，或募[47]人钞之，子[48]不云乎："多见而识之。知之，次也。"[49]今年至都下[50]，从孙思仁先生得《春秋纂例》、《春秋权衡》、《汉上易传》[51]等书，清苑陈祺公[52]资以薪米纸笔，写之以归。愚尝有所议于左氏[53]，及读《权衡》，则已先言之矣。

念先祖之见背[54]，已二十有七年，而言犹在耳，乃泫然[55]书之，以贻诸同学李天生[56]。天生今通经之士，其学盖自为人而进乎为己者也。（《亭林文集·卷之二》）

【注释】

①钞书：抄书。海上：海边。②先：对已死去人的尊称。高祖：曾祖父的父亲，顾炎武高祖顾济，字舟卿，号思轩，江苏昆山人，官至刑科给事中。③给事中：官名，负责监察、规谏。④正德：明武宗朱厚照1506～1521年间的年号。⑤王府：帝王收藏财物、文书的府库。官司：官府。建宁书坊，位于今福建建宁。刻板：印刷所用雕刻底板。⑥流布：散布流传。⑦四书：朱熹将《大学》、《中庸》、《论语》、《孟子》合编注释，称为《四书》。五经：《五经》指儒家的五部经典著作，即《周易》、《尚书》、《诗经》、《礼记》、《春秋》。《通鉴》，《资治通鉴》。性理：儒家关于人性与天理的学说。⑧寒家：谦称，自家。⑨嘉靖：明世宗朱厚熜1522～1566年间的年号。⑩曾祖：祖父的父亲，顾炎武曾祖父顾章志，顾济子，字行之，号观海，官至南京兵部右侍郎。继起：继而兴起。行人：使者。⑪岭

表：岭外，顾章志曾巡广西。⑫倭：倭寇。阑：擅自。⑬郡邑：指官府。室庐：房舍。⑭孑遗：遗留、残存。⑮洎：音 jì，到。万历，明神宗朱翊钧 1573～1620 年间的年号。⑯兵部侍郎：指南京兵部右侍郎。⑰中间：期间。莅：管理。方镇：掌握地方兵权的长官。⑱清介：清正耿直。操：操守。⑲国初：王朝建立初期，本文指明初。⑳牙签锦轴：亦作“牙签玉轴”，用象牙或玉做成的古书标签和卷轴。㉑析：分。㉒嗣祖：顾炎武过继给顾绍芾为孙。顾绍芾，字德甫，号蠡源，太学公：指顾绍芾曾入国子监。㉓侍郎公：指顾炎武曾祖顾章志。仲子：次子。㉔益：更加。㉕罹：音 lí，遭受苦难。变故：意外灾难。㉖转徙：辗转迁移。无常：变化。㉗散亡：分散丢失。什：音 shí，十。㉘羸：担负。羸：袋子。羸羸担囊：指背负书籍。㉙别有：另有。㉚通：份。㉛麓：疑作“簏”，音 lù，竹箱。㉜帖括：科举应试文章。㉝生祖赞善公：顾炎武生祖顾绍芳，字实甫，号学海，官左春坊左赞善。春坊，太子宫。赞善，官名，掌太子侍从、延讲。㉞先祖：此处指嗣祖。㉟小子：长辈称呼晚辈。㊱逼：近。㊲不群：不平凡。㊳日课：每日功课。㊴帙：音 zhì，量词，套、函。㊵温公：司马光，字君实，号迂叟，世称涑水先生，卒赠太师、温国公，谥文正，北宋政治家、史学家、文学家；主持编纂《资治通鉴》。《资治通鉴》：简称“通鉴”，编年体通史，记载周威烈王二十三年至五代后周世宗显德六年间历史。㊶《纲目》：《资治通鉴纲目》，朱熹据《资治通鉴》所编史著，朱熹生前未能定稿，其门人赵师渊续编完成。㊷改窜：修改、窜改。㊸班孟坚：班固，字孟坚，东汉史学家、文学家，编著纪传体断代史《汉书》。《史记》：记载了从黄帝至汉武帝太初四年年间历史的纪传体通史，西汉司马迁著。㊹宋景文：宋祁，字子京，谥景文，与欧阳修等合修《新唐书》。《旧唐书》：记载唐代历史的纪传体史书，后晋刘昫等人编撰。㊺朱子：朱熹（1130～1200 年），字元晦，一字仲晦，号晦庵，晚称晦翁，谥文，亦称朱文公、朱子，南宋理学家、思想家、哲学家。朱熹改《通鉴》即《资治通鉴纲目》。㊻干：求。㊼募：招募。㊽子：孔子。㊾“多见而识之。知之，次也。”语出自《论语·述而》，“子曰：‘盖有不知而作之者，我无是

也。多闻择其善者而从之；多见而识之；知之次也。'”识：记。知：取“生而知之”之意。㊿都下：京都。51孙思仁：字耳北，一作耳伯，号北海，又号退谷，明末清初政治家、收藏家。《春秋纂例》：即《春秋集传纂例》，唐陆淳撰。《春秋权衡》：宋刘敞撰。《汉上易传》：又名《汉上易集传》，南宋朱震撰。52清苑：地名位于今河北保定。陈祺公：陈上年，字祺公，清初官员。53愚：谦辞，自称。左氏：《左传》。54见背：去世。55泫然：流泪貌。56贻：赠。李天生：李因笃，字子德，号天生，陕西富平人，顾炎武朋友。

《广宋遗民录》序

【题解】

遗民是中国传统社会的独特身份，遗民有两层含义，一层指某一政权的遗民，另一层是中国传统文化的遗民，遗民的字面含义告示了这一群体的孤独存在与使命责任，顾炎武作为明政权的遗民与中原文化的遗民，其内心的孤独透过文字穿越时空，我们依稀可以体会。顾炎武为朱明德所辑《广宋遗民录》作序，序言中顾炎武既感慨遗民求友之艰难，又叹明末遗民未必能持节终老。遗民身份是顾炎武情感寄托所在，其对宋遗民的赞颂何尝不是借机宣泄自我情感？

【选文】

子曰："有朋自远方来，不亦乐乎？"① 古之人学焉而有所得，未尝不求同志之人，而况当沧海横流②，风雨如晦③之日乎？于此之时，其随世以就④功名者固不足道⑤，而亦岂无一二少知自好⑥之士，然且改行于中道⑦，而失身于暮年⑧，于是士之求其友也益难。而或一方不可得，则求之数千里之外；今人不可得，则慨想于千载[9]以上之人；苟有一言一行之有合于吾者，从而追慕[10]之，思为之传其姓氏而笔之书。呜呼！其心良亦苦矣。

吴江朱君明德[11]，与仆同郡[12]人，相去不过百余里而未尝一面。今朱君之年六十有二矣，而仆又过之五龄[13]，一在寒江荒草之滨[14]，一在绝障重关之外[15]，而皆患乎无朋。朱君乃采辑旧闻[16]，得程克勤[17]所为《宋遗民录》而广之，至四百余人。以书来问序于余，殆[18]所谓一方不得其人，而求之数千里之外者也。其于宋之遗民，有一言一行或其姓氏之留于一二名人之集者，尽举而笔之书，所谓今人不可得，而慨想于千载以上之人者也。

余既尠闻[19]，且耄[20]矣，不能为之订正，然而窃有疑焉：自生民[21]以来，所尊莫如孔子，而《论语》、《礼记》皆出于孔氏之传[22]，然而互乡之童子，不保其往也[23]；伯高之赴，所知而已[24]；孟懿子、叶公之徒，问答而已[25]；食于少施氏而饱，取其一节而已[26]。今诸系姓氏于一二名人之集者，岂无一日之交[27]而不终其节者乎？或邂逅相遇而道不同者乎？固未必其人之皆可述也。然而朱君犹且眷眷[28]于诸人，而并号之为遗民，夫亦以求友之难而托思[29]于此欤？庄生有言："子不闻越之流人乎？去国数日，见其所知而喜；去国旬月，见所尝见于国中者喜；及期年也，见似人者而喜矣。"[30]余尝游览于山之东西，河之南北[31]二十余年，而其人益以不似[32]。及问之大江以南，昔时所称魁梧丈夫[33]者，亦且改形换骨[34]，学为不似之人。而朱君乃为此书，以存人类于天下，若朱君者，将不得为遗民矣乎？因书以答之。吾老矣，将以训后之人，冀人道[35]之犹未绝也。（《亭林文集·卷之二》）

【注释】

①"有朋自远方来，不亦乐乎？"语出自《论语·学而》，"子曰：'学

而时习之，不亦说乎？有朋自远方来，不亦乐乎？人不知，而不愠，不亦君子乎？'”②沧海横流：海水泛滥，指时局动乱。③风雨如晦：社会混乱。④随世：随俗。就：从事。⑤道：说。⑥少：稍微。自好：自爱、自重。⑦中道：中正之道。改行于中道，指改节。⑧失身：失去操守。暮年：晚年、老年。⑨慨想：感慨遥想。千载：千年。⑩追慕：追求仰慕。⑪吴江：位于江苏苏州南部。朱明德：字不远。⑫仆：谦称，“我”。同郡：昆山与吴江同属苏州。⑬龄：年数。五龄，五年。⑭寒江荒草之滨：朱明德隐居烂溪。⑮绝障重关之外：边远险要之地，顾炎武时居陕西华阴。⑯采辑：搜寻辑录。旧闻：以往典籍、传闻。⑰程克勤：程敏政，字克勤，号篁墩，明代学者、官员，著《篁墩文集》。⑱殆：大概。⑲尠：音 xiǎn，同“鲜”，少。尠闻，学识浅薄。⑳耄：音 mào，年老。㉑生民：人类。㉒《论语》：记载孔子及其弟子言行的语录集。《礼记》：记录秦以前礼仪制度、典章制度的古籍。孔氏之传，孔门弟子。㉓“互乡之童子，不保其往也”，出自《论语·述而》，“互乡难与言，童子见，门人惑。子曰：‘与其进也，不与其退也，唯何甚？人洁己以进，与其洁也，不保其往也。'”互乡：地名，不可考。与：赞成。进：进步。退：退步。洁己：清洁自己。保：守，引申义记住。㉔“伯高之赴，所知而已”，出自《礼记·檀弓》，“伯高死于卫，赴于孔子。孔子曰：‘吾恶乎哭诸？兄弟，吾哭诸庙。父之友，吾哭诸庙门之外。师，吾哭诸寝。朋友，吾哭诸寝门之外。所知，吾哭诸野。于野则已疏，于寝则已重。'”赴：告。㉕孟懿子：名何忌，世称仲孙何忌，谥号懿。《论语·为政》载：“孟懿子问孝。子曰：‘无违。'”叶公：沈诸梁，字子高。《论语·述而》载：“叶公问孔子于子路，子路不对。子曰：‘女奚不曰，其为人也，发愤忘食，乐以忘忧，不知老之将至云尔。'”㉖“食于少施氏而饱，取其一节而已”，出自《礼记·杂记》，“孔子曰：“吾食于少施氏而饱，少施氏食我以礼。”郑玄注：“言贵其以礼待己，而为之饱也。”㉗交：交往。㉘眷眷：依恋反顾。㉙托思：寄托思念。㉚庄生：庄子，庄周，道家思想代表人。“子不闻越之流人乎？去国数日，见其所知而喜；去国旬月，见所尝见于国中者喜；及期年也，见似人者而喜矣。”语出自《庄子·徐无鬼》。流：流放。流人，被流放的人。期年：一年。似人：似同乡人。㉛山之东西：山东、山西。河之南北：河南、河北。㉜不似：不似古人气节。㉝魁梧：高大壮实。丈夫：有所作为的人。㉞改形换骨：改变志向。㉟冀：希望。人道：人伦。

西安府儒学碑目序

【题解】

本文借西安府儒学碑的现状讽刺了当世君子“浮慕古文”、“病民残石”之弊。作者开篇叙述本文来由；继而描述当今世代不知、六书不辨之君子、有司、隶卒对碑林的损毁；再而记述损毁的恶果；最后总结分析原因以及叮嘱“有识之君子，慎无以好古之虚名，至于病民而残石也”。蠹鼠噬咬古迹，郡邑有司取诸民利，工人隶卒掊石毁碑，种种社会现实的背后都源于“当世君子浮慕古文”。顾炎武对明末读书人贪慕虚名多有指责，衡量读书人是否合格自有标准，这些标准包含知识的渊博与扎实程度、爱国护民的真诚感情、还原传承古人的遗志等等，但古往今来衡量读书人的标准中从不包括虚名。虚名之害，误国害民，当今读书人能无慎乎？

【选文】

西安府儒学先师庙[①]之后，为亭者五。环之以廊，而列古今碑版于中，俗谓之碑洞。自嘉靖末地震，而记志有名之碑多毁裂不存，其见在者，犹足以甲天下。余游览之下，因得考而序之。

昔之观文字，模金石者，必其好古而博物者也。今之君子有世代之不知，六书[②]之不辨，而旁搜古人之迹，叠而束[③]之，以饲蠹鼠[④]者。使郡邑有司烦于应命[⑤]，而工墨之费计无所出，不得不取诸民，其为害已不细矣。或碑在国门[⑥]之外，去邑数十武[⑦]，而隶卒一出，村之蔬米，舍之鸡豚，不足以供其饱，而父老子弟相率蹙頞[⑧]，以有碑为苦；又或在深山穷谷，而政令之无时，暑雨寒冰，奔驰僵仆[⑨]，则工人隶卒亦无不以有碑为苦者，而民又不待言。于是乘时之隙，掊[⑩]而毁之以除其祸。

余行天下，所闻所见如此者多矣，无若醴泉[⑪]之最著者。县凡再徙，而唐之昭陵[⑫]去今县五十里。当时陪葬诸王公主功臣之盛，墓碑之多，见于崇祯十一年之志，其存者犹二十余通[⑬]，而余亲至其所，止见卫景武公[⑭]一碑，已刬[⑮]其姓名。土人云，他碑皆不存，存者皆磨去其字矣。

夫石何与于民，而民亦何雠[⑯]于石？所以然者，岂非今之浮慕古文之君子阶之祸[⑰]哉！若夫碑洞之立，凡远郊之石，并舁而致之其中[⑱]，既便于观者之留连，而工人麕集其下，日得数十钱以给衣食，是则害不胜利。今日之事，苟害不胜[⑲]利，即君子有取焉，予故详列之以告真能好古者。若郊外及下邑之碑，予既不能徧寻，而恐录之以贻害，故弗具。且告后之有司：欲全境内之碑者，莫若徙诸邑中；而有识之君子，慎无以好古之虚名，至于病民而残石也！（《亭林文集·卷之二》）

【注释】

①先师庙：孔庙。②六书：指象形、指事、会意、形声、转注、假借六种汉字构造规则，也指篆书、隶书等六种字体。③束：搁置。④蠹鼠：

虫鼠。⑤应命：应付命令。⑥国门：城门。⑦武：古代以六尺为步，半步为武。⑧頞：音 è，鼻梁。蹙頞：皱缩鼻翼、愁苦。⑨僵仆：仆倒。⑩掊：击。⑪醴泉：地名，今陕西礼泉。⑫昭陵：唐太宗李世民陵墓。⑬通：量词，用于文章、书信或器具。⑭卫景武公：李靖，字药师，封卫国公，谥景武。⑮刬：音 chǎn，铲除。⑯雠：同“仇”，怨恨。⑰阶祸：召祸、惹祸。⑱舁：音 yú，抬。⑲胜：超过。

程正夫诗序

【题解】

本文是顾炎武为山东德州程正夫所辑《先贤诗》和《程氏先贤诗》所作序言。本文首先以《诗经》为例，论证“古人之立言也，必称诸祖考而本诸先正先民”，继而描述明末清初“贪欲以为能，捷径以为巧，苟同以为贤，而罔念夫昔之人者，天下皆是也。”最后则论述程正夫的忠孝行为符合“先大夫之遗训”。此文史实结合，褒贬结合，观点明确，逻辑清晰，主题突出。

【选文】

尝读《商颂》[①]之《那》[②]曰：“自古在昔，先民有作。”而夫子之称《诗》亦曰：“昔吾有先正，其言明且清。”[③]是以古人之立言也，必称诸祖考而本诸先正先民；在朝则称于朝，高宗之言“先正保衡”是也；与人交则称于友，叔孙豹之言“先大夫臧文仲”[④]是也。降及末世，人心之不同既已大拂于古，而反讳其行事，《召旻》之诗曰：“维今之人，不尚有旧。”[⑤]而周公之戒后王也，亦曰：“乃逸乃谚，既诞，则曰：昔之人无闻知。”[⑥]

余自少时侍于先王父，其终日言而无择者，大率皆祖考之世德，乡先生之行事；既得见于先王父之友，则其言亦然；既又得见于异邦之名公耆硕[⑦]，则其言亦复然。距今三十余年，而邈焉不可作矣。贪欲以为能，捷径以为巧，苟同以为贤，而罔[⑧]念夫昔之人者，天下皆是也。

余至德州，工部正夫程君出其所作，于其州之自国初以来士大夫二十一人合为一章，而序之曰《先贤诗》。于其高祖以下四公各为一章，而序之曰《程氏先贤诗》。是诸君子者，行谊不同而无不明于出处取与之分，有古贤人之遗焉。工部之为是作也，其亦所谓"景行行止"[⑨]者乎？昔赵文子观乎九原而愿随武子之为人[⑩]，孟僖子述正考父之鼎铭[⑪]，以卜其后之将有达者。故子孙不忘其祖父，孝也；后人不忘其先民，忠也；忠且孝，所以善俗而率民也。是乡大夫之职也。然则工部之为此也，殆古人之义而亦其先大夫之遗训也夫！（《亭林文集·卷之二》）

【注释】

①《商颂》：出自《诗经·颂》，共五篇，《那》、《烈祖》、《玄鸟》、《长发》和《殷武》。②《那》：《诗经·商颂》篇名，方玉润注："《小序》以为'祀成汤'，诸家从之。"《那》篇为殷商后裔祭祀成汤之作。③夫子：孔子。"昔吾有先正，其言明且清。"语出自《礼记·缁衣》，"子曰：'民以君为心，君以民为体。心庄则体舒，心肃则容敬。心好之，身必安之。君好之，民必欲之。心以体全，亦以体伤；君以民存，亦以民亡。'《诗》云：'昔吾有先正，其言明且清，国家以宁，都邑以成，庶民以生。谁能秉国成？不自为正，卒劳百姓。'"现存《诗经》并无此句。④叔孙豹：姬姓，叔孙氏，名豹，谥号曰"穆"，故史称叔孙穆子，春秋鲁国大夫。叔孙豹疑为季文子，"先大夫臧文仲"，语出自《左传·文公十八年》，"季文子使大史克对曰：'先大夫臧文仲教行父事君之礼，行父奉以周旋，弗敢

失队。”季文子，季孙行父，姬姓，季氏，谥文，春秋时期鲁国正卿。⑤《召旻》:《诗经·大雅·荡之什》篇名，朱熹《诗集传》注：“此刺幽王任用小人，已致饥馑侵削之诗也。”“维今之人，不尚有旧。”语出自《诗经·召旻》，“昔先王受命，有如召公，日辟国百里，今也日蹙国百里。于乎哀哉，维今之人，不尚有旧。”⑥周公：姬姓，名旦，也称叔旦，封地周，西周政治家、思想家；周文王之子，周武王之弟；辅佐父兄灭商，辅佐成王治国，灭三监之乱，作典章礼乐。“乃逸乃谚，既诞，则曰：昔之人无闻知。”语出自《尚书·无逸》，“相小人，厥父母勤劳稼穑，厥子乃不知稼穑之艰难，乃逸乃谚。乃谚既诞，否则侮厥父母曰：‘昔之人无闻知。’”⑦名公：富有名望之人。耆硕：年高硕德之人。⑧罔：不。⑨景行：高尚德行。“景行行止”语出自《诗经·小雅·车舝》，“高山仰止，景行行止。”⑩赵文子：嬴姓，赵氏，名武，春秋时晋国卿大夫。九原：山名。随武子：随会，字季，春秋晋国臣。“昔赵文子观乎九原而愿随武子之为人”语出自《礼记·檀弓下》，“赵文子与叔誉观乎九原。文子曰：‘死者如可作也，吾谁与归?’叔誉曰：‘其阳处父乎?’文子曰：‘行并植於晋国，不没其身，其知不足称也。’‘其舅犯乎?’文子曰：‘见利不顾其君，其仁不足称也。我则随武子乎！利其君，不忘其身；谋其身，不遗其友。’晋人谓文子知人。”⑪孟僖子：姬姓，孟氏，名貜，谥僖，春秋鲁国司空。正考父：春秋宋国大夫，孔子七世祖。鼎铭：鼎上铸刻的铭文。“孟僖子述正考父之鼎铭”语出自《左传·昭公七年》，“孟僖子病不能相礼，乃讲学之，苟能礼者从之。及其将死也，召其大夫曰：‘礼，人之干也。无礼，无以立。吾闻将有达者曰孔丘，圣人之后也，而灭于宋。其祖弗父何以有宋而授厉公。及正考父，佐戴、武、宣，三命兹益共。故其鼎铭云：‘一命而偻，再命而伛，三命而俯。循墙而走，亦莫余敢侮。饘于是，鬻于是，以糊余口。’其共也如是。臧孙纥有言曰：‘圣人有明德者，若不当世，其后必有达人。’今其将在孔丘乎?”

莱州任氏族谱序

【题解】

顾炎武文笔简练，惜墨如金，笔端所写对顾炎武而言意义不同寻常，本文亦是如此。明末清初，世风日下，人心浇薄，人求禄利，社会祸败，与此形成鲜明对比的是山东莱州的赵氏、任氏家族，其族人“不为习俗之所移”，坚守古老而淳朴的民风，值得山东人警醒。顾炎武此文有明确的批判社会衰败之意，以求“止横流而息燎原”，其意可嘉；我们可对照当前社会道德的现状，反思为何此一问题历经千年仍是萦绕国人的难题，反思为何一个以道德著称的古老国度仍旧世衰道微、人心不古。社会道德依赖于底层百姓的坚守，但这样的坚守是社会不作为的无奈之举，重读顾氏此文，或可凸显古老道德的现实意义。此外本文中对君臣父子观念的评价需要注意辨别。

【选文】

予①读《唐书》②韦云起③之疏④曰：“山东人自作门户⑤，更相⑥谈荐⑦，附下罔上⑧。”袁术⑨之答张沛⑩曰：“山东人但求禄利[11]。见危授命[12]，则旷代[13]无人。”窃[14]怪其当日之风，即已异于汉时；而历数近世人材，如琅邪、北海、东莱[15]，皆汉以来大儒[16]所生之地，今且[17]千有余年，而无一学者见称[18]于时，何古今之殊绝[19]也？至其官于此者[20]，则无不变色咋舌[21]，称以为难治之国，谓其齐民[22]之俗有三：一曰逋税[23]，二曰劫杀[24]，三曰讦奏[25]。而余往来山东者十余年，则见夫巨室之日以微[26]，而世族之日以散[27]；货贿[28]之日以乏，科名[29]之日以衰，而人心之日以浇且伪[30]；盗诬[31]其主人而奴讦其长[32]，日趋于祸败[33]而莫知其所终。

乃余顷[34]至东莱，主赵氏、任氏[35]，入其门，而堂轩几榻[36]无改于其旧；与之言，而出于经术节义者，无变其初心[37]；问其恒产[38]，而亦皆支撑以不至于颓落[39]。余于是欣然有见故人[40]之乐，而叹夫士之能自树立者，固不为习俗之所移。任君唐臣因出其家谱[41]一编，属[42]余为之序。其文自尊祖睦族[43]以至于急赋税，均力役[44]，谆谆言之，岂不超出于山东之敝俗[45]者乎？

子不云乎：“得见有恒者，斯可矣。”[46]恒者久也，天下之久而不变者，莫若君臣父子，故为之赋税以输[47]之，力役以奉之，此田宅之所以可久也。非其有不取，非其力不食，此货财之所以可久也。为下不乱，在丑[48]不争，不叛亲，不侮贤，此邻里宗族之所以可久也。夫然，故名节以之而立，学问以之而成，忠义之人、经术之士出乎其中矣。不明乎此，于是乎饮食之事也而至于讼，讼不已而至于师[49]，小而舞文[50]，大而弄兵[51]，岂非今日山东之大戒？而若任君者，为之深忧过计[52]，而欲倡其教[53]于一族之人，即亦不敢讳[54]其从前之失[55]，而为之丁宁[56]以著于谱。昔召穆公[57]思周德之不类[58]，故纠合[59]宗族于成周[60]而作诗曰：“凡今之人，莫如兄弟。”[61]任君其师此意矣。余行天下，见好逋者必贫，好讼者必负[62]，少陵[63]长，小加大[64]，则不旋踵[65]而祸随之，故推[66]任君

之意，以告山东之人，使有警焉，或可以止横流而息燎原[67]也。（《亭林文集·卷之二》）

【注释】

①莱州：地名，位于山东烟台。族谱：家族谱系。序：说明著作旨意的文章。予：我。②《唐书》：记载唐朝历史的纪传体史书，有《旧唐书》、《新唐书》两种，前者后晋刘昫等人撰，后者北宋欧阳修等人撰。此处指《旧唐书·韦云起传》。③韦云起：隋唐时期官吏。④疏：奏疏。⑤门户：派别。⑥更相：相互。⑦谈荐：称赞、推荐。⑧附下罔上：偏袒下属、欺罔君王。⑨袁术：字公路，东汉末年诸侯。⑩张沛：唐吏，张文瓘之子。此句出自《旧唐书·袁朗传》。⑪禄利：爵禄。⑫见危授命：临难见危而能勇于献身。⑬旷代：长久。⑭窃：私自。⑮琅邪、北海、东莱：山东郡名。⑯大儒：儒家学者。⑰且：将要。⑱见称：受人称赞。⑲殊绝：差别。⑳官于此者：此地做官的人。㉑咋舌：因惊诧而说不出话。㉒齐民：齐地之民。齐：周代齐国，治所位于今山东淄博。㉓逋：音bū，拖欠。逋税：欠交租税。㉔劫杀：劫掠、杀害。㉕讦奏：告讦进言。㉖巨室：富豪。微：衰微。㉗世族：世代显贵。散：闲散。㉘货贿：财货。㉙科名：科举功名。㉚浇伪：浅薄、虚伪。㉛盗诬：盗窃、诬告。㉜长：长者。㉝祸败：灾祸、衰败。㉞余：我。顷：不久以前。㉟赵氏：赵士完，字汝彦，号琨石。任氏：任唐臣，字子良。㊱堂：厅堂。轩：栏杆。几：低桌。榻：坐具。㊲初心：起初的意志。㊳恒产：田地、房屋等不动产。㊴颓落：衰败。㊵故人：旧友。㊶家谱：记载家族世系和事迹的书。㊷属：通“嘱”，嘱托。㊸睦族：和睦亲族。㊹急：催促。力役：劳役。㊺敝俗：陋俗。㊻子：孔子，名丘，字仲尼，春秋时期思想家、教育家，儒家学派创立者。“得见有恒者，斯可矣。”语出自《论语·述而》，“子曰：‘善人，吾不得而见之矣；得见有恒者，斯可矣。亡而为有，虚而为盈，约而为泰，难乎有恒矣。’”㊼输：捐献。㊽丑：凶。㊾师：械斗。㊿舞文：玩味文字。(51)弄兵：兴兵作乱。(52)过计：考虑。(53)倡：倡导。

教：教化。㉞讳：隐瞒。㉟失：过失。㊱丁宁：叮咛。㊲昔：以前。召穆公：召伯虎，周臣。㊳周德：周代德教。不类：不善。㊴纠合：集合。㊵成周：西周东都洛邑。㊶“凡今之人，莫如兄弟。”出自《诗经·常棣》，“常棣之华，鄂不韡韡。凡今之人，莫如兄弟。”㊷负：失败。㊸陵：侵犯。㊹加：欺凌。㊺旋踵：时间短促。㊻推：推崇、赞许。㊼横流：灾祸。燎原：盛大火势，借指灾难。

劳山图志序

【题解】

劳山，即崂山的古称，位于山东省青岛市，是一座名山，与泰山等其他山名表达国泰民安的含义不同，“崂山”含有特殊的政治内涵。此文是顾炎武为黄御史及其长君朗生所修《劳山图志》而作的序，第一部分简介崂山的基本信息和古往今来的地名演变，由成山、盛山、而作崂山；第二部分简述崂山由秦始皇苛政而起，进而议论秦皇出游，“而劳之名传之千万年”，同时对齐民“言霸术”之风俗提出批评，“推其立名之旨”，告诫之意不言而喻。此文暗含作者对齐民风的批评，对霸术之风的不满，但更为重要的是作者对当政者苛政的控诉，指责秦始皇劳民之实，警诫当政者爱民护民养民。此外，作者对黄御史的抗疏言事给予了肯定和赞颂。

【选文】

劳山在今即墨县[①]东南海上，距城四五十里，或八九十里。有大劳小劳，其峰数十，总名曰劳。《志》言：“秦始皇登劳盛山，望蓬莱。”[2]因谓此山一名劳盛，而不得其所以立名之义。案《南史》[3]：明僧绍[4]隐于长广郡之崂山，则字或从山。又《汉书》[5]：成山作盛山，在今文登县东北，则劳盛自是两山。古人立言尚简，齐之东偏，三面环海，其斗入海处南劳而北盛，则尽乎齐东境矣。其山高大深阻，旁薄[6]二三百里，以其僻在海隅，故人迹罕至。凡人之情以罕为贵，则从而夸之，以为神仙之宅，灵异之府。其说云：吴王夫差登此山，得《灵宝度人经》[7]。考之《春秋传》[8]：吴王伐齐，仅至艾陵[9]，而徐承[10]率舟师自海道入齐，为齐人所败而去。则夫差未尝至此，而于越入吴之日，不知度人之经将焉用之？余游其地，观老君、黄石、王乔[11]诸迹，类皆后人之所托名，而耐冻白牡丹花在南方亦是寻尝之物。惟山深多生药草，而地暖能发南花，自汉以来，修真守静之流多依于此，此则其可信者。乃自田齐[12]之末，有神仙之论，而秦皇、汉武谓真有此人在穷山巨海之中，于是八神之祠徧[13]于海上，万乘之驾常在东莱，而劳山之名由此起矣。

夫劳山皆乱石巉岩，下临大海，逼仄[14]难度，其险处土人犹罕至焉。秦皇登之，是必万人除道，百官扈从[15]，千人拥挽而后上也。五谷不生，环山以外，土皆疏脊[16]；海滨斥卤[17]，仅有鱼蛤，亦须其时。秦皇登之，必一郡供张，数县储偫[18]，四民废业，千里驿骚而后上也。于是齐人苦之而名曰劳山也，其以是夫？古之圣王劳民而民忘之；秦皇一出游，而劳之名传之千万年，然而致此则有由矣。《汉志》[19]言：齐俗夸诈，自太公、管仲之余，其言霸术已无遗策。而一二智慧之士倡为迂怪之谈，以耸动天下之听，彼其意不过欲时君拥篲[20]，辩士诎服，以为名高而已，岂知其患之至于此也。故御史黄君居此山之下，作《劳山志》未成，其长君朗生修而成之，属余为序。黄君在先朝抗疏[21]言事，有古

人节槩[22]，其言盖非夸者。余独考劳山之故，而推其立名之旨，俾后之人有以鉴焉。(《亭林文集·卷之二》)

【注释】

①即墨县：地名，今位于山东青岛。②秦始皇：嬴政，秦朝建立者。蓬莱：地名，位于今山东烟台。③《南史》记述南朝宋、齐、梁、陈四代历史的纪传体史书，李延寿编撰。④明僧绍：字休烈，南朝隐士。⑤《汉书》：班固记载西汉历史的纪传体断代史著作。⑥旁薄：广大。⑦《灵宝度人经》：《元始无量度人上品妙经》，东晋时期道教著作，含《元始灵书》等内容。⑧《春秋传》：南宋胡安国著作。胡安国，字康侯，号青山，世称胡文定公，南宋理学家。⑨艾陵：古地名，位于今山东莱芜。⑩徐承：吴国大夫。⑪老君：老子，姓李名耳，字聃，道家思想创立者。黄石：黄石公，秦末道家隐士。王乔：道家神仙。⑫田齐：田氏齐国，公元前386年田和创建，公元前221年为秦所灭。⑬偏：同"遍"。⑭逼仄：狭窄。⑮扈从：陪同。⑯疎脊：贫瘠。⑰斥卤：盐碱地。⑱偫：音zhì，储备。储偫：存储。⑲《汉志》：《汉书·艺文志》，代指《汉书》。⑳拥篲：执帚，敬意。㉑抗疏：上书君王直谏。㉒节槩：亦作"节概"，志节、气概。

吕氏千字文序

【题解】

千字文是中文中特殊的文章，由一千个不同的汉字所撰写的韵文，是古代儿童启蒙教育的读物，“小学家恒用之书”。文章介绍《三苍》、《急就篇》、《千字文》与《吕氏千字文》的渊源关系，并作对比，突出后者“明代二百七十年之事乃略具”以及吕裁之退而训蒙之风节，最后表明作者乐于为“尊君亲上之义”作序。本文借由为吕裁之的千字文作序，抒发作者对明政权的怀念，表达作者的遗民志向，表达作者对君臣之义的坚守，另一方面表达了对吕裁之等友人的支持和对儿童启蒙教育的关注。

【选文】

《吕氏千字文》者，待诏余姚吕君裁之之所作也。

盖小学之书，自古有之。李斯[①]以下，号为《三苍》[②]，而《急就篇》[③]最行于世。自南北朝以前，初学之童子无不习之。而《千字文》[④]则起于齐梁之世，今所传“天地玄黄”者，又梁武帝命其臣周兴嗣取王羲之[⑤]之遗字次韵成之，不独以文传，而又以其巧传。后之读者苦《三苍》之难，而便《千文》之易，于是至今为小学家恒用之书。而崇祯之元，有仁和卓人月[⑥]者，取而更次之，以纪先帝初元之政，一时咸称其巧。吕君以为事止于一年，未备也，于是再取而更次之，而明代二百七十年之事乃略具。若夫错综古人之文如己出焉，不亦进而愈巧者乎？盖吾读史游[⑦]《急就篇》，博之于名物制度，浩赜[⑧]而不可穷，而其末归于“汉地广大，万方来朝，中国安宁，百姓承德”。而吕君此文其首曰：“大明洪武，受命配天。”其末曰：“臣吕章成，顿首敬书。”则犹史游之意也。史游在元帝时为黄门令，日侍禁中，当汉室之无事；而吕君身为宰辅之后，丁板荡[⑨]之秋，遯[⑩]迹山林而想一王之盛，《匪风》[⑪]之怀，《下泉》[⑫]之叹，有类于诗人，而过于齐、梁文士之流者也。不然，崔浩[⑬]之书改“汉强”而为“代强”者，今岂无其人乎？而吕君弃之不顾，曰：吾将退而训于蒙士焉。其风节又岂在两龚[⑭]下哉？

夫小学，固六艺[⑮]之先也，使人读之而知尊君亲上之义，则必自其为童子始，故余于是书也乐得而序之。(《亭林文集·卷之二》)

【注释】

①李斯：李氏，名斯，字通古，战国时期楚国上蔡人，法家思想代表人物。②《三苍》：又作《三苍》，指秦代李斯《苍颉篇》、赵高《爰历篇》、胡毋敬《博学篇》三篇小篆书写的文章。③《急就篇》：西汉元帝时黄门令史游所作儿童识字用书。④《千字文》：由一千个汉字组成的韵文，南朝梁武帝令周兴嗣作，文章对仗工整，文采斐然。周兴嗣，字思纂，南朝文学家。⑤“天地玄黄”：《千字文》首句。王羲之：字逸少，东晋书法家。⑥崇祯之元：崇祯元年，公元 1628 年。崇祯，明思宗朱由检 1628～

1644年间年号。仁和：地名，位于浙江杭州。卓人月：字珂月，明代文学家、戏曲家。⑦史游：西汉元帝时黄门令，书法家。⑧浩赜：广博深奥。⑨宰辅：辅政之臣。丁：遭逢。板荡：政局动荡。⑩遯：同“遁”。⑪《匪风》：出自《诗经·桧风》，感慨周道衰微之作。⑫《下泉》：出自《诗经·曹风》。⑬崔浩：字伯渊，名桃简，北魏贤臣。⑭两龚：西汉龚胜、龚舍。龚胜，字君宾；龚舍，字君倩。两龚相友，并著名节。⑮六艺：儒学六经，即《易》、《书》、《诗》、《礼》、《乐》、《春秋》。

与友人论学书

【题解】

一定程度上言，如何为学、治学的内容是个人的选择，但是读书人的治学方式和内容与社会要求相关，并且通过学说的传播对社会实践产生影响，因此一定程度上，读书人具有天然的“公共”属性。自然而然，读书人应当审慎地检视自己的为学态度和治学内容。顾炎武此文以答友人书信的方式批评了以王阳明为代表的明代中后期兴起的“言心言性”学说。第一段摆明论点，第二、三、四段对比先秦圣贤与现世君子的治学态度和治学内容，最后，作者提出为学应当“博学于文”、“行己有耻”，去除空虚之学，兴经世致用之实学。明末的顾炎武比明中期的王阳明经历了更多国破家亡的伤痛，其学问多有现实的骨感，以顾炎武为分界点，明清学术由心学转向实学。

【选文】

比往来南北①，颇承友朋推一日之长②，问道于盲③。窃叹④夫百余年以来之为学者，往往言心言性⑤，而茫乎不得其解也。

命与仁，夫子之所罕言也[6]；性与天道，子贡之所未得闻也[7]。性命之理，著之《易传》[8]，未尝数以语人[9]。其答问士也，则曰“行己有耻”[10]；其为学，则曰“好古敏求”[11]；其与门弟子言，举尧、舜相传所谓危微精一之说[12]一切不道，而但曰：“允执其中，四海困穷，天禄永终。”[13]呜呼！圣人之所以为学者，何其平易而可循也，故曰：“下学而上达。”[14]颜子之几乎圣也，犹曰：“博我以文。”[15]其告哀公也，明善之功，先之以博学[16]。自曾子[17]而下，笃实无若子夏[18]，而其言仁也，则曰：“博学而笃志，切问而近思。”[19]

今之君子则不然，聚宾客门人之学者数十百人，“譬诸草木，区以别矣”[20]，而一皆与之言心言性，舍多学而识[21]，以求一贯之方，置四海之困穷不言，而终日讲危微精一之说，是必其道之高于夫子，而其门弟子之贤于子贡，祧东鲁而直接二帝之心传者也[22]。我弗敢知也。

《孟子》[23]一书，言心言性，亦谆谆矣，乃至万章、公孙丑、陈代、陈臻、周霄、彭更之所问[24]，与孟子之所答者，常在乎出处、去就、辞受、取与之间[25]。以伊尹之元圣[26]，尧、舜其君其民之盛德大功[27]，而其本乃在乎千驷一介之不视不取[28]。伯夷[29]、伊尹之不同于孔子也，而其同者，则以“行一不义，杀一不辜，而得天下不为”[30]。是故性也，命也，天也，夫子之所罕言，而今之君子之所恒言也；出处、去就、辞受、取与之辨，孔子、孟子之所恒言，而今之君子所罕言也。谓忠与清之未至于仁[31]，而不知不忠与清而可以言仁者，未之有也；谓不忮不求之不足以尽道[32]，而不知终身于忮且求而可以言道者，未之有也。我弗敢知也。

愚所谓圣人之道者如之何？曰“博学于文”，曰“行己有耻”[33]。自一身以至于天下国家，皆学之事也；自子臣弟友以至出入、往来、辞受、取与之间，皆有耻之事也。耻之于人大矣！不耻恶衣恶食，而耻匹夫匹妇之不被其泽[34]，故曰："万物皆备于我矣，反身而诚。"[35]呜呼！士而不先言耻，则为无本之人；非好古而多闻，则为空虚之学。以无本之人，而讲空虚之学，吾见其日从事于圣人而去之弥远也。虽然，非愚之所敢言也，且以区区之见[36]，私诸同志而求起予[37]。(《亭林文集·卷之三》)

【注释】

①比：近来。往来南北：顾炎武顺治十四年秋从江苏北上山东、河北、辽宁、山西、河南等地。②颇：很。推：推崇。一日之长：年龄稍大，出自《论语·先进》，"子曰：'以吾一日长乎尔，毋吾以也。'"③问道：请教事理。问道于盲：向盲人问路。④窃叹：私自感叹。⑤言心言性：指王阳明等人倡导的心学，主张"正心"、"致良知"、"知行合一"，强调心性的作用。⑥夫子：孔子。"命与仁，夫子之所罕言也"语出自《论语·子罕》，"子罕言利与命与仁。"⑦子贡：端木赐，复姓端木，字子贡，春秋卫国人，孔子得意门生，善言辞，儒商始祖。天道：天理、自然规律。"性与天道，子贡之所未得闻也"语出自《论语·公冶长》，"子贡曰：'夫子之文章，可得而闻也；夫子之言性与天道，不可得而闻也。'"⑧著：写作。"性命之理，著之《易传》"语出自《周易·说卦》"昔者圣人之作《易》也，将以顺性命之理。是以立天之道曰阴与阳，立地之道曰柔与刚，立人之道曰仁与义。"《易传》是解释《易经》的著作，相传为孔子所著，共七种十篇，《系辞传》上下篇、《彖传》上下篇、《象传》上下篇、《文言传》、《说卦传》、《序卦传》和《杂卦传》，称为"十翼"。⑨未尝：未曾。数：音 shuò，屡次；多次。数以语人：多次告诫别人。⑩行己有耻：行为有廉耻底线，出自《论语·子路》，"子贡问曰：'何如斯可谓之士矣?'子曰：'行己有耻，使于四方，不辱君命，可谓士矣。'"⑪好古敏求：爱好古道，勤奋地追求，出自《论语·述而》，"子曰：'我非生而

知之者，好古，敏以求之者也。'”⑫尧：唐尧，伊祁姓，名放勋，号陶唐，谥曰尧，帝喾之子，上古五帝之一。虞：虞舜。精一：精纯、专一。“惟精惟一”出自《尚书·大禹谟》，“人心惟危，道心惟微，惟精惟一，允执厥中。”“心”有人心与道心两种，人心容易沾染私欲，故危，道心发于义理，故微，人只有精研专一，才能保持执中。⑬“允执其中，四海困穷，天禄永终。”语出自《论语·尧曰》，“尧曰：‘咨！尔舜！天之历数在尔躬，允执其中。四海困穷，天禄永终。’舜亦以命禹。”朱熹注：“历数，帝王相继之次第，犹岁时气节之先后也。允，信也。中者，无过不及之名。四海之人困穷，则君禄亦永绝矣，戒之也。”⑭循：沿袭、遵循。“下学而上达。”学习平常的知识，却悟出很高的道理，语出自《论语·宪问》，“子曰：‘不怨天，不尤人。下学而上达。知我者其天乎！'”⑮颜子：颜回（公元前521～前490年），名回，字子渊，春秋鲁国人。颜回好学追仁，孔子得意弟子，为七十二贤之首。颜回早逝，孔子哀叹：“噫！天丧予！天丧予！”几乎圣也，颜回元明时期被尊为“复圣”。“博我以文”，以文献丰富我的知识，出自《论语·子罕》“颜渊喟然叹曰：‘仰之弥高，钻之弥坚。瞻之在前，忽焉在后。夫子循循然善诱人，博我以文，约我以礼，欲罢不能。既竭吾才，如有所立卓尔。虽欲从之，末由也已。'”⑯哀公：姬姓，名将，春秋鲁国国君。明善，辨别善恶。“其告哀公也，明善之功，先之以博学”出自《礼记·儒行》，“鲁哀公问于孔子曰：‘夫子之服，其儒服与?’孔子对曰：‘丘少居鲁，衣逢掖之衣；长居宋，冠章甫之冠。丘闻之也，君子之学也博，其服也乡。丘不知儒服。'”“博学以知服”，此外《礼记·中庸》载：“博学之”。⑰曾子：本名曾参（前505～前436年），字子舆，春秋鲁国人，孔子门人，明世宗尊封“宗圣”。曾子是儒家文化由孔子传承至孟子的重要人物。⑱子夏：卜商，字子夏，人称卜子，孔子门人。⑲“博学而笃志，切问而近思。”语出自《论语·子张》，“子夏曰：‘博学而笃志，切问而近思，仁在其中矣。'”笃志：志向坚定。切问：恳切求教。近思：思考当前面临的问题。⑳“譬诸草木，区以别矣”：指学者能力像草木一样，差异较大，语出自《论语·子张》，“子游曰：‘子夏之门人小子，当洒扫应对进退，则可矣，抑末也。本之则无，如之何？’子夏闻之，曰：‘噫！言游过矣！君子之道，孰先传焉？孰后倦焉？譬诸草木，区以别矣。君子之道，焉可诬也？有始有卒者，其惟圣人乎！’”㉑识：音 zhì，记住。多学而识，出自《论语·卫灵公》，“子曰：‘赐也，女以予为多学而识之者与？’对曰：‘然，非与？’曰：‘非也，予一以贯之。’”㉒祧：音 tiāo，承继、超越。东鲁：孔子。二帝：尧舜。心传：佛教用语，不立文字，心心相传。㉓《孟子》：儒家“四书”之一，记录孟子及其门人的学说思想。㉔谆谆：音 zhūn，反复告诫。万章：公孙丑、陈代、陈臻、周霄、彭更，均为孟子门人，《孟子》记载了他们与孟子的部分问答。㉕出处：出仕或隐退。去就：任官或辞官。辞受：推辞或接受。取与：亦作“取予”，收受或给予。㉖伊尹：商汤大臣，名伊，尹是官名、右相，有莘氏陪嫁商汤的奴隶，后辅佐商汤灭夏、整顿吏治，后又放逐并辅佐太甲成为圣王。元圣：圣人。㉗尧、舜其君其民之盛德大功：指伊尹辅佐其君其民成为尧舜一般的人。㉘其本乃在乎千驷一介之不视不取：出自《孟子·万章上》，“伊尹耕于有莘之野，而乐尧舜之道焉。非其义也，非其道也，禄之以天下，弗顾也；系马千驷，弗视也。非其义也，非其道也。一介不以与人，一介不以取诸人。”㉙伯夷：商末孤竹国国君长子，《史记·伯夷列传》载，孤竹君死后，伯夷与其弟相互让贤，不受君位；周武王伐纣，伯夷叩马谏阻；武王灭商后，伯夷“义不食周粟，隐于首阳山，采薇而食之。”㉚“行一不义，杀一不辜，而得天下不为”语出自《孟子·公孙丑上》，“得百里之地而君之，皆能以朝诸侯，有天下；行一不义，杀一不辜，而得天下，皆不为也。”㉛忠与清：忠诚与清白。“忠与清之未至于仁”语出自《论语·公冶长》，“子张问曰：‘令尹子文三仕为令尹，无喜色；三已之，无愠色。旧令尹之政，必以告新令尹。何如？’子曰：‘忠矣。’曰：‘仁矣乎？’曰：‘未知；——焉得仁？’‘崔子弑齐君，陈文子有马十乘，弃而违之。至于他邦，则曰：“犹吾大夫崔子也。”违之。之一邦，则又曰：“犹吾大夫崔子也。”违之。何如？’子曰：‘清矣。’曰：‘仁矣乎？’曰：‘未知；——焉得仁？’”㉜忮：音 zhì，嫉妒。求：贪求。“不忮不求之不足以尽道”语出自《论语·子罕》，“子曰：‘衣敝缊袍，与衣狐貉者立，而不耻者，其由也与？“不忮不求，何用不臧？”’子路终身诵之。子曰：‘是道也，何足以臧？’”臧，善。㉝博学于文：出自《论语·雍也》，“君子博学于文，约之以礼，亦可以弗畔矣夫！”畔，同“叛”，背离。行己有耻，见第⑩条注释。㉞“不耻恶衣恶食”语出自《论语·里仁》，“子曰：‘士志于道，而耻恶衣恶食者，未足与议也。’”恶，劣。议，商议。“而耻匹夫匹妇之不被其泽”，语出自《孟子·万章上》，“（伊尹）思天下之民匹夫匹妇有不被尧舜之泽者，若己推而内之沟中。其自任以天下之重如此，故就汤而说之以伐夏救民。”被：覆盖。㉟备：具备。“万物皆备于我矣，反身而诚”，语出自《孟子·尽心上》，“孟子曰：‘万物皆备于我矣。反身而诚，乐莫大焉。强恕而行，求仁莫近焉。’”朱熹注：“强，勉强也。恕，推己以及人也。反身而诚则仁矣，其有未诚，则是犹有私意之隔，而理未纯也。故当凡事勉强，推己及人，庶几心公理得而仁不远也。”㊱愚：谦辞，我。区区之见：浅薄的见识。㊲起予：启发我，出自《论语·八佾》，“子夏问曰：‘“巧笑倩兮，美目盼兮，素以为绚兮。”何谓也？’子曰：‘绘事后素。’曰：‘礼后乎？’子曰：‘起予者商也！始可与言诗已矣。’”

与友人论门人书

【题解】

本文顾炎武回答了如何对待门人的问题。古人一向注重将自己的学说思想传播给门人，然后由门人发扬光大，传至后世。文章第一部分介绍书信来由，朋友劝顾炎武收徒授课，“立名誉，以光显于世”。第二部分则是顾炎武回绝自然之请，并对此观点痛加驳斥，顾氏认为当时部分读书人经诗不明，以应试之文、帖括之学，行利禄之实，不足以担负起治学的责任，因而顾氏“大匠不为拙工改废绳墨，羿不为拙射变其彀率”，不再收徒授课。第三部分，顾氏对待学问传世的态度，专心著作《日知录》，以求后世君子酌取。顾炎武讲求“为己之学”、不贪求虚名显达、不贪求利禄丰厚的治学态度尤须当代读书人警醒。

【选文】

伏承来教[①]，勤勤恳恳[②]，闵其年之衰暮[③]，而悼[④]其学之无传[⑤]，其为意甚盛[⑥]。然欲使之效曩[⑦]者二三先生招门徒，立名誉[⑧]，以光显[⑨]于世，则私心[⑩]有所不愿也。

若乃西汉之传经，弟子常千余人，而位高者至公卿[11]，下者亦为博士[12]，以名其学，可不谓荣欤？而班史[13]乃断之曰："盖禄利[14]之路然也。"故以夫子[15]之门人且学干禄[16]。子曰："三年学，不至于谷，不易得也。"[17]而况于今日乎？今之为禄利者，其无藉[18]于经术也审[19]矣。穷年所习，不过应试之文，而问以本经[20]，犹茫然不知为何语。盖举唐以来帖括[21]之浅而又废之，其无意于学也，传之非一世矣。矧纳赀[22]之例行，而目不识字者，可为郡邑博士；惟贫而不能徙业[23]者，百人之中尚有一二读书，而又皆躁竞[24]之徒，欲速成以名于世。语之以五经[25]则不愿学，语之以白沙、阳明之语录[26]则欣然矣，以其袭[27]而取之易也。其中小有才华者颇好为诗，而今日之诗，亦可以不学而作。吾行天下，见诗与语录之刻，堆几积案[28]，殆于"瓦釜雷鸣"[29]，而叩以二南、雅、颂[30]之义，不能说也。于此时而将行吾之道，其谁从之！"大匠不为拙工改废绳墨，羿不为拙射变其彀率"[31]，若狥[32]众人之好，而自贬其学，以来[33]天下之人，而广其名誉，则是枉道以从人，而我亦将有所不暇[34]。惟是斯道之在天下，必有时而兴，而君子之教人，有私淑艾[35]者，虽去之百世而犹若同堂[36]也。

所著《日知录》[37]三十余卷，平生之志与业皆在其中，惟多写数本以贻[38]之同好[39]，庶不为恶其害己者之所去，而有王者[40]起，得以酌取焉，其亦可以毕区区[41]之愿矣。夫道之污隆[42]，各以其时，若为己[43]而不求名，则无不可以自勉。鄙哉硁硁[44]所以异于今之先生者如此，高明何以教之？

【注释】

①来教：敬辞，来信。②勤勤恳恳：诚恳。③闵：怜悯。衰暮：迟暮、晚年。④悼：悲伤。⑤传：传授。⑥盛：深厚。⑦效：仿效。曩：以

前。⑧名誉：好的名声。⑨光显：荣显。⑩私心：个人内心。⑪公卿：三公九卿。⑫博士：学官名，掌课试。⑬班史：班固所著《汉书》。班固，字孟坚，东汉史学家、文学家，编著纪传体断代史《汉书》。《汉书》，班固记载西汉历史的纪传体断代史著作。⑭禄利：爵禄利益。⑮夫子：孔子，名丘，字仲尼，春秋时期思想家、教育家，儒家学派创立者。⑯干禄：仕禄。⑰“三年学，不至于谷，不易得也。”语出自《论语·泰伯》，“子曰：‘三年学，不至于谷，不易得也。’”至：意念所及。⑱藉：凭借。⑲审：明白、清楚。⑳本经：经书。㉑科举应试文章。㉒矧：音 shěn，况且。赀：财货。纳赀，纳粟捐纳，明清时捐纳财货入学国子监。㉓徙业：改变职业。㉔躁竞：急躁争求。㉕五经：指儒家五部经典著作，即《周易》、《尚书》、《诗经》、《礼记》、《春秋》。㉖白沙：陈献章（1428～1500年），字公甫，号石斋，别号碧玉老人、玉台居士、江门渔父、南海樵夫、黄云老人等，广东新会人，人称白沙先生或陈白沙，世存《白沙集》。陈献章开创了明代心学，后启阳明心学。阳明：王守仁（1472～1529 年），字伯安，别号阳明，谥文成，世称阳明先生，浙江余姚人，明代思想家、文学家、哲学家。语录，文体名，言论记录。㉗袭：奇。㉘几：矮桌。案：长桌。㉙殆：大概。瓦釜雷鸣，庸才显赫。㉚叩：叩问。二南：《诗经》中的《周南》、《召南》。雅：《大雅》、《小雅》。颂：《周颂》、《鲁颂》和《商颂》。㉛“大匠不为拙工改废绳墨，羿不为拙射变其彀率”，语出自《孟子·尽心上》，“公孙丑曰：‘道则高矣，美矣，宜若登天然，似不可及也；何不使彼为可几及而日孳孳也?’孟子曰：‘大匠不为拙工改废绳墨，羿不为拙射变其彀率。君子引而不发，跃如也。中道而立，能者从之。’”彀率：弓张开的程度。㉜狥：同“徇”，顺从。㉝来：招揽。㉞暇：空闲。㉟私淑艾：取人之善以自治其身。㊱同堂：同学。㊲《日知录》：顾炎武读书札记，初刻八卷于康熙九年，后康熙十五年刻本三十卷，康熙三十四年刻本三十二卷，现行版本为黄汝成集释。㊳贻：赠。㊴同好：志趣相同之人。㊵王者：行王道之君主。㊶毕：完成。区区：谦辞，我。㊷污隆：升降。㊸为己：提升自我修养。“君子之学，为己之学也”，出自《论语·宪问》，“古之学者为己，今之学者为人。”㊹鄙：谦辞，浅薄。硁硁：浅薄固执。

与友人辞祝书

【题解】

顾炎武六十八寿辰时在陕西富平，当地县令郭九芝要为其举行祝寿活动，顾炎武听说此事后写信回绝了县令的美意，并给出了理由：其一，古人无此礼仪，并举《小弁》、《哀郢》、唐文皇等史料论证；其二，“生丁不造，情事异人，流离四方，偷存视息”，不忍“接朋友之觞，炫世俗之目”。祝寿对于其他近古稀之年的老人而言是自然而然之事，但对于明代遗民而言则是“非礼之礼”。文章虽短，用词恳切，感情充沛，态度鲜明，通过此文我们可以体会顾炎武的身份自觉与身份认同，同时我们可以体会顾炎武所肩负的历史责任感与使命感。

【选文】

昨见子德[①]云：明府[②]将以贱辰[③]光临赐祝。窃惟[④]生日之礼，古人所无。《小弁》之逐子[⑤]，始说我辰[⑥]；《哀郢》之故臣[⑦]，乃言初度[⑧]。故唐文皇[⑨]以劬劳[⑩]之训，垂泣以对群臣；而近时孙退谷、张篑山[⑪]著论次废此礼。彼居常处顺[⑫]者，犹且辞之，况鄙人生丁不造[13]，情事异人，流离四方，偷存视息[14]。若前史王华、王肃、陆襄、虞荔、王慧龙之伦[15]，便当终身布衣疏食，不听音乐，不参喜事。即不能然，而又以此日接朋友之觞[16]，炫世俗之目，岂不于我心有戚戚[17]乎？知我者当闵其不幸而吊慰[18]之，不当施之以非礼之礼，使之拂[19]其心而夭[20]其性也。用是直摅衷曲[21]，布[22]诸执事[23]，惟祈鉴之[24]。

【注释】

①子德：李因笃，字子德，号天生，陕西富平人，顾炎武朋友。②明府：明府君，对郡县守令的尊称。此处指陕西富平时任县令郭九芝。③贱辰：谦称，自己生日。④窃：私自。惟：思量。⑤《小弁》：诗名，出自《诗经》。《小弁》之逐子，朱熹《诗集传》注："幽王娶于申，生太子宜臼。后得褒姒而惑之，生子伯服。信其谗，黜申后，逐宜臼，而宜臼作此诗以自怨也。（序以为太子傅述太子之情，以为是诗，不知其何所据也。）"⑥我辰：出自《诗经·小弁》，"天之生我，我辰安在。"⑦《哀郢》：诗名，出自《楚辞·九章》。故臣，屈原，芈姓，屈氏，名平，字原，战国时期楚国臣。⑧初度：生之年时，出自《楚辞·离骚》，"皇览揆余初度兮，肇锡余以嘉名"。⑨唐文皇：唐太宗李世民，唐代君王。⑩劬劳：劳苦。《诗经·蓼莪》载："哀哀父母，生我劬劳。"⑪孙退谷：孙承泽，字耳北，号北海，又号退谷。张篑山：张贞生，字篑山。⑫居常处顺：顺应变化。⑬不造：不幸。⑭偷存：苟活。视息：仅存视觉、呼吸，苟活。⑮前史：以前史册。王华：字子陵，南朝刘宋官吏，终不饮酒。王肃：字恭懿，谥宣简，北朝北魏官吏。陆襄：字赵卿，父兄遇害，终身蔬食布衣。虞荔：字山披，母逝，终身蔬食布衣。王慧龙：北魏宁南将军，布衣蔬食。伦：类。⑯觞：酒具。⑰戚戚：忧伤。⑱闵：怜悯。吊慰：慰问。⑲拂：违背。⑳夭：摧残。㉑用是：因此。摅：音 shū，表达。衷曲：衷肠。㉒布：呈述。㉓执事：书信敬辞，对对方的敬称。㉔惟：句首文言助词。祈：恳求。鉴：书信用语，审察。

病起与蓟门当事书

【题解】

中国读书人有着源远流长的人文关怀传统，北宋张载曾说“为天地立心，为生民立命，为往圣继绝学，为万世开太平”，此句被视为衡量中国读书人道德文章水平的标准。顾炎武此文流露出读书人对百姓关怀的自然感情，表现出作为读书人济民救世的责任担当。文章首段简单介绍写作书信的缘由，其后重点介绍赋税制度改革的必要和改进方式，最后恳求执政者救民于水火。文章结构清晰，以史为鉴，用笔简练，字里行间透露出顾氏的良苦用心和扎实的历史学问功底。当前中国读书人继承传统文化最基本的任务是捡起先贤关注天下苍生的使命，担负起社会的责任。

【选文】

天生豪杰，必有所任，如人主于其臣，授之官而与以职。今日者拯斯人于涂炭[①]，为万世开太平，此吾辈之任也。仁以为己任，死而后已，故一病垂危，神思不乱。使遂溘[②]焉长逝，而于此任已不可谓无尺寸之功，今既得生，是天以为稍能任事而不遽放归者也，又敢怠于其职乎？

今有一言而可以活千百万人之命，而尤莫切于秦、陇[3]者，苟能行之，则阴德[4]万万于公矣。请举秦民之夏麦秋米及豆草一切征其本色[5]，贮之官仓，至来年青黄不接之时而卖之，则司农[6]之金固在也，而民间省倍蓰[7]之出。且一岁计之不足，十岁计之有余，始行之于秦中，继可推之天下。然谓秦人尤急者，何也？目见凤翔[8]之民举债于权要[9]，每银一两，偿米四石，此尚能支持岁月乎？捐不可得之虚计，犹将为之，而况一转移之间，无亏于国课乎？然恐不能行也。《易》曰："牵羊悔亡，闻言不信。"[10]至于势穷理极，河决鱼烂[11]之后，虽欲征其本色而有不可得者矣。

救民水火，莫先于此。病中已笔之于书，而未告诸在位。比读国史，正统中，尝遣右通政[12]李畛等官粜[13]米得银若干万，则昔人有行之者矣。特建此说，以待高明者筹之。

【注释】

①涂炭：烂泥、炭火，指极困苦境遇。②溘：突然。③秦、陇：秦岭、陇山，陕西、甘肃一带。④阴德：暗中帮助他人。⑤本色：实物田赋。⑥司农：户部。⑦倍蓰：数倍。⑧凤翔：地名，位于今陕西。⑨权要：权贵。⑩"牵羊悔亡，闻言不信。"出自《周易·夬卦》九四爻辞。⑪河决鱼烂：事情糟糕到极点。⑫正统：明英宗朱祁镇1436～1449年间年号。右通政：官职名，掌章奏。⑬粜：音tiào，卖粮。

与史馆诸君书

【题解】

古人讲求载之史册，藏之名山，传之其人，历代读书人珍爱名誉如珍爱生命一般。此文是顾炎武写给明史馆诸人，请求将其先妣王氏的事迹列入史册的文章。王氏未嫁守节、断指疗姑，受到明政权的旌表；后清军入关，王氏蹈首阳之烈、绝食而亡，于公而言，王氏是古代社会传统的忠贞烈女，顾炎武作为读书人，有责任将这种精神传之天下。王氏养育并身教顾炎武，临终不仕二代的遗命，影响了顾炎武的人生道路的选择，于私而言，顾炎武作为人子，有义务将王氏事迹留之后人。本文详略得当，生动描述了王氏生前的感人情景。通过此文，我们可以体会母慈子孝的自然感情。

【选文】

视草北门①，紬书东观②，一代文献③，属④之巨公，幸甚幸甚。

列女之传，旧史不遗，伏念先妣王氏未嫁守节，断指疗姑，立后训子，及家世名讳并载张元长先生传中。崇祯九年巡按御史王公具题，奉旨旌表。乙酉之夏，先妣时年六十，避兵于尝熟[5]县之语濂泾。谓不孝[6]曰："我虽妇人，身受国恩，义不可辱。"及闻两京[7]皆破，绝粒不食，以七月三十日卒于寓室之内寝。遗命炎武读书隐居，无仕二姓。迄今三十五年，每一念及，不知涕之沾襟也。当日间关戎马[8]，越大祥[9]之后，乃得合葬于先考文学之兆[10]。今将树一石坊[11]于墓上，藉旌门之典，为表墓之荣。而适当修史之时，又得诸公以卓识宏才膺笔削[12]之任，共姬之葬[13]，特志于《春秋》[14]，漆室之言[15]，独传于中垒[16]，不无望于阐幽[17]之笔也。

炎武年近七旬，旦暮入地[18]，自度无可以扬名显亲，敢沥陈哀恳[19]，冀采数语存之简编[20]，则没世之荣施[21]，即千载之风教[22]矣。

【注释】

①视草：臣奉旨修正诏谕。北门，翰林学士。②紬：缀集。东观，宫中藏书之所。③一代文献：《明史》，记载明代历史的纪传体史书。④属：系。⑤尝熟：疑作"常熟"。⑥不孝：父母死，子自称。⑦两京：明代北京、南京。⑧间关：道路崎岖。戎马：战乱。⑨大祥：父母丧后两周年的祭礼。⑩文学：文学公嗣父顾同吉。兆：墓地。⑪石坊：石质牌坊。⑫笔削：著史。⑬共姬：伯姬，嫁宋共公。参见《先妣王硕人行状》及注释。⑭《春秋》：孔子修订鲁国编年史。⑮漆室之言：关心国事，出自《列女传·漆室女》。⑯中垒：刘向，字子政，西汉文学家，著《列女传》等。⑰阐幽：阐释幽深。⑱入地：死亡。⑲沥陈：竭诚陈述。哀恳：悲伤、诚恳。⑳冀：希望。简编：史册。㉑没世：终身。荣施：施惠。㉒风教：风俗教化。

与公肃甥书之二

【题解】

“以道事君，不可则止”，“从道不从君”等原则是古代官员面临君主与道义矛盾时的选择，此文是顾炎武劝诫徐元文为政的诫文，同时向他反映多地旱灾所引起的百姓疾苦，向清政权建议正朝廷、正百官。顾炎武虽然不仕清，但对百姓的爱护态度是没有变化的，他晚年游历多地，体察百姓疾苦，并且多次通过书信向任职清政权的外甥、朋友反映底层社会状况。不为无益之事，何以遣有生之涯，在个人能力力所能及的范围之内，尽可能做有益于人民和社会之事，尽可能地用所学解决社会问题，是当前读书人急需向先贤学习之处。

【选文】

所谓大臣者，以道事君，不可则止①。吾甥宜三复②斯言，不贻③讥于后世，则衰朽④与有荣施⑤矣。

此中自京兆抵二崤⑥皆得雨，陇西、上郡、平凉皆旱荒，恐为大同⑦之续。与其赈恤于已伤，孰若蠲除⑧于未病。又有异者，身为秦[9]令，而隔河买临晋之小儿，阉为火者[10]，以充僮竖[11]，至割死一人，岂非自陕以西别一世界乎？诚欲正朝廷以正百官，当以激浊扬清[12]为第一义，而其本在于养廉。故先以俸禄一议附览，然此今日所必不行，留以俟[13]之可耳。说经之外，所论著大抵如此。世有孟子，或以之劝齐梁[14]，我则终于韫匮[15]而已。

【注释】

①“以道事君，不可则止”：语出自《论语·先进》，“所谓大臣者，以道事君，不可则止。今由与求也，可谓具臣矣。”②三复：反复诵读。③贻：遗留。④衰朽：谦辞，老朽。⑤荣施：施惠。⑥京兆：京师。二崤：崤山，崤山分东崤、西崤，故称。⑦陇西、上郡、平凉、大同：均为地名。⑧蠲除：免除。⑨秦：古地名，今陕西、甘肃。⑩火者：宦官。⑪僮竖：童仆。⑫激浊扬清：斥恶奖善。⑬俟：等待。⑭“孟子，或以之劝齐梁”：参见《孟子·公孙丑上》、《孟子·滕文公上》等篇章。⑮韫：音 yùn，收藏。匮：音 guì，古同“柜”。韫匮，藏入柜子。

答原一公肃两甥书

【题解】

故乡总是给人们难以割舍的自然感情，古人留下了很多忆家、归家的诗词文章。昆山三徐想要在家乡为在外漂泊了多年的顾炎武建筑房子以安养晚年，顾炎武知悉后写了这封信回绝了外甥的美意。顾炎武给出了两方面的理由，其一于己不忍回乡，先回忆了人生三个阶段，继而总结现在回乡既“乖良友之情，弥失故人之望。”其二，于甥增加资费，招人口议。最后总结，于己于甥，顾炎武不宜回乡。文章文辞流畅，说理清晰，难以回驳。但是文章的开头已然暗示了顾炎武对于家乡朋友的惦念，理性分析的背后是作者无法言语的回忆，自然感情与理性分析之间的矛盾显示着顾炎武的无奈。

【选文】

老年多暇，追忆曩[①]游，未登弱冠[②]之年，即与斯文[③]之会，随厨俊[④]之后尘，步杨、班之逸躅[⑤]，人推月旦[⑥]，家擅雕龙[⑦]，此一时也。

已而山岳崩颓[8]，江湖沸汹[9]，酸枣之陈词慷慨[10]，尚记臧洪[11]；睢阳之断指淋漓[12]，最伤南八[13]。重泉[14]虽隔，方寸无睽[15]，此又一时也。

已而奴隶鸱张[16]，亲朋澜倒[17]，或有闻死灰[18]之语，流涕而省韩安[19]；览穷鸟之文[20]，抚心而明赵壹[21]。终凭公论，得脱危机，此又一时也。

凡此三者之人，骑箕化鹤[22]，多不可追；哲嗣闻孙[23]，往往而在。此即担簦戴笠[24]，陌路相逢，犹且为之叙殷勤，陈夙昔[25]，班荆郑国之野[26]，贳酒黄公之垆[27]。而况吾甥欲以郡中之园为吾寓舍，寻往时之息壤[28]，不乏同盟[29]，坐今日之皋比[30]，难辞后学[31]。使鸡黍蔑具[32]，干糇以愆[33]，既乖[34]良友之情，弥失故人之望。

且吾今居关、华[35]，每年日用约费百金。若至吴门[36]，便须五倍，吾甥能为办之否乎？又或谓广厦之欢，可以大庇寒士[37]；九里之润，亦当施及吾侪[38]。而曰：吾尔皆同声气同患难之人，尔有鼎贵[39]之甥，可无挹注[40]之谊？因罟觅菟[41]，见弹求鸮[42]，有如退之[43]诗所云，“偶然题作木居士，便有无穷祈福人”[44]者，吾甥复能副[45]之否乎？虽复田文、无忌[46]，不可论之当今，假使元美、天如[47]，当必有以[48]处此，而如其不然，则必以觖望[49]之怀，更招多口之议。况山林晚暮[50]，已成独往之踪；城市云为[51]，终是狗人[52]之学。然则吾今日之不来，非惟自适[53]，亦所以善为吾甥地[54]也。（《亭林文集·卷之三》）

【注释】

①暇：空闲。曩：以往。②弱冠：古代男子二十岁加冠，示成人，身体尚未健壮，故称弱冠。③与：结交。斯文：儒士。④厨俊：“八厨”、“八俊”并称，指度尚等侠义才俊之士。厨，以财济人。⑤杨、班：扬雄、

班固。扬雄，字子云，西汉辞赋家，代表作《法言》、《太玄》等。班固，字孟坚，东汉史学家、辞赋家，代表作《汉书》、《两都赋》。躅，音 zhú，足迹。逸躅：踪迹。⑥月旦：品评人物。⑦雕龙：善于修饰文辞。⑧山岳崩颓：王朝覆亡。⑨江湖沸汹：社会动荡不安。⑩酸枣陈词：指东汉末年臧洪、张超等人于酸枣会盟起兵反抗董卓，臧洪演说盟誓。慷慨：情绪激昂。⑪臧洪：字子原，汉末臣。臧洪与张超、袁绍为友，张超被曹操围攻杀害，袁绍见死不救，臧洪与袁绍结怨，臧洪后被袁绍包围于东武阳城，宁死不降，被杀，东武阳城百姓殉死。⑫睢阳断指：指唐代张巡为保睢阳，遣南霁云向御史大夫贺兰进明求救，贺兰进明不允，南霁云断指明誓。⑬南八：南霁云，行八，故称，唐代将领。⑭重泉：九泉。⑮方寸：心神。暌：音 kuí，隔离。⑯鸱张：嚣张。奴隶鸱张，指顾炎武家奴陆恩与叶方恒诬告顾炎武，参见《从叔父穆庵府君行状》。⑰澜倒：凶猛。亲朋澜倒，指顾炎武从叔顾叶墅、从兄顾维与其争夺家产的案件，顾炎武室庐被毁，参见《答再从兄书》。⑱死灰：火灭后的冷灰，借指心绪消沉。⑲韩安：韩安国，西汉臣。韩安国下狱曾言“死灰独不复然乎?”⑳穷鸟之文：指赵壹为感谢友人救命之恩所作《穷鸟赋》。㉑赵壹：字元叔，东汉辞赋家，性格耿直，屡抵罪，几度死，代表作《穷鸟赋》、《刺世疾邪赋》。㉒骑箕：去世。化鹤：婉辞，死亡。㉓哲嗣：敬称，他人之子。闻孙：闻达的子孙。㉔担簦：背着伞。戴笠：戴斗笠。㉕夙昔：往昔。㉖班荆：朋友相遇，铺荆坐地，共坐谈心。班荆郑国之野，出自《左传·襄公二十六年》，“伍举奔郑，将遂奔晋。声子将如晋，遇之于郑郊，班荆相与食，而言复故。”㉗贳：音 shì，赊欠。黄公：卖酒者。垆：放置酒瓮的土台。黄公之垆，出自《世说新语·伤逝》，“王浚冲为尚书令，著公服，乘轺车，经黄公酒垆下过，顾谓后车客：‘吾昔与嵇叔夜、阮嗣宗共酣饮于此垆，竹林之游，亦预其末。自嵇生夭、阮公亡以来，便为时所羁绁。今日视此虽近，邈若山河。’”王浚冲，王戎，字浚冲。㉘息壤：栖止之地。㉙同盟：同伴密友。㉚皋比：虎皮，借指讲席。㉛后学：后进学者。㉜鸡黍：飨客饭菜。蔑具：竹编器具。㉝干糇（音 hóu）：干粮。愆：过失。

㉞乖：背离。㉟关、华：地名，关中、华阴。㊱吴门：指顾炎武家乡苏州昆山。㊲“广厦之欢，可以大庇寒士”：出自杜甫《茅屋为秋风所破歌》，“安得广厦千万间，大庇天下寒士俱欢颜，风雨不动安如山”。㊳九里之润：出自《庄子·列御寇》，“郑人缓也，呻吟裘氏之地。祇三年而缓为儒。河润九里，泽及三族，使其弟墨。”吾侪：我辈。㊴鼎贵：显赫尊贵。㊵挹注：挹彼注兹，指接济帮助。㊶罝：捕兔网。菟：通“兔”。㊷鸮：音 xiāo，猫头鹰。㊸退之：韩愈，字退之，唐代文学家、哲学家、思想家，唐宋八大家之首。㊹“偶然题作木居士，便有无穷祈福人”语出自《题木居士》。㊺副：符合。㊻田文：战国时期齐国贵族，袭封于薛，又称薛公，号孟尝君，战国四公子之一。门下食客数千。无忌：魏无忌，战国时期魏国贵族，封于信陵，又称信陵君，战国四公子之一，门下食客三千。㊼元美：王世贞，字元美，号凤洲，明代文学家。天如：张溥，字天如，号西铭，明代文学家，代表作《五人墓碑记》。㊽有以：有为。㊾觖望：怨恨。㊿山林晚暮：晚年隐居。51云为：所为。52狗人：屈从迎合。53自适：自我闲适。54地：处境。

与人书二十五

【题解】

顾炎武治学有着明显的入世目的，其文章大都有经世济民的现实关怀。本文再次论述君子治学的目的，“明道救世”，同时介绍自己写作《音学五书》和《日知录》的目的，待“有王者起，将以见诸行事，以跻斯世于治古之隆，而未敢为今人道也。”

【选文】

君子之为学，以明道[①]也，以救世也。徒以诗文而已，所谓“雕虫篆刻”[②]，亦何益哉！

某[③]自五十以后，笃志经史，其于音学深有所得。今为《五书》[④]以续《三百篇》[⑤]以来久绝之传，而别著《日知录》[⑥]上篇经术，中篇治道，下篇博闻[⑦]共三十余卷。有王者[⑧]起，将以见诸行事，以跻斯世于治古之隆[⑨]，而未敢为今人道也。向时[⑩]所传刻本，乃其绪余[⑪]耳。(《亭林文集·卷之四》)

【注释】

①明道：阐明事理。②雕虫篆刻：小技。③某：我。④《五书》：《音学五书》，顾炎武研究《诗经》音韵学著作，含音论、诗本音、易音、唐韵正、古音表五部分，参见《音学五书后序》。⑤《三百篇》：《诗经》，中国最早的诗歌集，因孔子删定后共计三百余篇，又称《诗三百》，分为风、雅、颂三部分。⑥《日知录》：顾炎武三十余年读书札记，参见《初刻日知录自序》。⑦博闻：渊博知识。⑧王者：君王。⑨跻：音 jī，登：斯世，此世。治古：古代治世。隆：兴盛。⑩向时：以前。⑪绪余：残余。

与叶讱庵书

【题解】

此文是顾炎武回绝同乡叶讱庵举荐的书信。顾炎武在信中直陈了自己不能仕清的理由，除了年长昏耄外，最重要的是先妣“无仕异代”之临终遗命。忠孝文化对中华民族绵延五千年的维系作用是不可估量的，忠孝文化是中国传统文化中的重要组成部分，中国传统读书人则是忠孝文化的倡导者和践行者。顾炎武以身示范，成为忠孝文化的殉道者；清末乃至民国时期，这种文化成为中华民族罹遭战争而维系不绝的精神力量。和平时期，我们或许无法理解先贤的良苦之心，但如果对我们的先贤和传统文化抱着温情的敬意，我们或许可以超脱时间，与古人展开对话，了解和体会历史背景中的他们和他们的人生选择。

【选文】

去冬韩元少[①]书来，言曾欲与执事[②]荐及鄙人[③]，已而[④]中止。顷闻史局[⑤]中复有物色[⑥]及之者。无论昏耄之资[⑦]，不能黾勉[⑧]从事，而执事同里[⑨]人也，一生怀抱，敢不直陈之左右[⑩]。

先妣[⑪]未嫁过门，养姑抱嗣[⑫]，为吴中第一奇节，蒙朝廷旌表[13]。国亡绝粒[14]，以女子而蹈首阳之烈[15]。临终遗命，有“无仕异代”之言，载于志状[16]，故人人可出[17]而炎武必不可出矣。

《记》曰：“将贻父母令名，必果；将贻父母羞辱，必不果。”[18]七十老翁何所求？正欠一死！若必相逼，则以身殉之矣！一死而先妣之大节愈彰[19]于天下，使不类之子得附[20]以成名，此亦人生难得之遭逢[21]也。谨此奉闻。（《亭林文集·卷之三》，《蒋山佣残稿》）

【注释】

①韩元少：韩菼，字元少，别号慕庐，谥文懿；康熙十二年状元，官至礼部尚书。②执事：书信敬辞，对对方的敬称。叶讱庵：叶方蔼，字子吉，号讱庵，谥文敏，江苏昆山人；顺治十六年探花，清官员，曾总裁《明史》，赠礼部尚书。③荐：荐举。鄙人：谦辞自称。④已而：不久。⑤顷：刚才、不久以前。史局：史馆，康熙十八年以徐元文为监修编撰《明史》。⑥物色：挑选。⑦无论：不要说、且不说。昏耄：年老、衰老。资：能力。⑧黾勉：尽力。⑨里：乡里。⑩左右：书信中称呼对方，表尊敬。⑪先妣：亡母，本文指顾炎武嗣母王氏。⑫养姑：供养婆婆。抱嗣，抱养嗣子。顾炎武生父顾同应，嗣父顾同吉。⑬蒙：承蒙。朝廷：明廷。旌表：古代官府为忠孝节义之人立牌坊、赐匾额，示表彰。⑭国亡：明代灭亡。绝粒：绝食。王氏节义详见《先妣王硕人行状》。⑮蹈：践行。首阳之烈：《史记·伯夷列传》载，商末孤竹国国君死后，其子叔齐让位给伯夷，伯夷不受，叔齐也不登位，兄弟二人先后出走。周武王伐纣，二人叩马谏阻。武王灭商后，二人“义不食周粟，隐于首阳山，采薇而食之。”传统社会视兄弟二人抱节守志的典范。⑯志状：墓志和行状。行状：文体名，记述死者世系、籍贯、生卒年月和生平事迹的文章。也称状、行述。⑰出：出仕。⑱《记》：《礼记》。“将贻父母令名，必果；将贻父母羞辱，必不果。”语出自《礼记·内则》，“父母虽没，将为善，思贻父母令名，必果。将为不善，思贻父母羞辱，必不果。”贻：遗。令名：美好声誉。果：果决。⑲彰：显著。⑳附：依附。㉑遭逢：际遇。

与李星来书

【题解】

本文是顾炎武向朋友李星来介绍自己和其他几位朋友被举荐入仕之事，顾炎武、李中孚侥幸得脱，然王弘撰和李因笃则不得不辞行。文章第二部分介绍关中的形势。文章短小，文笔简练，用典精巧。

【选文】

今春荐剡[①]，几偏[②]词坛，虽龙性之难驯[③]，亦鱼潜之孔炤[④]。乃申屠[⑤]之迹，竟得超然，叔夜[⑥]之书，安于不作，此则晚年福事。

关中三友：山史[⑦]辞病，不获而行；天生[⑧]母病，涕泣言别；中孚[⑨]至以死自誓而后得免，视老夫为天际之冥鸿[⑩]矣。

此中山水绝佳，同志之侣多欲相留避世。愚谓与汉羌烽火[⑪]但隔一山，彼谓三十年来在在筑堡，一县之境，多至千余，人自为守，敌难偏攻，此他省之所无，即天下有变而秦独完矣。未知然否？（《亭林文集·卷之三》）

【注释】

①李星来：李源，山东德州人，顾炎武朋友。荐剡：荐举。②偏：遍及。③龙性难驯：脾气倔强、难以驯服。④鱼潜：隐居。孔炤：明显。⑤申屠：申屠狄，相传为隐士，为让天下而负石投河。⑥叔夜：嵇康，字叔夜，曹魏时期思想家，主张“越名教而任自然”，竹林七贤之一；官至中散大夫，又称嵇中散。山涛举荐嵇康，嵇康作《与山巨源绝交书》。⑦山史：王弘撰，字文修，一字无异，号山史，陕西华阴人。⑧李因笃：字子德，号天生，陕西富平人。⑨李中孚：李颙，字中孚，号二曲，陕西周至人。⑩冥鸿：高飞的鸿雁，借指避世隐居之士。⑪烽火：古代边防报警烟火，借指战乱。

答李紫澜书

【题解】

顾炎武开篇即叹“常叹有名不如无名，有位不如无位”，然后以李中孚为例论证当今君子隐世不得的无奈。文章然后解析了今人所追求之名与孔子所言的“君子疾没世而名不称”之名的区别：今人追求当世之名，君子追求没世之名，当世之名，没则已焉。最后从历史的角度解析君子之名难成的原因。顾炎武在文中感叹现时君子避世之难，其背后的逻辑仍然是对现世的不满无处发泄。随着社会的发展，隐世的生存空间被压缩，隐士的隐匿之地似乎越来越难以寻找；外在的安静之地不可寻觅，或许我们寄希望于向自己内心深处寻找一片安宁之地。

【选文】

常叹有名不如无名，有位不如无位。

前读大教[①]，谬[②]相推许[③]，而不知弟此来关右[④]，不干当事[⑤]，不立坛宇[⑥]，不招门徒。西方之人或以为迂[⑦]，或以为是。而同志之李君中孚[⑧]，遂为上官逼迫，舁[⑨]至近郊，至卧操白刃[10]，誓欲自裁[11]。关中诸君有以巨游[12]故事言之当事，得为谢病[13]放归[14]。然后国家无杀士之名，草泽[15]有容身之地，真所谓威武不屈。

然而名之为累，一至于斯，可以废然返[16]矣！或曰："君子疾没世而名不称"[17]，何欤？曰：君子所求者，没世之名[18]，今人所求者，当世之名。当世之名，没则已焉，其所求者，正君子之所疾也，而何俗士之难寤[19]欤？城郭沟池[20]以为固，甲兵[21]以为防，米粟刍茭[22]以为守，三代[23]以来，王者之所不废。自宋太祖惩五季之乱[24]，一举而尽撤之，于是风尘乍起[25]，而天下无完邑[26]矣。我不能守，贼亦不能据，而椎埋攻剽[27]之徒乃尽保于山中。于是四皓之商颜[28]，刘、阮之天姥[29]，凡昔日兵革之所不经[30]，高真之所托迹[31]者，无不为戎薮[32]盗区。故避世[33]之难，未有甚于今日，推原其故，而艺祖、韩王有不得辞其咎者矣[34]。读书论世而不及此[35]，岂得为"开拓万古之心胸"[36]者乎？（《亭林文集·卷之三》）

【注释】

①李紫澜：李涛，字紫澜，山东德州人。大教：对来信的尊称，书信中常用语。②谬：错误。③推许：推崇赞许。④关右：亦称"关西"，函谷关或潼关以西地区。⑤干：打扰。当事：当权者。⑥坛宇：讲坛。⑦西方：疑为"四方"。迂：固执拘泥。⑧同志：志趣相同、志向相同的人。李中孚：李颙，字中孚，号二曲，陕西周至人，明末清初学者，曾被人推荐出仕。⑨上官：长官。舁：音 yú，抬。⑩操：拿。白刃：利刃、锋利的刀。⑪自裁：自杀。⑫巨游：李业，字巨游，汉代人，曾被举荐入仕，不从下狱，后得说客劝解得以解脱。⑬谢病：托病谢绝。⑭放归：隐退。⑮草泽：在野平民。⑯废然而返：指弃绝功名，恢复常态。⑰"君子疾没世而名不称"语出自《论语·卫灵公》，"子曰：'君子疾没世而名不称焉。'"疾：恨。⑱没世之名：身后之名。⑲俗士：见识浅陋之人。寤：通

“悟”觉悟。⑳城郭：城墙。沟池：护城河。㉑甲兵：铠甲兵器，指军队。㉒米粟：粮食。刍茭：干草。㉓三代：指古代夏、商、周三个朝代。㉔宋太祖：赵匡胤。惩：警戒。季：朝代末期。五季之乱：指五代时期混乱。㉕风尘：战乱。乍起：突然兴起。㉖完邑：完整的城池。㉗椎埋：劫杀人而埋之。攻剽：侵扰、劫夺。㉘四皓：商山四皓，秦汉时品行高洁的隐士，分别是周术、东园公、绮里季、夏黄公。商颜：即商山，位于今陕西商洛。㉙刘：刘晨。阮：阮肇。刘晨、阮肇，东汉采药人。天姥：天姥山，位于今浙江新昌。㉚经：经历。㉛高真：仙人、隐士。托迹：寄身。㉜薮：音 sǒu，聚集。㉝避世：逃避尘世。㉞艺祖：开国帝王，指赵匡胤。韩王：疑为宋真宗赵恒。㉟及此：如此。㊱“开拓万古之心胸”语出自陈亮《甲辰答朱元晦书》，“推倒一世之智勇，开拓万古之心胸”。

与李中孚书

【题解】

此文第一部分介绍自己没有南归的原因，第二部分介绍华阴朱子祠堂的状况，并向李中孚征询意见，第三部分委婉拒绝李中孚请其为其母作祠文的请求。顾炎武不屑于做人情往来式的推重之文，言必有物，朋友之请也是一视同仁，我们或可理解“实学”之意。

【选文】

衰疾渐侵，行须扶杖，南归尚未可期。久居秦晋[①]，日用不过君平[②]百钱，皆取办囊橐[③]，未尝求人。过江而南，费须五倍，舟车所历，来往六千，求人则丧己，不求则不达，以此徘徊未果。

华令迟君[④]谋为朱子祠堂[⑤]，卜于云台观之右[⑥]，捐俸百金，弟亦以四十金佐之。七月四日买地，十日开土，中秋后即百堵皆作[⑦]。然堂庐门垣，备制[⑧]而已，不欲再起书院。惟祠中用主像[⑨]，遵足下前谕，主题曰太师徽国文公朱子神位，像合用[⑩]林下冠服，敢祈足下考订明确示之。

太夫人[11]祠已建立否？委作记文，岂敢固辞，以自外于知己。顾念先妣以贞孝受旌[12]，顷[13]使舍侄于墓旁建一小祠，尚未得立，日夜痛心。若使不立母祠，而为足下之母作祠文，是为不敬其亲而敬他人矣。足下亦何取其人乎？贵地高人逸士甚不乏人，似不须弟；若谓非弟不可，则时乎有待，必鄙愿已就[14]，方可泚笔[15]耳。

【注释】

①秦晋：春秋秦晋两国，位于今陕西、山西。②君平：严遵，字君平，西汉思想家，自给隐居于蜀。③囊橐：口袋、行囊。④华令：华阴县令。迟君：迟维城，字屏万。⑤朱子：朱熹（1130～1200 年），字元晦，一字仲晦，号晦庵，晚称晦翁，谥文，亦称朱文公、朱子，南宋理学家、思想家、哲学家。祠堂：古代祭祀祖宗、先贤的庙堂。⑥卜：卜问。云台观：陕西华阴华山云台观。右：西。⑦堵：墙。百堵皆作：出自《诗经·小雅·鸿雁》，“之子于垣，百堵皆作。虽则劬劳，其究安宅。”⑧备：完备。⑨主：牌位。像：画像。⑩合用：该用。⑪太夫人：敬称，对方母亲。⑫先妣：亡母，本文指顾炎武嗣母王氏。以贞孝受旌：参见《先妣王硕人行状》。⑬顷：不久前。⑭就：完成。⑮泚笔：以笔蘸墨。

与彦和甥书

【题解】

科举考试是中国古人的伟大创举，这一制度相对保障了人才选拔的公平性，但是正如顾炎武在《生员论》中分析的，这一制度也使得部分读书人为赢取功名投机取巧、简单治学。顾炎武在此文中介绍古人与今人治学的区别，古人学问扎实，“无一字无来处”，今人治学则“杜撰不根”。许多人认为读书人务虚而不切实际，空有理论而于社会无益，这是对读书人的极大误解，古人读书治学有着明确的社会问题和人文关怀指向，读书人不是面对社会弊病的哀怨者和无奈者，他们的经世致用精神是解决社会现实问题的重要力量。当前读书人更应该以切实行动消解社会“百无一用是书生”的误解。

【选文】

万历以前，八股之文可传于世[①]者，不过二三百篇耳。其间却无一字无来处。偶为门人讲吴化事君数一节，文中有謇谔[②]二字。《楚辞·离骚》：“余固知謇謇之为患兮，忍而不能舍也。”此謇字之所出也。《史记·商君传》："千人之诺诺，不如一士之谔谔。武王谔谔以昌，殷纣墨墨[3]以亡。"此谔字之所出也。陆机《辨亡论》[4]："左丞相陆凯以謇谔尽规。"韩文公《郾城联句》[5]："九迁弥謇谔。"则古人已用之矣。

今欲吾甥[6]集门墙多士[7]十数人，委之将先正文字注解一二十篇来，以示北方学者。除事出四书不注外，其五经子史古文句法一一注之，如李善之注《文选》[8]，方为合式[9]。此可以救近科杜撰不根[10]之弊也。

【注释】

①传世：流传后世。②謇：正直。谔：言语正直。謇谔，正直谏言。③墨墨：无言。《史记》，记载了从黄帝至汉武帝太初四年间历史的纪传体通史，西汉司马迁著。商君，商鞅，姬姓，公孙氏，又称卫鞅、公孙鞅，先秦法家思想代表人物，秦孝公时期主持秦国变法。④陆机：字士衡，西晋文学家、书法家。《辨亡论》：陆机研讨东吴灭国原因的文章。⑤韩文公：韩愈，字退之，祖籍河北昌黎，世称韩昌黎；谥号"文"，又称韩文公；唐代文学家、思想家，古文运动的倡导者。《郾城联句》：《晚秋郾城夜会联句》，韩愈与李正封合作组诗。⑥彦和甥：徐秉义，字彦和，号果亭，顾炎武外甥。⑦门墙：师门。士：读书人。⑧李善：唐代学者，善授《文选》。《文选》：又称《昭明文选》，我国现存最早诗文总集，南朝梁代太子萧统主持编选。萧统，字德施，小字维摩，南朝梁代太子、文学家，谥昭明。⑨合式：妥当。⑩近科：近代科举。杜撰：臆造、虚构。不根：没有根据。

与施愚山书

【题解】

本文是顾炎武与好友施愚山探讨治学态度的书信。前半部分集中说明了作者对待经学和宋代理学的态度，顾炎武认为古人治经学，宋明理学实为禅学，当前读书人不应舍本逐末，治禅学而弃经学。后半部分向施愚山简单介绍了自己最近的治学情况，并通知施愚山去取刻印的书籍。顾炎武对宋明理学的认识未必恰当，但其主张的经世致用的内容则比言心言性的心学更具可操作性。此文文笔极为简练，但作者所表达的内容已经相当清晰。

【选文】

理学之传，自是君家[①]弓冶[②]。然愚独以为理学之名，自宋人始有之。古之所谓理学，经学也，非数十年不能通也。故曰："君子之于《春秋》，没身[③]而已矣。"今之所谓理学，禅学[④]也，不取之五经而但资[⑤]之语录，校[⑥]诸帖括之文而尤易也。又曰："《论语》，圣人之语录也。"舍圣人之语录，而从事于后儒[⑦]，此之谓不知本矣。高明以为然乎？

近来刊落枝叶[⑧]，不作诗文，敬拜佳篇，未得酬和[⑨]。而《音学五书》之刻，其功在于注《毛诗》与《周易》[⑩]，今但以为诗家不朽之书，则末矣。刊改未定，作一书与力臣[⑪]先印《诗经》并《广韵》[⑫]奉送，有便人[⑬]可往取之。

【注释】

①施愚山：施闰章，字尚白，号愚山，晚号矩斋，安徽宣城人；清初学者，“清初六家”之一，纂修《明史》。君家，施愚山出身书香世家。②弓冶：世代相传的事业。③《春秋》：孔子修订鲁国编年史。没身：终身。④禅学：佛教禅宗义理。禅宗，又名佛心宗，大乘佛教派别之一，主张禅定顿悟。⑤资：凭借。⑥校：仿效。⑦从事：追随。后儒：后世儒生。⑧刊落：删除。枝叶：浮华言辞。⑨酬和：诗文应酬。⑩《毛诗》：西汉毛亨、毛苌辑注《诗经》的《毛诗古训传》。《周易》：含《易经》、《易传》两部分，《易经》阐释六十四卦卦名、卦象、卦辞、爻辞等，《易传》解释《易经》。⑪力臣：张弨，字力臣，号亟斋，江苏淮安人；参见《音学五书后序》。⑫《诗经》：中国最早的诗歌集，又称《诗三百》，分为风、雅、颂三部分。《广韵》，《大宋重修广韵》，北宋陈彭年、丘雍奉旨主持官修韵书。⑬便人：受托顺便代办事情之人。

答汪苕文书

【题解】

汪苕文曾邀请顾炎武作一书介绍古代礼制，本文是顾炎武答同乡汪苕文的回信。第一部分答谢朋友的好意；第二部分则介绍自己难为其事的原因，然后介绍张尔岐所作《仪礼郑注句读》或可读；第三部分稍提及自己的治学现状。顾炎武深知明末清初礼崩乐坏时期重建礼乐制度的重要性，也知道汪苕文建议的必要性，但每个人的能力都是有边界的，每个人的精力都是有限的，故而回绝朋友建议。个人成长的过程不过是逐渐认识到自己能力的边界，并把这种边界缓慢推向前方的过程，或者在边界之内将自己的能力发挥到极致的过程，顾炎武坦诚的态度或可值得我们借鉴。

【选文】

远惠手书，奖掜[①]过甚，殊增悚愧。至于悯礼教之废坏，而望之斟酌今古，以成一书，返百王之季俗[②]，而跻之三代[③]，此仁人君子之用心也。然斯事之难，朱子[④]尝欲为之而未就矣，况又在四五百年之后乎？

弟少习举业，多用力于四经，而三《礼》[⑤]未之考究。年过五十，乃知“不学礼无以立”[⑥]之旨，方欲讨论，而多历忧患，又迫衰晚，兼以北方难购书籍，遂于此经未有所得。而所见有济阳张君稷若名尔岐者，作《仪礼郑注句读》[⑦]一书，根本先儒，立言简当，以其人不求闻达，故无当世之名，而其书实似可传，使朱子见之，必不仅谢监岳[⑧]之称许也。向见五服异同之书，已相叹服。窃意出处升沉[⑨]，自有定见，如得殚数年之精力，以三《礼》为经，而取古今之变附于其下，为之论断，以待后王，以惠来学，岂非今日之大幸乎？

弟方纂录《易》解，程、朱[⑩]各自为书，以正《大全》之谬，而桑榆[⑪]之年，未卜能成与否，不敢虚期许之意，而仍以望之君子也。

【注释】

①奖掖：赞赏。②返：更换。季俗：衰败的风俗。③跻：登。三代：指古代夏、商、周三个朝代。④朱子：朱熹（1130～1200 年），字元晦，一字仲晦，号晦庵，晚称晦翁，谥文，亦称朱文公、朱子，南宋理学家、思想家、哲学家。⑤三《礼》：指《周礼》、《仪礼》与《礼记》三部儒家典籍。⑥“不学礼无以立”语出自《论语·季氏》，“不学礼，无以立。”⑦张稷若：张尔岐，字稷若，号蒿庵，山东济阳人。《仪礼郑注句读》：张尔岐句读郑玄注本《仪礼》的著作。⑧谢监岳：谢誉，福建政和人，朱熹之父朱松门人。⑨升沉：褒贬。⑩《易解》：顾炎武研读《周易》所著，未得流传。程、朱：程颢程颐、朱熹。朱熹（1130～1200 年），字元晦，一字仲晦，号晦庵，晚称晦翁，谥文，亦称朱文公、朱子，南宋理学家、思想家、哲学家。⑪桑榆：桑树、榆树，代指晚年。

答俞右吉书

【题解】

顾炎武在本文中说明了解读《春秋》应当守持的态度，“不株守一家之说”，并以《日知录·春秋》举例。读书人读书应当兼采众长，以事实为依据，以开放、宽容的态度对待各家学说，而不是墨守某家成规。当前中国社会日益多样化，社会包容能力增强，各种学说鱼龙混杂，我们应当承认这种状态繁荣了我们的文化，丰富了我们的思想资源，同时我们应当增强自己的思考能力和鉴别各种学说真伪优劣的能力。

【选文】

所论《春秋》[1]诸家及胡文定[2]作传之旨，极为正当。在汉之时，三家之学各自为师，而范宁注《穀梁》[3]，独不株守[4]一家之说。至唐啖、赵[5]出而会通三传，独究遗经；至宋孙、刘出而掊击[6]古人，几无余蕴。文定因之，以痛哭流涕之怀，发标新领异之论，其去游、夏[7]之传，益以远矣。今陆氏之《纂例》[8]，刘氏之《权衡》、《意林》[9]，并有其意，惟尊王发微未见，而后儒之辨

《春秋》，其散见于志书文集者，亦多钞录，未得会稡成帙。若鄙著《日知录·春秋》一卷，且有一二百条，如：“君氏卒。”“禘于太庙，用致夫人。”当从左氏；“夫人子氏薨。”当从穀梁；“仲婴齐卒。”当从公羊；而“三国来媵”，则愚自为之说，盖见《硕人》诗云：“东宫[10]之妹”，《正义》[11]以为“明所生之贵”，而非敢创前人所未有也。

因乏写手[12]，一时未得奉寄，惟就来书所问二事，敬录以上，未知合否？祈为正之。(《亭林文集·卷之三》)

【注释】

①《春秋》是孔子所删定鲁国编年史，后经后人注解形成《左传》、《公羊传》和《穀梁传》，三传对《春秋》的解释不一，后人难以取舍。俞右吉，俞汝言，字右吉，著有《春秋平义》、《春秋四传纠正》等，顾炎武朋友。②胡文定：胡安国，又名胡迪，字康候，号青山，谥号文定，世称武夷先生、胡文定公，著有《春秋传》。③范宁：范甯，东晋经学家，著有《春秋穀梁传集解》。《穀梁》：《春秋穀梁传》，穀梁赤著作，《春秋》三传之一。④株守：拘泥。⑤啖：啖助，字叔佐，唐代经学家，著《春秋集传》。赵：赵匡，字伯循，唐代经学家，著《春秋阐微纂类义疏》。⑥孙：孙复，字明复，号富春，北宋理学家，著《春秋尊王发微》。刘：刘敞，字原父，著《春秋权衡》等。掊击，抨击。⑦游、夏：子游、子夏。子游，言姓，名偃，孔子门人。子夏，卜商，字子夏，人称卜子，孔子门人。⑧陆氏：陆淳，字伯冲，唐代经学家，啖助门人，著《春秋集传纂例》。《纂例》：《春秋集传纂例》。⑨刘氏：刘敞。《权衡》：《春秋权衡》。《意林》，《春秋意林》。⑩《硕人》：《诗经·卫风·硕人》，颂庄姜之美。东宫：借指太子。⑪《正义》：《毛诗正义》，汉代毛亨传，郑玄笺，唐代孔颖达疏。⑫写手：抄书之人。

答曾庭闻书

【题解】

本文是顾炎武对朋友曾庭闻的回信，文章首先谦虚地回谢曾庭闻的夸赞，同时表明自己心迹，“弟白首穷经，使天假之年，不过一伏生而已”；其次批评世人“不问杏坛之字”；最后介绍自己的著作和治学状况，“尚未惬意”、“启后王而垂来学者”等表达了自己积极、乐观的治学态度。虽然顾炎武对王阳明言心言性之学不以为意，但我们应该看到真心诚意的态度对个人为人治学的基础性作用，尤其本文批评的世人“不问杏坛之字”态度一定程度上可能是正心不足的结果。

【选文】

南徐州别，三十六年，足下[①]高论王霸，屈迹泥涂，读严武、隗嚣[②]之句，未尝不为之三叹。弟白首穷经，使天假之年，不过一伏生[③]而已，何敢望骐骥之后尘，而希千里之步？然以用世之才如君者，而犹沦落不偶，况硁鄙如弟，率彼旷野，死于道涂，固其宜也。奚足辱君子勤而之问乎？宣尼有言：“自南宫敬叔之乘我车也而道加行。”[4]今之人情则异乎是。即有敬叔之车，而季、孟[5]之流，不问杏坛之字。

然一生所著之书，颇有足以启后王而垂来学者。《日知录》三十卷已行其八，而尚未惬意。《音学五书》四十卷，今方付之剞劂[6]，其梨枣[7]之工，悉出于先人之所遗，故国之余泽，而未尝取诸人也。“君子之道，或出或处”[8]，君年未老，努力加餐。(《亭林文集·卷之三》)

【注释】

①曾庭闻：曾畹，字庭闻。②严武：字季鹰，唐臣、诗人。隗嚣：字季孟，汉臣。③伏生：字子贱，秦汉时期经学家。④宣尼：孔子。南宫敬叔：孔子门人，陪同孔子问学老子。“自南宫敬叔之乘我车也而道加行。”语出自《孔子家语·致思》。⑤季、孟：春秋鲁国贵族季孙氏和孟孙氏，相传不读孔墨书籍。⑥剞劂：刻印。⑦梨枣：雕版印刷。⑧“君子之道，或出或处”：语出自《周易·系辞上》，“君子之道，或出或处，或默或语。二人同心，其利断金；同心之言，其臭如兰。”

复陈蔼公[①]书

【题解】

本文首先赞扬陈蔼公一门风教凛然，然而第二部分表明自己对门户的态度，即“未敢存门户方隅之见”，“君子所以持己于末流，接人于广坐者，必有不求异而亦不苟同者”。此文提醒我们为人治学以道义为准则，而不是以门户之见判断。读书人读书思考应当坚持开放、宽容的态度，而不是碍于朋友情面而限于门户之见。

【选文】

山史[②]西来，得接赐札[③]，并读《井记》。一门尽节，风教凛然，诚彤管[④]之希闻，中垒[⑤]所未记者矣。

弟久客四方，年垂七十，形容枯槁，志业衰陨，方且逃名寂寞之乡，混迹渔樵之侣，不改效百泉、二曲[⑥]为讲学授徒之事，亦乌有所谓门墙者乎？若乃过汝南而交孟博[⑦]，至高密而访康成[⑧]，则当世之通人伟士，自结发以来，奉为师友者，盖不乏人，而未敢存门户方隅之见也。《诗》曰：“风雨如晦，鸡鸣不已。”[⑨]

又曰："乐彼之园，爰有树檀，其下维谷。他山之石，可以攻玉。"[⑩]是则君子所以持已于末流，接人于广坐者，必有不求异而亦不苟同者矣。辱承来教，实获我心，率此报谢。(《亭林文集·卷之三》)

【注释】

①陈蔼公：陈僖，字蔼公，号余庵，著《燕山草堂集》。②山史：王弘撰，字文修，一字无异，号山史，更号待庵，陕西华阴人。③赐札：■。④彤管：女子文墨。⑤中垒：刘向，字子政，西汉文学家，中垒校尉，著《列女传》等。⑥百泉：孙奇逢，字启泰，号钟元，清初理学家，讲学于河南百泉。二曲：李颙，字中孚，号二曲。⑦孟博：范滂，字孟博，东汉贤臣，汝南人。⑧康成：郑玄，字康成，东汉末年经学家、思想家，高密人。⑨"风雨如晦，鸡鸣不已。"语出自《诗经·郑风·风雨》，"风雨如晦，鸡鸣不已。"晦，音 huì，昏暗。已，停止。⑩"乐彼之园，爰有树檀，其下维谷。他山之石，可以攻玉。"语出自《诗经·小雅·鹤鸣》。

答李子德[①]

【题解】

朋友是我们社会关系中的重要组成部分，朋友交往过程中，我们可以联络感情、反思不足，逐渐成长；但是朋友交往需要健康的原则。李因笃写诗欲求顾炎武点评，顾炎武毫不顾忌朋友关系写了这封回绝信。信中拒绝了因朋友关系而相互推重的邀请。信中用词不可谓不激烈，我们一方面可以体会顾炎武对标榜之习的深恶痛绝，另一方面可以看出顾炎武劝诫朋友的良苦用心。由此我们可以反思我们交友处世过程中的基本原则。

【选文】

接读来诗，弥增愧侧[②]，名言在兹，不啻[③]口出，古人有之。然使足下[④]蒙朋党之讥，而老夫受虚名之祸，未必不由于此也。韩伯休[⑤]不欲女子知名，足下[⑥]乃欲播吾名于今日之士大夫，其去昔贤之见，何其远乎？“人相忘于道术，鱼相忘于江湖”，若每作一诗，辄相推重[⑦]，是昔人标榜[⑧]之习，而大雅[⑨]君子所弗[⑩]为也。愿老弟自今以往，不复挂朽人[⑪]于笔舌之间，则所以全[⑫]之者

大矣。(《亭林文集·卷之四》)

【注释】

①李子德：李因笃，字子德，号天生，陕西富平人，顾炎武朋友。②愧侧：惭愧。③不啻：如同。④足下：古代下称上或同辈相称的敬词。⑤韩伯休：韩康，字伯休，东汉隐士。⑥足下：古代下称上或同辈相称的敬词。⑦推重：推许。⑧标榜：吹嘘。⑨大雅：贤才。⑩弗：不。⑪朽人：作者谦辞。⑫全：保全。

与潘次耕[①]书

【题解】

本文是顾炎武写给入室弟子潘耒的书信，信中第一部分摆出论点，“著述之家，最不利乎以未定之书传之于人”，点明主旨。第二部分，以伊川先生撰写《伊川易传》为例，并解释《音学五书》中刊刻过程中纠正的多处错误。第三部分，顾炎武重申自己对于传世著作的谨慎态度，尤其是《日知录》的刊刻，顾氏认为“以临终绝笔为定”；同时顾炎武对“今世之人速于成书，躁于求名，斯道也将亡矣”的现状提出批评。阅读此信，我们可以了解顾炎武治学为己、写作谨慎的态度，此外，反观当前部分读书人追逐名利的现状，我们或可审慎地选择自己的人生道路和职业规划。

【选文】

著述[②]之家，最不利乎以未定之书传之于人。

昔伊川先生不出《易传》，谓是身后之书，即如近日力臣[③]札来，《五书》[④]改正约有一二百处：《诗·祈父》[⑤]“靡所止”，《小旻》[6]“伊于胡”误作底，注云：十一荠，而不知其为五旨也。五经无底字，皆是字，惟《左传》襄二十九年“处而不底”，昭元年“勿使有所壅闭湫底以露其体”，乃音丁反耳。今《说文》本字有下一画，误也。字当从氏。《诗》“周道如砥”，孟子引之作，以砥音同而古亦可通也。今本误为底字。童而习之，并《诗》之砥字亦读为邸矣。《商颂·烈祖》[7]诗上云“以假以享”，下云“来假来飨”，石经上作享，下作飨。欧阳氏曰：“上云以享者，谓诸侯皆来助享于神也；下云来飨者，谓神来至而歆飨也。”[8]享飨二义不同，享者，下享上也，《书》曰“享多仪”是也。飨者，上飨下也，传曰“王飨醴”是也。故《周颂》“我将我享”作享，“既右飨之”作飨；《鲁颂》“享以骍牺”作享，“是飨是宜”作飨。今《诗经》本周商二《颂》上下皆作享，非矣。

举此二端，则此书虽刻成而未可刷印，恐有舛漏以贻后人之议。马文渊[9]有言：“良工不示人以璞。”今世之人速于成书，躁于求名，斯道也将亡矣。前介眉[10]札来索此，原一[11]亦索此书并欲钞《日知录》，我报以《诗》、《易》二书今夏可印，其全书再待一年，《日知录》再待十年；如不及年，则以临终绝笔为定，彼时自有受之者，而非可豫期[12]也。《诗》云：“如切如磋，如琢如磨。”[13]此之谓也。（《亭林文集·卷之四》）

【注释】

①潘耒（1646～1708 年）：字次耕，一字稼堂，晚号止止居士，授翰林院检讨，参修《明史》。②著述：编撰。③伊川先生：程颐（1033～1107 年），字正叔，北宋洛阳伊川人，世称伊川先生，北宋理学家、教育家，与其胞兄程颢共创“洛学”，人称“二程”，宋代理学开创者。《易传》：《伊川易传》，又称《周易程氏传》、《程氏易传》，程颐被贬涪州期间

所著。“伊川先生不出《易传》”参见《日知录·著书之难》。力臣：张弨，字力臣，号亟斋，江苏淮安人；参见《音学五书后序》。④《五书》：《音学五书》，顾炎武研究《诗经》音韵学著作，含音论、诗本音、易音、唐韵正、古音表五部分。⑤《诗·祈父》：《诗经·小雅·祈父》，方玉润《诗经原始》注：“禁旅责司马征调失常也。”⑥《小旻》：《诗经·小雅·小旻》，讽刺君王惑邪谋。⑦《商颂·烈祖》：《诗经·商颂·烈祖》，方玉润《诗经原始》注：“祀成汤也。”⑧欧阳氏：欧阳修，字永叔，号醉翁、六一居士，江西省永丰人，北宋政治家、文学家；参见欧阳修著作《诗本义·烈祖》。⑨马文渊：马援，字文渊，东汉臣，参见《后汉书·马援传》。⑩介眉：陈锡嘏，字介眉，号怡庭，浙江鄞县人。⑪原一：徐乾学，字原一，号健庵，江苏昆山人，顾炎武外甥。⑫豫期：预料。⑬“如切如磋，如琢如磨。”语出自《诗经·卫风·淇奥》，“有匪君子，如切如磋，如琢如磨。”

答潘次耕

【题解】

本文第一部分是顾炎武以多年的阅历经验谆谆教导潘耒“退拙”的行事准则，第二部分则委托潘耒探听自己是否再次被举荐入仕，再次表明自己不仕清的心迹和理由，同时告知潘耒自己定居华阴的计划。书信的内容比较简单，但字语中间仍是拒绝仕清的决绝态度，“耿耿此心，终始不变！”苏轼曾言“古之立大事者，不惟有超世之才，亦必有坚忍不拔之志”，耄耋老人的坚守精神，或可对今天的我们有所启发。

【选文】

来书[①]北山南史一联，语简情至，读而悲之。既已不可谏矣，处此之时，惟退惟拙[②]，可以免患。吾行年已迈，阅世颇深，谨以此二字为赠。

子德[③]书来云：“顷闻将特聘先生，外有两人。”此语未审虚实？

“君子之道，或出或处。”[④]鄙人情事[⑤]与他人不同。先妣以三吴[⑥]奇节，蒙恩旌表，一闻国难，不食而终，临没丁宁，有无仕异朝之训。辛亥[7]之夏，孝感[8]特柬[9]相招，欲吾佐之修史，我答以果有此命，非死则逃。原一[10]在坐与闻，都[11]人士亦颇有传之者。耿耿[12]此心，终始不变！幸以此语白之知交[13]。前札中劝我无入都门及定卜华下[14]，甚感此意。回环中腑[15]，何日忘之！(《亭林文集·卷之四》)

【注释】

①潘耒（1646～1708 年）：字次耕，一字稼堂，晚号止止居士，授翰林院检讨，参修《明史》。②拙：笨。③子德：李因笃，字子德，号天生，陕西富平人，顾炎武朋友。④“君子之道，或出或处”：语出自《周易·系辞上》，“君子之道，或出或处，或默或语。二人同心，其利断金；同心之言，其臭如兰。”⑤情事：情况。⑥先妣：亡母，本文指顾炎武嗣母王氏，参见《先妣王硕人行状》。三吴：地名，此处指苏州。⑦辛亥：古代干支纪年的第四十八年，此处指康熙十年，公元 1671 年。⑧孝感：地名，位于湖北，此处指熊赐履，字敬修，一字青岳，别号愚斋，湖北孝感人。参见《记与孝感熊先生语》。⑨柬：柬帖。⑩原一：徐乾学，字原一，号健庵，江苏昆山人，顾炎武外甥。⑪都：京师。⑫耿耿：忠诚。⑬白：陈述。知交：知心朋友。⑭卜：卜居。华下：陕西华阴。⑮中腑，内心。

与李中孚书

【题解】

本文是顾炎武写给李中孚的书信，信中集中表达了顾炎武的生死观。顾炎武的生死观，一言以蔽之，“天下之事，有杀身以成仁者；有可以死，可以无死，而死之不足以成我仁者。”对于“死之不足以成我仁者”，可“受免死之周，食嗟来之谢”。我们或可理解明亡后顾炎武既不仕清，又不杀身，而是忍辱负重以经世致用精神著书，藏之名山传之其人的选择路向。我们常遇到问题，解决问题的手段，或缓和、或激进，我们应当根据问题的轻重缓急，选择最佳的策略，既不延误时机，又不冒进。

【选文】

先生已知盩厔[①]之为危地，而必为是行，脱一旦有意外之警，居则不安，避则无地，有焚巢丧牛[②]之凶，而无需沙出穴[③]之利，先生将若之何？至云置死生于度外，鄙意未以为然。

天下之事，有杀身以成仁者；有可以死，可以无死，而死之不足以成我仁者。子曰：“吾未见蹈仁而死者也。”[④]圣人何以能不蹈仁而死？时止则止，时行则行，而不胶于一。孟子曰：“大人者言不必信，行不必果。”⑤于是有受免死之周⑥，食嗟来之谢⑦，而古人不以为非也。使必斤斤焉避其小嫌，全其小节，他日事变之来，不能尽如吾料，苟执一不移，则为荀息⑧之忠，尾生⑨之信，不然，或至并其斤斤者而失之，非所望于通人矣。

承惓惓相爱之切，故复为此忠告，别有札与宪尼，嘱其恳留先生也。(《亭林文集·卷之四》)

【注释】

①盩厔：古地名，位于今陕西。②焚巢丧牛：处境危险。③需沙出穴：幸免凶险。④“吾未见蹈仁而死者也。”语出自《论语·卫灵公》，“子曰：‘民之于仁也，甚于水火。水火，吾见蹈而死者矣，未见蹈仁而死者也！’”⑤“大人者言不必信，行不必果。”语出自《孟子·离娄下》，“孟子曰：‘大人者，言不必信，行不必果，惟义所在。’”⑥周：周济；出自《孟子·万章下》，“周之则受，赐之则不受”。⑦谢：道歉；出自《礼记·檀弓》。⑧荀息：原氏，名黯，字息，春秋时代晋国大夫，晋献公托孤奚齐，奚齐被杀后自杀。⑨尾生：古代守信之人，《庄子·盗跖》载：“尾生与女子期于梁下，女子不来，水至不去，抱梁柱而死。”

与三侄书

【题解】

此信是顾炎武写给族人的书信。文章第一部分介绍了作者在华阴的生活状况，晚年顾炎武在朋友的接济帮助下在华阴购地置产，隐居治学，怡然自乐。文章第二部分介绍华阴的优越的地理位置，居于此，“虽足不出户，而能见天下之人，闻天下之事。”文章简短，但对秦地的风土民情都有涉及，作者对于秦地的溢美之词显示了顾炎武对晚年生活的满足。

【选文】

新正[1]已移至华下[2]。祠堂、书院之事虽皆秦人为之，然吾亦须自买堡中书室一所，水田四五十亩，为饔飧[3]之计。秦人慕经学[4]，重处士[5]，持清议[6]，实与他省不同。黄精松花[7]，山中所产，沙苑蒺藜[8]，止隔一水，终日服饵[9]，便可不肉不茗[10]。

然华阴绾毂[11]关、河[12]之口，虽足不出户，而能见天下之人，闻天下之事。一旦有警，入山守险，不过十里之遥；若志在四方，则一出关门，亦有建瓴[13]之便。今年三月乘道涂[14]之无虞[15]，及筋力之未倦，出崤、函[16]，观伊、雒[17]，历嵩、少[18]，亦有一二好学之士闻风愿交，但中土饥荒，不能久留，遂旋车而西矣。彼中经营方始，固不能久留于外也。

【注释】

①新正：农历新年正月。②华下：陕西华阴。③饔飧：亦作“饔飱”，早饭和晚饭。④经学：研究儒家经书的学问。⑤处士：隐居不仕的贤士。⑥清议：针对时政的议论。⑦黄精：药草名，中医以根茎入药。松花：松树花。⑧沙苑：地名，位于今陕西大荔。蒺藜：一年生草本植物，茎平铺在地，黄花，有刺，可以入药。⑨饵：药饵，指药。⑩茗：茶。⑪绾毂：音 wǎn gū，扼制。⑫关、河：潼关、黄河。潼关，古关隘名，位于秦晋豫险要之地。⑬建瓴：建瓴水，借指华阴居高临下之势。⑭道涂：道途。⑮虞：忧患。⑯崤、函：崤山和函谷。⑰伊、雒：伊水和洛水。⑱嵩、少：嵩山和少室山。

与周籀书

【题解】

本文是顾炎武写给周籀书的书信。文章第一部分记叙与周籀书父亲的友情，用典援古证今，感慨时过境迁。第二部分对周籀书的谆谆教导，“鄙俗学而求六经，舍春华而食秋实，则为山覆篑，当加进往之功；祭海先河，尤务本原之学”，同时婉拒了周籀书问道论文的请求。与师友的交流沟通或可对自己的学问有所增益，但治学相当程度上是自己的事情。顾炎武强调了为学两个方面，一是积累，而是务本。“板凳须坐十年冷”，多年的积累与磨炼方可成就学问。

【选文】

昔年过访尊公于江村寓舍中，其时以去国孤踪，相逢话旧。遇声子于郑郊，久谙家世[①]；和渐离于燕市[②]，窃附风流。

雹散蓬飘，忽焉二纪[③]，东西南北，音信阙如。为天涯独往之人，类日暮倒行之客[④]。

乃者发函伸纸，如见故人，问道论文，益征同志，信后生之可畏，知斯道之不亡。至于鄙俗学而求六经，舍春华而食秋实，则为山覆篑⑤，当加进往之功；祭海先河⑥，尤务本原之学。老夫耄矣，何足咨询？而况二十年前已悔久焚之作乎？重违来旨，辄布区区。（《亭林文集·卷之四》）

【注释】

①遇声子于郑郊：出自《左传·襄公二十六年》，“伍举奔郑，将遂奔晋。声子将如晋，遇之于郑郊，班荆相与食，而言复故。”谙：熟悉。家世：家族世系。②和渐离于燕市：出自《史记·刺客列传》，“荆轲既至燕，爱燕之狗屠及善击筑者高渐离。荆轲嗜酒，日与狗屠及高渐离饮于燕市，酒酣以往，高渐离击筑，荆轲和而歌于市中，相乐也”。③纪：十二年。④日暮倒行之客：出自《史记·伍子胥列传》。⑤为山覆篑：出自《论语·子罕》，“子曰：‘譬如为山，未成一篑，止，吾止也。譬如平地，虽覆一篑，进，吾往也。’”⑥祭海先河：出自《礼记·学记》，“三王之祭川也，皆先河而后海，或源也，或委也。此之谓务本。”

与人书一

【题解】

《与人书》是多篇顾炎武写给友人的书信，多是集中表达作者治学处世观点的小文章。本文是劝勉友人治学的文章，表达了两层含义。第一层是为学须勤，为学“不日进则日退”；第二层含义是为学须博学审问，尤其在穷僻之域，容易孤陋而难成，习染而不自觉。文章虽短，多处用《礼记》、《尚书》和《论语》中典故，窥一斑而见全豹，可见顾炎武学问扎实程度和渊博程度。

【选文】

人之为学，不日进则日退。独学无友，则孤陋而难成[①]；久处一方，则习染[②]而不自觉。不幸而在穷僻之域，无车马之资[③]，犹当博学审问[④]，古人与稽[⑤]，以求其是非之所在，庶几[⑥]可得十之五六。若既不出户，又不读书，则是面墙[⑦]之士，虽子羔、原宪[⑧]之贤，终无济于天下。子曰：“十室之邑，必有忠信，如丘者焉，不如丘之好学也。”[⑨]夫以孔子之圣，犹须好学，今人可不勉乎？（《亭林文集·卷之四》）

【注释】

①“独学无友，则孤陋而难成”出自《礼记·学记》，“独学而无友，则孤陋而寡闻。”孤陋：见闻少、学识浅薄。②习染：沾染。③僻：偏远。域：地方。资：费用。④博学审问：指研习学问，出自《礼记·中庸》，“博学之，审问之，慎思之，明辨之，笃行之。”⑤稽：相合。古人与稽，与古人契合，出自《礼记·儒行》，“儒有今人与居，古人与稽；今世行之，后世以为楷”。居：相处。⑥庶几：或许。⑦户：门。面墙：不学而见识浅薄，出自《尚书·周官》，“不学墙面，莅事惟烦。”⑧子羔：高柴，字子羔，又称子皋、子高等，孔子门人，富有贤德。原宪：字子思，安贫乐道，孔子门人。⑨“十室之邑，必有忠信，如丘者焉，不如丘之好学也。”语出自《论语·公冶长》，“子曰：‘十室之邑，必有忠信如丘者焉，不如丘之好学也。’”忠信，忠诚信实。

与人书三

【题解】

顾炎武生活在明末清初时期，这一时期动乱的社会背景对顾炎武治学有重大的影响。顾炎武一生倡导经世致用，反对空谈言论，此文便是例证。本文分为两部分，第一部分以孔子删述《春秋》等为例，说明“载之空言，不如见诸行事。”第二部分，提出自己的治学主张，“凡文之不关于六经之指、当世之务者，一切不为。”由此，我们不难理解顾炎武对李因笃求诗评的批评和拒绝李中孚为其母请求祠文的行为了。一方面，我们学习顾炎武倡导的实学精神，踏实做学问，另一方面，我们学习顾炎武言行一致、身体力行个人主张的精神。

【选文】

孔子之删述六经，即伊尹、太公[①]救民于水火之心，而今之注虫鱼、命草木者[②]，皆不足以语此也。故曰：“载之空言，不如见诸行事。”[③]夫《春秋》之作，言焉而已，而谓之行事者，天下后世用以治人之书，将欲谓之空言而不可也。

愚不揣，有见于此，故凡文之不关于六经之指、当世之务者，一切不为。而既以明道救人，则于当今之所通患，而未尝专指其人者，亦遂不敢以辟也。(《亭林文集·卷之四》)

【注释】

①伊尹：商汤大臣，名伊，尹是官名、右相，有莘氏陪嫁商汤的奴隶，后辅佐商汤灭夏、整顿吏治，后又放逐并辅佐太甲成为圣王。太公：姜太公，姜姓，吕氏，名尚，一名望，字子牙，被周文王封为“太师”，助武王伐纣，封齐国，齐文化的创始人。②虫鱼：训诂考据。草木：考订本源，出自枚乘《七发》，“原本山川，极命草木”。③“载之空言，不如见诸行事。”出自《史记·太史公自序》，“子曰：‘我欲载之空言，不如见之于行事之深切著明也。’”

与人书六

【题解】

学习应当是贯彻我们一生的事业，有一日未亡之身，则有一日未得之学。顾炎武在此文中不认同史可程以年长作为倦怠治学的借口，反对人年长后对学问的消极怠惰，认为“君子之学，死而后已。”当前读书人的治学环境比先贤要好很多，但今人的治学态度却未必能超越于古人。读此文，我们更应当舍弃治学路上的种种懒惰和借口，以勤奋的态度扎实治学，而不是以年长或者其他理由搪塞。人生是自己的人生，学问是自己的学问，我们没有理由不去用心打理。

【选文】

生平所见之友，以穷以老而遂至于衰颓[①]者，十居七八。

赤豹[②]，君子也，久居江东[③]，得无有陨获[④]之叹乎？昔在泽州[⑤]，得拙诗[⑥]，深有所感，复书曰：“老则息矣，能无倦哉?”此言非也。夫子“归与归与”[⑦]，未尝一日忘天下也。故君子之学，死而后已[⑧]。(《亭林文集·卷之四》)

【注释】

①衰颓：衰弱颓废。②赤豹：史可程，字赤豹，号蘧庵，明末进士，史可法之弟，与顾炎武交好。③江东：安徽芜湖以下长江南岸地区。④得无：岂不。陨获：丧失志气。⑤泽州：地名，位于今山西晋城北。⑥拙：谦辞，称自己的。拙诗，作者的诗篇《酬史庶常可程》。⑦归与：回去。归与归与，出自《论语》，“子在陈，曰：‘归与！归与！吾党之小子狂简，斐然成章，不知所以裁之。’”⑧已：停止。

与人书十

【题解】

本文分为两部分，第一部分顾炎武用比喻的方式说明对今古人治学的区别，古人治学“采铜于山”，今人治学“则买旧钱”，今人既无能力习得古人之法，还将古人“传世之宝，舂剉碎散，不存于后”，由此可见顾炎武对古人治学态度的推崇。文章第二部分回答友人的询问，简述自己的治学现状，表述自己的治学心迹，顾炎武珍视《日知录》的态度可见一斑。顾炎武所有今古人治学的比喻未必恰当，江山代有才人出，每一代人都有孜孜不倦的学者在探索未知的领域，但我们仍然可以对照自己，以古人“采铜于山”为榜样，积点滴之累，成渊博之学。

【选文】

尝谓今人纂辑①之书，正如今人之铸钱。古人采铜于山，今人则买旧钱，名之曰废铜，以充铸②而已。所铸之钱既已粗恶③，而又将古人传世之宝，舂剉④碎散，不存于后，岂不两失之乎？

承问《日知录》又成几卷，盖期⑤之以废铜；而某自别来⑥

一载，早夜诵读，反复寻究，仅得十余条，然庶几采山之铜也。（《亭林文集·卷之四》）

【注释】

①纂辑：编辑。②充铸：充当铸钱原料。③粗恶：粗劣。④舂：音chōng，捣。剉：音cuò，铡切。⑤期：希望。⑥某：自称。别来：离别以来。

与人书十八

【题解】

本文是顾炎武拒绝友人求文求字之请，但相比较于前文《与李中孚书》则语气严厉的多。文章第一部分拒绝友人之请，责怪友人不理解自己，重申自己作文准则，“止为一人一家之事，而无关于经术政理之大，则不作也。”第二部分以韩愈为戒，劝勉自己，告诫友人。作一文对顾炎武并非难事，但“士当以器识为先，一命为文人，无足观矣”，顾炎武从士的责任与使命的角度自觉要求自己“绝应酬文字”。顾炎武从道义担当的角度解释自己难为应酬文字的原因，或许现代读书人难以企及这种精神境界，但仍然可以节约些时间体认些经术政理。

【选文】

《宋史》言刘忠肃每戒子弟曰：“士当以器识为先，一命为文人，无足观矣。”①仆自一读此言，便绝应酬②文字，所以养其器识而不堕于文人也。悬牌在室，以拒来请③，人所共见，足下尚不知邪？抑④将谓随俗为之，而无伤于器识邪？中孚为其先妣求传再三[5]，终已辞之，盖止为一人一家之事，而无关于经术政理[6]之大，则不作也。

韩文公文起八代之衰[7]，若但作《原道》、《原毁》、《争臣论》、《平淮西碑》、《张中丞传后序》诸篇，而一切铭状槩[8]为谢绝，则诚近代之泰山北斗[9]矣。今犹未敢许[10]也。此非仆之言，当日刘叉[11]已讥之。（《亭林文集·卷之四》）

【注释】

①《宋史》：记载北宋和南宋的纪传体史书，元代脱脱主持编撰。刘忠肃：字莘老，北宋学者、官员。士：读书人。器识：器量、见识。命：命名。文人：会作文章的读书人。②仆：谦称，“我”。应酬：交际来往。③来请：前来请求。④抑：文言连词，或者。⑤中孚：李颙，字中孚，号二曲，陕西周至人，明末清初学者。先妣：亡母。求传再三：指李顒请求顾炎武为其母作文，详见《与李中孚书》。⑥经术：儒家经学。政理：政治。⑦韩文公：韩愈，字退之，祖籍河北昌黎，世称韩昌黎；谥号“文”，又称韩文公；唐代文学家、思想家，古文运动的倡导者。文起八代之衰：出自苏轼《潮州韩文公庙碑》。⑧铭状：墓志铭、传等。槩：音 gài，古同“概”，一概。⑨泰山北斗：德高望重、才能卓越的人。⑩许：称许、赞同。⑪刘叉：疑作“刘义”，唐代诗人。《新唐书·刘义传》载：“（刘义）闻愈接天下士，步归之……以争语不能下宾客，因持愈金数斤去，曰：‘此谀墓中人得耳，不若与刘君为寿。’愈不能止，归齐、鲁，不知所终。”下，离开。

与人书二十

【题解】

本文承接上一篇文章，再次表明自己作文不为虚名和应酬。于己于友，文章不宜作。

【选文】

某君欲自刻[①]其文集以求名于世，此如人之失足而坠井也。若更为之序，岂不犹之下石乎？惟其未坠之时，犹可及[②]止；止之而不听，彼且以入井为安宅也。吾已矣夫！（《亭林文集·卷之四》）

【注释】

①刻：刊刻。②及：赶上。

与人书二十三

【题解】

本文开篇表明自己心迹，“能文不为文人，能讲不为讲师”。

【选文】

能文不为文人，能讲不为讲师，吾见近日之为文人、为讲师者，其意皆欲以文名，以讲名者也。子不云乎：“是闻也，非达也，默而识之。”[①]愚虽不敏[②]，请事斯语矣。（《亭林文集·卷之四》）

【注释】

①“是闻也，非达也，默而识之。”语出自《论语·颜渊》，“子张问：‘士何如斯可谓之达矣？’子曰：‘何哉，尔所谓达者？’子张对曰：‘在邦必闻，在家必闻。’子曰：‘是闻也，非达也。夫达也者，质直而好义，察言而观色，虑以下人。在邦必达，在家必达。夫闻也者，色取仁而行违，居之不疑。在邦必闻，在家必闻。’”②敏：机敏。

拽梯郎君祠记

【题解】

本文是顾炎武纪念河北昌黎拽梯郎君的文章，具有鲜明的爱国色彩。文章第一部分简单介绍忠臣义士与国家、天性与功名的关系，“忠臣义士，性也，非慕其名而为之。名者，国家之所以报忠臣义士也。”第二部分介绍昌黎拽梯郎君以其天性报国的可歌可泣事迹，“拽而覆之”，短短四字将拽梯郎君视死如归的英雄气概描绘得淋漓尽致；其后介绍国家以名报忠臣义士的过程。第三部分将拽梯郎君与被俘者、成都铳手作反正两方面对比，说明忠臣义士出于天性而非出于功名利禄。最后，简单介绍写作这篇祠记的由来。爱国是人的自然情感，顾炎武借拽梯郎君的事迹抒发自己对忠臣义士的钦佩和爱国之情。

【选文】

忠臣义士，性也，非慕其名而为之。名者，国家之所以报忠臣义士也。报之而不得其名，于是姑[1]以其事名之，以为后之忠臣义士者劝[2]，而若人之心何慕焉，何恨焉。平原君朱建之子骂单于而死[3]，而史不著其名；田横之二客自刭以从其主，而史并亡其姓[4]。录其名者而遗其晦[5]者，非所以为劝也。谓忠义而必名，名而后出于忠义，又非所以为情也。

余过昌黎[6]，其东门有拽梯郎君祠，云：方东兵之入遵化[7]，薄京师[8]，下永平[9]而攻昌黎也，俘掠人民以万计，驱使[10]之如牛马。是时昌黎知县左应选与其士民婴城固守[11]，而敌攻东门甚急。是人者为敌舁云梯[12]至城下，登者数人，将上矣，乃拽而覆[13]之。其帅磔[14]诸城下。积六日不拔[15]，引兵退，城得以全[16]。事闻，天子立擢昌黎知县为山东按察司，佥事丞以下迁职有差[17]。又四年，武陵杨公嗣昌[18]以巡抚至，始具疏上请[19]，邑之士大夫皆蒙褎叙[20]，民兵死者三十六人立祠祀之。而杨公曰："是拽梯者虽不知何人，亦百夫之特[21]。"乃请旨封为拽梯郎君，为之立祠。

呜呼！吾见今日亡城覆军[22]之下，其被俘者，虽以贵介[23]之子，弦诵[24]之士，且为之刈薪刍[25]，拾马矢[26]，不堪其苦而死于道路者何限[27]也！而郎君独以其事著。吾又闻奢寅之攻成都也，一铳手[28]在贼梯上，得间[29]向城中言曰："我良民也，贼以铁索系我守梯，我仰天发铳，未尝向官军也。今夜贼饮必醉，可来救我。"官军如其言，夜出斫营[30]，火其梯，贼无得脱者，而铳手死矣。若然，忠臣义士岂非本于天性者乎？

郎君之祠且二十余年，而幸得无毁，不为之记，无以传后。张生庄临，亲其事者也，故以其言书之。(《亭林文集·卷之五》)

【注释】

①姑：暂且。②劝：鼓励、劝勉。③"平原君朱建之子骂单于而死"：出自《史记·郦生陆贾列传》，"平原君朱建者……自刭。孝文帝闻而惜之，曰：'吾无意杀之。'乃召其子，拜为中大夫。使匈奴，单于无礼，乃

骂单于，遂死匈奴中。”④田横：齐国贵族，秦末起义军首领。“二客自到以从其主，而史并亡其姓”出自《史记·田儋列传》，“（二客）既葬（田横），二客穿其冢旁孔，皆自刭，下从之。”⑤晦：不显。⑥昌黎：地名，位于河北。⑦方：刚刚。东兵：金兵。遵化：地名，位于河北。⑧薄：迫近。京师：都城。⑨下：攻占。永平：古地名，明代称永平府，位于今河北卢龙。⑩驱使：役使。⑪士民：百姓。婴城：环城而守。固守：坚守。⑫舁：音 yú，抬。云梯：古代攻城所用长梯。⑬拽：拉。覆：倾倒。⑭磔：音 zhé，肢解。⑮拔：攻取。⑯全：保全。⑰佥事：官职名，按察使属官。丞：官职名，副职。迁职：升职。有差：不一。⑱武陵：古地名，位于今湖南常德。杨嗣昌：字文弱，号字微，官拜兵部尚书。⑲具疏：列文分条陈述。上请：请示。⑳褒叙：盛赞。㉑百夫：众人。特：杰出的。㉒覆军：败军。㉓贵介：尊贵。㉔弦诵：弦歌诵读。㉕刈：音 yì，割。薪刍：薪柴、牧草。㉖马矢：马粪。㉗何限：无限。㉘铳手：操作火器铳的士兵。铳，音 chòng，用火药发射弹丸的武器。㉙得间：得到机会。㉚斫：音 zhuó，袭击。斫营：偷袭敌营。

杨氏祠堂记

【题解】

本文是顾炎武为常熟杨氏祠堂作的记。文章第一部分介绍古人对待先人的态度，比如建祠堂、祭祖先等。第二部分介绍常熟杨子常建祠堂、教育诸孙礼法的作为。文章结构和内容都比较简单，但通过此文我们可以学习两方面的内容，一是顾炎武对宗族氏族的关注，顾炎武对宗族的重视已经在《封建论》、《裴村记》等文章中有所体现；二是顾炎武对孝道文化的重视，顾炎武本身终身谨守先妣遗命，不仕二代，身体力行了孝道文化，本文又借杨子常之口重申了这一主张。阅读此文，我们可以了解，随着现代社会的发展，宗族逐渐瓦解，但是宗族在历史中的作用需要其他社会组织继承承担；孝道文化仍然对我们的现代生活有所帮助。

【选文】

天下之事，盛衰之形[①]，众寡之数[②]，不可以一定，而君子则有以[③]待之。所以抚盛而合众[④]者，中人以上之所能，若夫为盛于衰，治众于寡，孑然一身之日，而有万人百世之规[5]，非大心[6]之君子莫克[7]为之矣。古之君子，虑先人之德久而弗昭[8]，于是为之祠堂以守之，其盛者及于始祖。古之君子，虑宗人之涣[9]而无统，于是岁合子姓[10]于祠而教之孝；奠爵献俎[11]，毕而馂食[12]，以教之礼。其子孙之众，或至于数千百人，此祠堂之所由兴，而祭法之所由传也。

常熟杨子常先生，通经之士。于先朝[13]之末，由训导除都昌知县[14]，未任，以疾归，而遭国变[15]，至于今，先生年七十有二矣。先有一子，年二十余以卒，晚得一子又殇[16]，而其兄子亦中岁夭折[17]。今其族孙之在者，不过二十余人。其先世自关中来，祖、父并为农，风尚朴质[18]。高祖以上，不能举其讳字。自迁常熟以来，复无显者[19]，及先生始仕宦[20]。今白首老矣，无亲子孙。夫人之情，于身且若此，遑恤[21]其后乎？而先生曰："不然。吾父虽农，在里中颇能言民疾苦，以达于县吏，而除其菑[22]，当不至于无嗣。以五服[23]之间，得一二十人，以合其欢而教之以孝以礼，岂必其中无能学以大其宗[24]者？以吾之年虽老且独，而幸有薄田之入，为先祖父所遗[25]，可以举先人未行之事而传之其后人。"于是即祖墓之旁，建屋三楹，为祠堂，以奉其先人并诸父兄子姓之亡者。其下为田若干亩，以供岁时之祭。定其仪，秩其品[26]，简而文[27]，约而不陋[28]。曰："及吾身存，与诸孙行礼其中，使诸孙之继我，如今日焉，先德其毋坠已。"又于其墓之旁植木开河通水，凡世俗所为安死利生[29]之法无不备，此非所谓衰而有盛之心，寡而能众之事者乎？《易》曰："可大则贤人之业。"[30]《传》曰："人定能胜天。"吾以卜杨氏之昌于其后，必也。承先生之命而为之记。

【注释】

①形：状况。②数：法则、定数。③有以：有规则。④合众：聚合众人。⑤规：谋划。⑥大心：志向远大、怀有抱负。⑦克：能。⑧昭：光明、显著。⑨涣：涣散。⑩子姓：子孙后辈。⑪奠：进献。爵：酒器。俎：祭祀时装载牛羊等祭品的礼器。⑫馂：音 jùn，吃剩下的食物。⑬先朝：明代。⑭训导：学官名，辅助教职。除：任职。都昌：地名，位于江西九江。知县：官职名，县行政长官。⑮国变：改朝换代、政权更迭。⑯殇：未成年而死亡。⑰中岁：中年。夭折：早死。⑱风尚：风气。朴质：质朴纯真。⑲显者：显达之人。⑳仕宦：出仕为官。㉑恤：忧虑。㉒除：给予。菑：田地。㉓五服：高祖父、曾祖父、祖父、父亲、自己五代。㉔宗：宗族。㉕遗：遗留。㉖秩：排列。品：等级。㉗文：文采。㉘约：简约。㉙安死利生：利益众生。㉚“可大则贤人之业”语出自《周易·系辞上》。

华阴王氏宗祠记

【题解】

本文是顾炎武为朋友王弘撰之宗祠撰写的记，文章表达了顾炎武对忠孝伦理的关注。文章第一部分提出作者论点，“有人伦，然后有风俗，有风俗，然后有政事，有政事，然后有国家。”第二部分以历史的角度分析“国乱于上而教明于下”依赖于人伦、风俗淳厚。第三部分则批评明末以来道德风尚沦丧的情况。第四部分以王氏为例，说明宗族祠堂对于民风教化的作用，以期“先王之教可得而兴也。”文中顾炎武将孝悌之道视为关乎乾坤生息、政权存亡的关键因素未必正确，但我们仍需关注忠诚、孝悌等传统伦理道德对于维持社会安定的重要作用。

【选文】

昔者孔子既没，弟子录其遗言以为《论语》，而独取有子、曾子[①]之言次于卷首，何哉？夫子所以教人者，无非以立天下之人伦，而孝弟，人伦之本也；慎终追远[②]，孝弟之实也。甚哉，有子、曾子之言似夫子也。是故有人伦，然后有风俗，有风俗，然后有政事，有政事，然后有国家。

先王之于民，其生也，为之九族[3]之纪，大宗小宗之属以联之；其死也，为之疏衰之服，哭泣殡葬虞附之节[4]以送之；其远也，为之庙室之制，禘尝之礼，鼎俎笾豆之物[5]以荐之；其施之朝廷，用之乡党，讲之庠序，无非此之为务也。故民德厚而礼俗成，上下安而暴慝不作。

自三代以下，人主之于民，赋敛之而已尔，役使之而已尔，凡所以为厚生正德之事，一切置之不理，而听民之所自为，于是乎教化之权[6]常不在上而在下。两汉以来，儒者之效亦可得而考矣。自二戴[7]之传，二郑[8]之注，专门之学以礼为宗，历三国、两晋、南北、五季[9]干戈分裂之际而未尝绝也。至宋程、朱诸子卓然有见于遗经，而金元之代，有志者多求其说于南方以授学者。及乎有明之初，风俗淳厚，而爱亲敬长之道达诸天下。其能以宗法训其家人，而立庙以祀，或累世同居，称之为义门者，亦往往而有。十室之忠信，比肩而接踵，夫其处乎杂乱偏方闰位[10]之日，而守之不变，孰劝帅之而然哉？国乱于上而教明于下。《易》曰："改邑不改井。"[11]言经常之道，赖君子而存也。

呜呼！至于今日而先王之所以为教，贤者之所以为俗，殆澌灭而无余矣！列在搢绅而家无主祏[12]，非寒食野祭则不复荐其先人；期功之惨，遂不制服，而父母之丧，多留任而不去；同姓通宗而不限于奴仆；女嫁，死而无出，则责偿其所遣之财；昏媾[13]异类而胁持其乡里，利之所在，则不爱其亲而爱他人，于是机诈之变日深，而廉耻道尽。其不至于率兽食人而人相食者几希矣！昔春秋之时，弑君三十六，亡国五十二，而秉礼之邦，守道之士不绝于书，未若今之滔滔皆是也。此五帝三王之大去其天下，而乾坤或几乎息之秋也。又何言政事哉！

吾友华阴王君弘撰，邻华先生之季子，而为征华先生后者也。游婺州，二年而归，乃作祠堂以奉其始祖，聚其子姓而告之以尊祖敬宗之道。其乡之老者喟然言曰：不见此礼久矣，为之兆也，其足以行乎？孟子有言：“恻隐之心，仁之端也。”⑭夫躬行孝弟之道，以感发天下之人心，使之惕然⑮有省，而观今世之事若无以自容，然后积污之俗可得而新，先王之教可得而兴也。王君勉之矣。（《亭林文集·卷之五》）

【注释】

①有子：有若，字子有，孔子门人。曾子：曾参，字子舆，春秋鲁国人，孔子门人。②慎终追远：语出自《论语·学而》，“曾子曰：‘慎终，追远，民德归厚矣。’”杨伯峻先生《论语译注》译为“谨慎地对待父母的死亡，追念远代祖先”。③九族：高祖至玄孙九代亲族。④虞：祭祀名，葬而祭。附：祔祭，祭祀名。⑤俎：祭祀用器物。笾：祭祀用竹器。豆：器皿。⑥权：权柄。⑦二戴：西汉戴德及其戴圣。戴德，字延君，著《大戴礼记》。戴圣，字次君，著《小戴礼记》。⑧二郑：一说郑兴及其子郑众，一说郑兴与郑玄，一说郑众与郑玄，此处指后说。郑众，字仲师，称先郑；郑玄，字康成，称后郑，二郑均为东汉经学家。⑨五季：五代时期。⑩偏方：一隅。闰位：非正统的帝位。⑪“改邑不改井。”语出自《周易·井卦》卦辞。⑫主祏：古代宗庙中所藏神主。⑬昏媾：通婚。⑭“恻隐之心，仁之端也。”出自《孟子·告子上》：“恻隐之心，人皆有之；羞恶之心，人皆有之；恭敬之心，人皆有之；是非之心，人皆有之。恻隐之心，仁也；羞恶之心，义也；恭敬之心，礼也；是非之心，智也。仁义礼智，非由外铄我也，我固有之也，弗思而矣。”⑮惕然：警觉省悟。

裴村记

【题解】

本文是顾炎武根据在山西闻喜县裴村的见闻，强调宗族氏族对于国家兴亡的重要性的文章。文章第一部分摆明论点，“无强宗，是以无立国”。第二部分以史例论证强宗对于政权平安的重要性，“贵士族而厚门荫，盖知封建之不可复，而寓其意于士大夫，以自卫于一旦仓黄之际”。第三部分结合明末李自成作乱而明政权社稷安危系于区区宰辅之例，反证国家“不至于残破者，多得之豪家大姓之力，而不尽恃乎其长吏”。最后得出结论，重视宗族氏族。本文夹叙夹议，较为清晰地说清了事理。顾炎武深刻认识到宗族是中国传统社会中的重要社会力量，对于维护地方社会安宁和传统文化的继承传播具有不可替代的作用。然而近现代社会，传统宗族如何生存并发挥作用是当前中国社会面临的问题。

【选文】

呜呼！自治道[①]愈下而国无强宗[②]，无强宗，是以无立国，

无立国，是以内溃外畔[3]而卒[4]至于亡。

然则宗法[5]之存，非所以扶人纪而张国势者乎？余至闻喜县[6]之裴村，拜于晋公之祠[7]，问其苗裔[8]，尚一二百人，有释耒[9]而陪拜者。出至官道旁，读唐时碑，载其谱牒[10]世系，登陇[11]而望，十里之内邱墓[12]相连，其名字官爵可考者尚百数十人。

盖近古[13]氏族之盛，莫过于唐，而河中[14]为唐近畿地[15]。其地重而族厚，若解[16]之柳，闻喜之裴，皆历任数百年，冠裳[17]不绝。汾阴[18]之薛凭河[19]自保于石虎、苻坚[20]割据之际，而未尝一仕其朝。猗氏之樊、王举义兵以抗高欢[21]之众，此非三代之法犹存，而其人之贤者又率之以保家亢宗[22]之道，胡以能久而不衰若是？

自唐之亡，而谱牒与之俱尽。然而裴枢[23]辈六七人犹为全忠[24]所忌，必待杀之白马驿[25]而后篡唐。氏族之有关于人国[26]也如此。至于五代之季[27]，天位[28]几如弈棋[29]，而大族高门[30]，降为皂隶[31]。靖康之变[32]，无一家能相统帅以自保者。夏县[33]之司马氏举宗南渡，而反[34]其里者，未百年也。

呜呼！此治道之所以日趋于下，而一旦有变，人主无可仗[35]之大臣，国人无可依之巨室，相率奔窜[36]，以求苟免，是非其必至之势也与？是以唐之天子，贵士族而厚门荫[37]，盖知封建[38]之不可复，而寓其意于士大夫，以自卫于一旦仓黄[39]之际，固非后之人主所能知也。

予尝历览山东、河北，自兵兴以来，州县之能不至于残破者，多得之豪家大姓之力，而不尽恃[40]乎其长吏[41]。及至河东[42]，问贼李自成[43]所以长驱而下三晋[44]之故，慨焉伤之。或言曰：崇祯之末，辅臣李建泰[45]者，曲沃人也。贼入西安，天子临朝而叹。建泰对言："臣郡当贼冲，臣请率宗人乡里出财百万，为国家守河。"上大喜，命建泰督师，亲饯[46]之正阳门[47]楼。举累朝[48]所传之御器而酌之酒，因以赐之。未出京师，平阳[49]、太原相继陷，建泰不知所为[50]。师次真定[51]，而贼已自居庸[52]入矣。

此其人材之凡劣[53]，固又出于王铎、张浚[54]之下，而上之人无权以与之，无法以联之，非一朝一夕之故矣。乃欲其大臣者以区区宰辅[55]之虚名，而系社稷[56]安危之命，此必不可得之数[57]也。

《周官》[58]："太宰以九两[59]系邦国之民，五曰宗，以族得民。"观裴氏之与唐存亡，亦略可见矣。夫不能复封建之治，而欲藉[60]士大夫之势以立其国者，其在重氏族哉！其在重氏族哉！

【注释】

①治道：治理国家的法则。②宗：宗族。③畔：同"叛"，叛乱。④卒：最终。⑤宗法：古代以家族为中心，按血统、嫡庶来组织社会的法则。⑥闻喜县：地名，位于今陕西运城。⑦晋公之祠：晋公祠，位于今闻喜裴村。⑧苗裔：后裔。⑨耒：音 lěi，农具名。⑩谱牒：亦作"谱谍"，记载宗族世系的书籍。⑪陇：高丘。⑫邱墓：坟墓。⑬近古：距今不远的古代，与远古相对。⑭河中：河中府，古地名，位于今山西运城永济。⑮畿地：国都附近。⑯解：解（音 xiè）州，古地名，位于今山西运城。⑰冠裳：仕宦。⑱汾阴：古地名，汾河之南，位于今山西运城万荣。⑲河：黄河。⑳石虎：字季龙，十六国时期后赵臣，后称帝，庙号太祖，谥武帝。苻坚：字永固，十六国时期前秦君主，庙号世祖，谥号宣昭皇帝。㉑高欢：北朝东魏权臣。㉒亢宗：庇护宗族。㉓裴枢：字纪圣，唐臣。㉔全忠：朱温，五代时期后梁创建者。㉕白马驿：地名。朱温在白马驿杀裴枢等人，史称"白马驿之祸"。㉖人国：国家。㉗季：朝代末期。㉘天位：皇位。㉙弈碁：下棋。㉚大族：人口多、分支繁的家族。高门：富贵之家。㉛皂隶：贱役。㉜靖康：北宋钦宗 1126～1127 年间年号。靖康之变，1127 年金国攻破北宋汴京，俘获宋徽宗、宋钦宗等，史称"靖康之耻"。㉝夏县：地名，今山西运城夏县。㉞反：返。㉟仗：依靠。㊱奔

窜：奔跑逃窜。㊲门荫：凭借祖先功勋循例做官。㊳封建：封邦建国，君王把爵位、土地分赐宗族或功臣，使之在各地建立邦国、护卫君王。相传黄帝为封建之始，至西周制度健全，春秋战国时损毁，秦废封建制。㊴仓黄：亦作“仓皇”，急促慌张。㊵恃：依赖。㊶长吏：州县长官。㊷河东：陕西境内黄河以东的区域。㊸李自成：明末农民起义首领。㊹三晋：战国时期，韩、赵、魏三家分晋。㊺李建泰：字复余，明臣降清。㊻饯：酒食送行。㊼正阳门：今北京前门。㊽累朝：历代。㊾平阳：地名，位于今山西临汾。㊿所为：作为。51次：驻扎。真定：古地名，位于今河北正定。52居庸：居庸关，位于今北京昌平。53凡劣：平凡庸劣。54王铎：字昭范，唐相。张浚：字禹川，唐相。55宰辅：宰相。56社稷：代指朝廷国家。57数：定数。58《周官》：又称《周礼》。59九两：九项政治举措。60藉：借。

复庵记

【题解】

本文是为明末中涓范养民而作的记，文章记述了范养民追随东宫并且隐居于华山的事迹。文章第一部分记叙范养民从伴读东宫到隐居华山的过程，并且分析其原因："尽厥职"。第二部分介绍范养民隐居华山的生活状况，"悬崖之巅，有松可荫，有地可蔬，有泉可汲"。第三部分记述自己的感想和寄托。此文记叙明末范养民的人生选择，这种倒叙流露出个人对于政权更迭的无奈，但也更烘托出其遗民志节的形象。此外文章寄托了顾炎武深深的遗民情感，"宫阙山陵之所在，去之茫茫而极望之不可见矣"，字里行间流露出对于故国的怀念。

【选文】

旧中涓[①]范君养民，以崇祯[②]十七年夏自京师徒步入华山为黄冠[③]。数年，始克结庐[④]于西峰之左，名曰复庵。华下之贤士大夫多与之游，环山之人皆信而礼之。而范君固非方士[⑤]者流也。幼而读书，好《楚辞》[⑥]诸子及经史，多所涉猎，为东宫伴读[⑦]。

方李自成[8]之挟东宫二王以出也，范君知其必且[9]西奔，于是弃其家走之关中[10]，将尽厥[11]职焉。乃东宫不知所之，而范君为黄冠矣。

太华之山，悬崖之巅，有松可荫，有地可蔬，有泉可汲[12]，不税于官，不隶于宫观之籍[13]。华下之人或助之材，以刱[14]是庵而居之。有屋三楹[15]，东向以迎日出。

余尝一宿其庵，开户[16]而望大河[17]之东，雷首[18]之山，苍然突兀[19]，伯夷、叔齐之所采薇而饿者[20]，若揖让[21]乎其间，固范君之所慕而为之者也。自是而东，则汾之一曲[22]，绵上之山[23]，出没于云烟之表，如将见之。介子推之从晋公子，既反[24]国而隐焉，又范君之所有志而不遂者也。又自是而东，太行、碣石之间[25]，宫阙山陵[26]之所在，去之茫茫而极望[27]之不可见矣。相与泫然[28]，作此记，留之山中。后之君子登斯山者，无忘范君之志也。

【注释】

①中涓：君王清洁洒扫侍从，后世特指宦官。②崇祯：明思宗朱由检1628～1644年间年号。崇祯十七年，公元1644年。③黄冠：黄色冠帽，借指道士。④克：能。结庐：建筑房舍。⑤方士：方术之士，道教炼丹求其长生不老之人。⑥《楚辞》：收录屈原、宋玉等人作品的诗歌集。⑦东宫：又称太子宫，借指太子。伴读：官职名，陪同皇室子弟读书。⑧李自成：明末农民起义首领。⑨且：将要。⑩关中：地名，今关中平原。⑪厥：他的。⑫汲：取水。⑬宫观：道教庙宇。宫观之籍：道教册簿。⑭刱：同“创”，创建。⑮楹：量词，古代计算房屋单位，间。⑯开户：开门。⑰大河：黄河。⑱雷首：首阳山。⑲苍：青。突兀：高耸。⑳伯夷、叔齐：商末孤竹国国君子，《史记·伯夷列传》载，孤竹君死后，伯夷与其弟叔齐相互让贤，不受君位；周武王伐纣，伯夷叩马谏阻；武王灭商后，伯夷、叔齐“义不食周粟，隐于首阳山，采薇而食之。”㉑揖让：

古代宾主相见仪节，此指山峦叠嶂。㉒汾：汾水、汾河。汾曲：汾河西折入黄河处。㉓绵山：山名，又称介山。㉔介子推：春秋贤臣，割股助晋文公存活，退隐后不仕，被晋文公封山烧死。晋公子，晋文公，姬姓，名重耳，春秋五霸之一。介推之逃，出自《史记·晋世家》，“（晋文公）出，见其书，曰：‘此介子推也。吾方忧王室，未图其功。’使人召之，则亡。遂求所在，闻其入绵上山中，于是文公环绵上山中而封之，以为介推田，号曰介山，‘以记吾过，且旌善人’。”㉕太行：太行山。碣石：位于河北昌黎。太行、碣石之间，北京。㉖宫阙：君王宫殿。山陵：皇陵。㉗极望：放眼远望。㉘泫然：流泪。

汝州知州钱君行状

【题解】

本文是顾炎武为汝州知州钱祚征所作行状。行状主要从四个方面介绍了钱祚征的事迹，其一，赡养大母；其二，英勇智慧打击流寇；其三，安抚流寇，休养生息；其四，英勇赴死国难。文章详略得当，尤其详尽地记述了钱祚征率兵婴城固守并牺牲的过程。顾炎武为明代殉国将领作行状，并表彰其献身不屈的精神，体现了顾炎武对明代政权的认同和对故国的思念。

【选文】

崇祯十四年二月辛亥，贼陷汝州，知州钱君死之。

君讳祚征，字君远，其先吴越王裔，居池之青阳。国初迁于莱，为掖县人。君七岁出嗣其从叔父一夔为之子，事其嗣大母杜氏如其父母。大母之党有烦言[①]，君言于大母，施予诸姻属[②]甚周，以是大母安之。中天启元年举人。大母终，哀毁如父丧。署恩县教谕，三年，除汝州知州。汝为流贼出入孔道，又有土贼聚至万人，依山为巢，百姓苦之。君至，则简[③]乡勇衙兵得千余人，佯为城守计。忽夜半开门出，从间道踰山谷，步行抵其巢，贼方纵酒不为备，急击，大破之。君策贼众难尽诛，乃释其俘招之，仍令民千家立一寨，有警相救。贼屡失利，其头目鲁加勒等遂诣[④]州降。南召、登封诸贼闻之，亦来降。君简其骁健，送军门效用，余给牛种遣之。汝人少休。君守汝三年，多善政。

及是年正月，贼陷河南府，遂犯汝州。君斩麾下之言款贼者以狥[⑤]，率兵婴[⑥]城固守。贼攻城，君中流矢，力疾乘城[⑦]督战数日。二月庚戌，大风霾，贼以火箭射城上，城上发炮应之，风逆火反，楼堞尽焚。贼乘之入，君被执，大骂不屈，被击仆[⑧]地，加以炮烙[⑨]，一宿死。年四十七。弟祉征，从子青，仆十余人皆死，无一还者。巡抚臣高名衡以闻，奉旨下部议恤，未覆[⑩]。子大受，县学生。痛父节未表于先朝，惧后世之没而无传也，乃质言[⑪]其事以告于余而为之状。（《亭林文集·卷之五》）

【注释】

①烦言：气愤不满的话。②姻属：有姻亲关系的家族成员。③简：选择。④诣：到。⑤狥：宣示。⑥婴：环绕。⑦力疾：勉强支撑病体。乘城：守城。⑧仆：向前跌倒。⑨炮烙：古代酷刑。⑩覆：通“复”，回复。⑪质言：如实而言。

吴同初行状[①]

【题解】

本文是顾炎武纪念好友吴同初的行状，赞颂了好友献身故国的爱国精神，同时也表达了作者对朋友的怀念。文章第一部分介绍了作者和吴同初相知相识的过程；第二部分介绍了作者和吴同初共同战斗的经历，运用对比手法记述吴同初为自己先妣庆寿，而自己以衰绖见吴生之母于悲哀其子；第三部分介绍吴同初的家世和学业等，从生活中分析吴同初殉国的可能原因，“以生平日忧国不忘君，义形于文若此，其死岂顾问哉?”文章以记叙为主，但全篇文字无不显露着悲伤、压抑的气氛，恰当地展现了作者对于友人的沉思。

【选文】

自余所及见[②]，里中[③]二三十年来号[④]为文人者，无不以浮名苟得为务[⑤]，而余与同邑归生[⑥]独喜为古文辞，砥[⑦]行立节，落落[⑧]不苟于世，人以为狂。已而又得吴生[⑨]。吴生少[⑩]余两人七岁，以贫客[⑪]嘉定。于书自《左氏》[⑫]下至《南北史》[⑬]，无不纤悉强记[14]。其所为诗多怨声，近《西州》、《子夜》[15]诸歌曲。而炎武有叔兰服[16]，少两人[17]二岁；姊子徐履忱[18]少吴生九岁，五人各能饮三四斗[19]。

五月之朔[20]，四人者持觞[21]至余舍为母寿。退而饮，至夜半，抵掌[22]而谈，乐甚，旦日[23]别去。余遂出赴杨公之辟[24]，未旬日而北兵渡江，余从军于苏，归而昆山起义兵，归生与[25]焉。寻亦竟得脱[26]，而吴生死矣。余母亦不食卒。其九月，余始过吴生之居而问焉，则其母方茕茕[27]独坐，告余曰："吴氏五世单传[28]，未亡人[29]惟一子一女。女被俘，子死矣！有孙，二岁，亦死矣！"余既痛吴生之交[30]，又念四人者持觞以寿吾母，而吾今以衰绖[31]见吴生之母于悲哀其子之时，于是不知涕泪之横集[32]也。

生名其沆，字同初，嘉定县学生员[33]。世本儒家[34]，生尤夙惠[35]，下笔数千言，试辄[36]第一。风流[37]自喜，其天性也。每言及君父[38]之际及交友然诺[39]，则断然不渝[40]。北京之变，作大行皇帝、大行皇后二诔[41]，见称[42]于时。与余三人每一文出，更相写录。北兵至后，遗余书及记事一篇，又从余叔处得诗二首，皆激烈悲切，有古人之遗风[43]。然后知闺情[44]诸作，其寄兴[45]之文，而生之可重[46]者不在此也。生居昆山，当抗敌时，守城不出以死，死者四万人，莫知尸处。以生平日忧国不忘君，义形[47]于文若此，其死岂顾问[48]哉？生事母孝，每夜归，必为母言所与往来者为谁，某某最厚。死后，炎武尝三过其居，无已[49]，则遣仆夫视焉。母见之，未尝不涕泣，又几[50]其子之不死而复还也。然生实死矣！

生所为文最多，在其妇翁[51]处，不肯传；传其写录在余两人[52]处者，凡二卷。（《亭林文集·卷之五》）

【注释】

①行状：文体名，记述死者世系、籍贯、生卒年月和生平事迹的文章。②余：我。及：至。③里中：同里之人。④号：号称。⑤务：要务、追求。⑥归生：归庄（1613～1673年），字尔礼，又字玄恭，号恒轩，又自号归藏，归有光曾孙，人称“归奇顾怪”。⑦砥：磨炼。⑧落落：举止豁达、磊落。⑨吴同初：吴其沆，字同初。⑩少：小。⑪客：旅居在外。⑫《左氏》：《春秋左氏传》，鲁国史官左丘明根据《春秋》编著。⑬《南北史》：《南史》与《北史》。《北史》记述魏、齐、周、隋四代历史的纪传体史书，李大师及其子李延寿编撰。《南史》记述南朝宋、齐、梁、陈四代历史的纪传体史书，李延寿编撰。⑭纤悉：细致、详尽。强记：记忆。⑮《西州》：《西洲曲》，南朝乐府民歌。《子夜》：《子夜歌》，乐府诗。⑯叔兰服：顾炎武叔父顾兰服，参见《从叔父穆庵府君行状》。⑰两人：顾炎武与归庄。⑱徐履忱：字孚若。⑲斗：古代酒器。⑳朔：农历每月初一。㉑觥：音gōng，古代酒器。㉒抵掌：击掌。㉓旦日：太阳初出时。㉔杨公：杨永言，昆山县令。辟：征召。㉕与：参加。㉖寻：不久。脱：逃脱。㉗茕茕：孤独。㉘单传：唯有一子传代。㉙未亡人：寡妇自称。㉚交：遭遇。㉛衰绖：丧服、居丧。㉜横集：纵横交集。㉝县学：生员就读学校。生员：通过童子试者，俗称“秀才”。㉞儒家：读书人家。㉟夙：早。惠：通“慧”，聪明。㊱辄：往往、总是。㊲风流：风采卓越。㊳君父：君王。㊴然诺：允诺。㊵渝：违背、改变。㊶大行：古代称刚死而未定谥号的皇帝、皇后。诔：哀祭文体。㊷见称：受人称赞。㊸遗风：前人遗留的风教。㊹闺情：妇女闺帷之情。㊺寄兴：寄寓情趣。㊻重：重视。㊼形：表现。㊽顾问：顾惜。㊾无已：不得已。㊿几：好像、接近。51妇翁：岳父。52余两人：顾炎武与顾兰服。

歙王君墓志铭

【题解】

本文是顾炎武应王时沐之子王子玑之请，为王时沐写的墓志铭。文章第一部分介绍文章写作的缘由。第二部分介绍王时沐的家世及孝友、急公好施、有远见、能自树等品格。第三部分介绍王时沐的子孙情况，并重点记述王子玑追随明政权的大义行为。文章最后部分推论王时沐的家教遗风对于子孙行事的影响，得出结论，“不知其人视其子。子为信人为节士。”文章一方面介绍了王时沐个人的道德品质，另一方面通过其子为人处世的大义行为，映衬其家风家教的淳朴高洁。宗族及与之相关的家教、家风是传统忠孝文化的承载者，良好的家风对于子女的健康成长具有不可替代的作用。

【选文】

王君以崇祯十四年卒。后三年国变，王君之子玑流寓于吴，又一年而不孝[①]始识王生，因以知王生之人与其世德之概[②]。与王生交一年，而王生以状请铭，不孝以母未葬，弗敢作也。又一年，卜葬，葬有日，而王生复来请铭，不孝不获辞而铭之。

君讳时沐，字惟新，其先歙[3]之泽富[4]人。在唐曰秘阁校正希羽[5]，十七传至名关[6]者，避元乱徙而东，为龙溪[7]始祖，又八传至于君。君大父[8]讳福凤，始业行盐[9]，父讳正宠，承其业，以至于君。君以其故不克读书。然君虽业盐，而孝友、急公好施[10]，有远见，能自树，乃过于世之君子。若所云事其慈母与父妾尽礼，而友爱弟时洸终其身，则其孝友也。祖墓之木为不肖者[11]伐，且鬻[12]其旁地，君为捐金赎之；泽富有宗祠，君重作之龙溪，其急大义也。叔正完客杭而病，曰：于我葬；外舅[13]卒，遗孤一人，曰：于我长；其他恤人穷，振[14]人困多类是，是其好施也。同事欲因君请院司[15]据西龙为盐窝，君止之，无何，并抵罪[16]，西龙商独免，其有远见也。好从士君子而耻谒[16]贵人，邑有司欲宾之，不就，其能自树也。凡此皆余之所信于王生者也。

君享年六十有七，娶朱氏，子四：长玑，杭州府钱塘县学生员，次文秩，次文秋，次文杞。孙六，曾孙二。以卒之年十二月甲子，葬于其里象山之麓。盖王氏中世为商，而通经义思用之天下者，自玑始。自君之没而家益落[17]，玑遂走京师，历蓟，抵宁远，观列边之大势。每以大计干当事者[18]，不用，转客东莱[19]，而闻京师之变[20]，哭先皇帝于莱山之阳。驰至南都[21]，而公卿又无下士[22]者，遂僦[23]居于吴，著《信书》一编以示余，而为之太息焉。此固宋之遗臣所隐晦而不敢笔之书者也。而王生之不挠[24]于时若此，其抱济物[25]之才，而发愤于大义又若此，非世德之遗而能然乎！

铭曰：不知其人视其子。子为信人为节士。呜呼君兮永宅此！

【注释】

①不孝：父母死，子自称。②世德：祖上德行。概：大略。③歙：地名，今安徽歙县。④泽富：地名，位于安徽歙县。⑤秘阁：皇宫藏书之处。校正：校书、正字二官名。⑥名：姓名。⑦龙溪：古地名。⑧大父：祖父。⑨行盐：运销食盐。⑩急公好施：热心公益、乐于施舍。⑪不肖者：品行不正之人。⑫鬻：音 yù，买。⑬外舅：岳父。⑭振：古同“赈”，救济。⑮院司：官署。⑯谒：音 yè，拜见。⑰益：更加。落：衰败。⑱大计：重大谋略。干：冒犯。当事者：当权之人。⑲客：寄居。东莱：古地名，位于今山东烟台。⑳京师之变：指李自成入京，崇祯皇帝自缢。㉑南都：明代南京。㉒下士：屈身结交贤士。㉓僦：音 jiù，租赁。㉔挠：弯曲，借指屈服。㉕济物：济人、接济。

山阳王君墓志铭

【题解】

本文是顾炎武为纪念挚友王略的文章。文章第一部分介绍作者与王略相识过程，第二部分介绍王略的仁乐天性，尤其重点介绍王略帮助潘耒和为自己卜筑之事。第三部分简略评价一下王略的为人，并为之作铭。文章重点塑造了王略乐于助人、与人为善、与朋友肝胆相照的形象。顾炎武一生多遭变故，正是在患难过程中逐渐结识了多位挚友，并在朋友的帮助下多次得以逃脱囹圄。朋友是我们人生道路上不可或缺的陪伴，与朋友相交往，可以扩展我们的视野，丰富我们的阅历；好的友谊还能督促我们的学业，危难时机助我们一臂之力。

【选文】

往余在吴中①，常郁郁②无所交，出门至于淮上，临河③不度，彷徨④者久之，因与其地之贤人长者相结⑤，而王君起田⑥最与余善⑦，自此一二年或三四年一过也。王君与余同年月生，而长余二十余日，其行事虽不同而意相得，凡余心之所存，及其是非好恶无不同者。虽不学古而闇[8]合于义，仁而爱人，乐善不倦，其天性然也。

生八岁而孤，事母孝，事其兄恭，其居财也有让。少为帖括[9]之学，及中年，遂闭户不试。家颇饶[10]，每受人之负[11]，折券不较[12]，以是其产稍落，而四方宾客至者，未尝不与之周旋[13]。

当余在太原，而余友潘力田死于杭[14]，系累其妻子以北。少弟耒年十八，孑身走燕都[15]，介余一苍头[16]以见王君。王君曰："我固闻之。宁人[17]尝与我言，潘君力田，贤士也，不幸以非命[18]终。而宁人之友之弟，则犹之吾弟也。"迎而舍之[19]。比[20]其归也，则曰："家破矣，可奈何！吾有女年且笄[21]，将壻子[22]。"间二年，耒遂就昏[23]。王君与耒非素[24]识也，特以宁人之友故，而余在远，弗及为之从臾也[25]。每为余言："子行游天下二十年，年渐衰，可已[26]矣！幸过我卜筑[27]，一切居处器用[28]，能为君办之。"逡巡[29]未果。而别君之日，持觞送我大河之北，留一宿，视余上马，为之出涕，若将不复见者。乃明年，余遂有山东之厄[30]，而海、岱以南地大震[31]，君亦为里中儿所齮龁[32]，意不自得。又明年六月庚午，君卒。

惟君生平以朋友为天伦，其待余如昆弟[33]，而余以穷厄蹇连[34]，无能申大义于诈愚凌弱之日者。以十九年之交，再三之约，而不获与之分宅卜邻，同晨共夕；其终也，又不获视其含敛[35]，而抚其遗孤，吁，可悲矣！

君讳略，字起田，淮安山阳人。家清江浦之南，卒时年五十七。娶方氏，子一，宽。将以卒之某年某月某日葬于某地之先茔，而子婿耒以状及宽书来，是不可以无铭。

铭曰：少而孝，长而恭。好礼而敦，乐善而从。为义勇而与人忠。胡天不吊[36]，而降此鞠凶[37]！士绝弦[38]，人罢舂[39]。以斯铭，告无穷。

【注释】

①吴中：今江苏苏州。②郁郁：忧伤、沉闷。③淮上：地名，今江苏淮安。河：黄河。④彷徨：徘徊犹疑。⑤相结：相互结交。⑥王起田：王略，字起田。⑦善：友好。⑧阇：亦作“暗”，私下。⑨帖括：科举应试文章。⑩饶：富足。⑪负：欠债。⑫折券：毁弃债券。较：计较。⑬周旋：照顾、应酬。⑭潘柽章：字圣木，号力田，顾炎武好友，受“明史案”牵连被凌迟处死，参见《书吴潘二子事》。杭：杭州。⑮少弟：年少之弟。耒：潘耒（1646～1708年），字次耕，一字稼堂。孑身：独身。燕都：燕京、北京。⑯介：介绍。苍头：奴仆。⑰宁人：顾炎武，字宁人。⑱非命：遭祸害而死亡。⑲舍：居住、休息。⑳比：等到。㉑笄：古代女子十五岁盘发插簪，示成年。㉒壻：古同“婿”，女婿。㉓就：完成。昏：古同“婚”，婚姻。㉔素：平素、向来。㉕从臾：亦作“从谀”，怂恿。㉖已：止。㉗卜筑：择地建筑。㉘器用：器皿用具。㉙逡巡：拖延迟疑。㉚戹：古同“厄”，灾难。山东之戹，指顾炎武因“黄培诗案”牵连入狱，后经友人营救出狱。㉛海：东海。岱：泰山。海、岱以南地，山东南部。震：地震。㉜齮龁：毁伤。㉝昆弟：兄弟。㉞蹇连：艰难困厄。㉟含敛：亦作“含殓”，入殓。㊱吊：悲伤。㊲鞠凶：亦作“鞠讻”，极大的灾祸。㊳士绝弦：伯牙绝弦，伯牙与钟子期是知音好友，伯牙弹古琴，钟子期听之；后钟子期亡，伯牙碎琴绝弦，终身不再弹琴。㊴人罢春：指梁鸿夫妻二人举案齐眉，舂米隐居。

富平李君墓志铭

【题解】

顾炎武少为应酬之文，凡文章必为不得不写。顾炎武所留下的纪念性文章或是赞扬忠孝，或是赞扬侠义。此文是顾炎武为好友李因笃的父亲撰写的墓志铭，文章提及李因笃祖先的道德品格，对李氏孝义的君子之风给予了赞扬。文章第一部分介绍关中一带的民风；第二部分重点介绍李氏祖先们的种种孝义行为；第三部分介绍李因笃之父和家族为寇所害的情况，然后重点记述了李因笃传承家族遗风，力追先贤的追求；最后一部分是顾炎武撰写的铭文，对全文做总结。全文颂扬了以李氏家族为代表的关中任侠精神，赞扬了李氏家族几代人忠君报国的道德操守。

【选文】

关中故多豪杰之士，其起家商贾为权利[①]者，大抵崇孝义，尚节槩[②]，有古君子之风，而士人独循循守先儒之说不敢倍[③]。嘉靖中，高陵、三原为经生领袖[④]，其后稍衰。而一二贤者犹能自持[⑤]于新说横流[⑥]之日，以余所闻李君，盖可谓笃信好学而不更其守者邪？

李氏之先，山西之洪洞[7]人，元时迁美原[8]，洪武[9]初，县废，为富平人。数传至君之曾祖讳朝观者，为边商，以任侠[10]著关中，与里豪[11]争渠田，为齮龁[12]以死。而君之祖讳希奎，走阙下上书愬[13]，天子直[14]其事，大猾以次就法[15]，报父雠[16]，名动天下，乃其家遂中落。至君之考[17]讳效忠，中武举[18]，稍复振。君始以文补邑诸生[19]。君少而刚方，绩学不怠[20]。当万历之末，士子好新说，以庄、列百家之言窜入经义[21]，甚者合佛老与吾儒为一，自谓千载绝学[22]，君乃独好传注[23]，以程、朱为宗[24]。既得事恭定冯先生[25]，学益大进。君事亲孝，其于诸父昆弟恭而有让，待人以严而引之于道，治家冠婚丧祭一如礼法，以是年虽少，乡人重之如王彦方、黄叔度[26]焉。崇祯七年四月壬午以疾卒，年二十七。

君卒之三月，而关中大乱。君之考武举君以哭子继君以没[26]。而寇至里中[27]，妣[28]杨氏与族人登楼，并焚死。李氏之门合良贱[29]死者八十有一人。呜呼，憯[30]矣！而孤子因笃方三岁，迪笃二岁，从其母田氏走之外家以免。其后因笃既长，乃折节[31]读书，已为诸生，旋弃之。为诗文，有闻于时，而尤潜心于传注之书，以力追先贤。盖近年以来关中士子为《大全》、《蒙引》[32]之学者，自君父子倡之。君没越十有三年，十月癸酉，因笃始葬君于韩家村东南之新阡[33]。因笃既与昆山顾炎武为友，且数年，而曰："吾先人之墓石未立，将属之子。"炎武不敢辞，乃为之撰次[34]，其详则因笃之状存焉。君讳映林，字晖天。其没也，乡人私谥曰贞孝先生。孙男三人：汉、渭、泗，铭曰：

李氏之先，以节侠闻。及至于君，乃续斯文。刊落百氏[35]，以入圣门。好义力行，乡邦所尊。何不永年，遭室之焚。有封[36]若堂，于韩之原[37]。惟德绳绳[38]，在其后昆[39]。

【注释】

①权利：权势、财货。②节槩：亦作“节概”，志节、气概。③倍：古同“背”，背弃。④嘉靖：明世宗朱厚熜 1522～1566 年间年号。高陵：吕柟，字仲木，号泾野，学者称泾野先生，陕西高陵人。三原：马理，字伯循，号溪田，陕西三原人。经生：研治经学的儒生。⑤自持：自我克制和把持。⑥新说：王阳明心学。横流：充盈、遍布。⑦洪洞：地名，位于今山西临汾。⑧美原：古县名，治所位于今山西富平。⑨洪武：明太祖朱元璋 1368～1398 年间年号。⑩边商：边地盐商。任侠，扶助弱小。⑪里豪：乡里豪绅。⑫齮龁：陷害、倾轧。⑬阙下：京城、朝廷。上书：向君主进呈奏疏。愬：音 sù，诉说。⑭直：公正。⑮大猾：亦作“大滑”，大恶人。以次：按次序。就法：被处死刑。⑯雠：同“仇”，怨恨。⑰考：已逝父亲。⑱武举：科举制度中的武科。⑲诸生：明代称考取秀才入学的生员（含增生等）为诸生。⑳绩学：治学。怠：懈怠。㉑经义：儒家典籍义理。㉒绝学：独到之学。㉓传注：解释儒家典籍的文字。㉔程：程颢、程颐。程颢（1032～1085 年），字伯淳，号明道，世称明道先生，河南伊川人，北宋哲学家、理学家，传世《定性书》、《识仁篇》等著作。程颐（1033～1107 年），字正叔，北宋洛阳伊川人，世称伊川先生，北宋理学家，教育家，与其胞兄程颢共创“洛学”，人称“二程”，宋代理学开创者。朱：朱熹。朱熹（1130～1200 年），字元晦，一字仲晦，号晦庵，晚称晦翁，谥文，亦称朱文公、朱子，南宋理学家、思想家、哲学家。宗：本源。㉕事：侍奉。恭定冯先生，冯从吾，字仲好，号少墟，谥恭定，明代思想家，陕西西安人。㉖没：通“殁”，死。㉗里中：乡里。㉘妣：已逝母亲。㉙良贱：良民和贱民。㉚憯：cǎn，古同“惨”，凄惨。㉛折节：强自克制。㉜《大全》：《朱子大全》，又名《朱文公文集》，全名《晦庵先生朱文公文集》，朱熹著作。《蒙引》：《易经蒙引》，明代蔡清著作。蔡清，字介夫，别号虚斋，明代理学家。㉝阡：坟墓。㉞撰次：记述。㉟刊落：删除。百氏：诸子百家。㊱封：坟。㊲韩原：古地名，位于陕西。㊳惟：文言句首助词。绳绳：绵绵不绝。㊴后昆：后嗣子孙。

顾与治诗序

【题解】

此文是顾炎武过六合时，为故友顾与治删定诗集后所作的序言。文章第一部分介绍顾与治家族的情况，文笔比较简练。第二部分则开门见山，“与治亦号能诗”，随后分析顾与治明末政权更迭之际作诗的内容与风格，“其诗郁纡凄恻，有郊岛之遗音”，第三部分则记叙了编订顾与治诗集的缘由和过程。最后，顾炎武对好友作一个简练的评价，“士之生而失计，不能取舍，至有负郭数顷，不免饥寒以死”。文章描述好友乱世之中悲惨的个人命运，透露着对个人在混乱时局中无力的感慨。个人是社会的一部分，一定程度上而言，社会结构和社会变迁决定着个人的命运。国家动荡危亡，个人可能悲惨一生，郁郁而终；国家承平治世，个人则会有更多的机会实现个人的梦想。读此文，个人当反思个人的命运与国家时运的关系，反思如何实现个人价值。

【选文】

与治[1]之先自吴郡。洪武中，以赀徙都下[2]，遂为金陵人。

从曾祖华玉先生[3]，官至南京刑部尚书，以文章闻于代。至与治亦号能诗。当崇祯之世，天下多故，陪京独完，得以余日赋诗饮酒，极意江山，流连卉木，骋笔墨之长，写风骚之致。晚值丧乱，独身无子，迫于赋役，困踬[4]以终。今读其诗郁纡凄恻[5]，有郊岛[6]之遗音焉。

余兄事与治，曩[7]北行时，谓与治曰："兄平生作诗多散轶，今老矣，可无传乎？"与治曰："有一编在故人沈子迁[8]所，其他藁杂旧笥中，病未理也。"余行三岁乃归，次[9]扬州，而与治卒。宣城施尚白[10]欲集其诗刻之，未果。明年冬，余过六合，子迁出其一编并所搜辑者共二百六十首，余为删其大半，授子迁刻之。

呜呼！士之生而失计，不能取舍，至有负郭[11]数顷，不免饥寒以死，而犹幸有故人录其遗诗，以垂名异日[12]，君子之所以贵乎取友也如是。与治名梦游，前贡士。其书法尤为时所重云。

【注释】

①顾与治：顾梦游，字与治。②赀：钱财。都下：京师。③华玉先生：顾璘，字华玉，号东桥居士，著《息园诗文稿》等。④困踬：颠沛窘迫。⑤郁纡：忧思萦绕。凄恻：凄凉哀伤。⑥郊岛：孟郊、贾岛。孟郊，字东野，唐代诗人，世称"诗囚"；贾岛，字阆仙，号无本，世称"诗奴"。郊岛苦吟，世称"郊寒岛瘦"。⑦曩：从前。⑧沈子迁：沈希孟，字子迁。⑨次：住宿。⑩施尚白：施闰章，字尚白，号愚山，著《蠖斋诗话》等。⑪负郭：负郭田，近郊良田。⑫异日：来日。

方月斯诗草序

【题解】

本文是顾炎武为好友方月斯的诗集所作的序言。文章第一部分记叙方月斯与作者定交和交往的经历，继而引出本文的写作缘由。第二部分重点评介方月斯的诗风和人品，“绝群之姿，遭离困厄，发而为言，磊块历落”，“其诗在楚无楚人剽悍之气，在吴无吴人浮靡之风”等语句表明顾炎武对其诗其人的高度评价。最后顾炎武对方月斯的未来发展提出嘱托。全文文笔简练，作者极为惜墨，但文章全面概括了方月斯的为人和为学。阅读此文，我们一方面可以学习顾炎武与方月斯之间相互砥砺的纯洁友谊，另一方面可以反思我们的人文修养，去剽悍之气、除浮靡之风，完善自己的人格。

【选文】

与方子定交[①]自单阏[②]之岁，今且六年。余客钟山[③]而方子亦侨居云间[④]，不数数[⑤]见。顷冬春之际，余以仇家之讼至云间，逆旅[⑥]中困不自聊，而方子时时相过慰藉，与余周旋两月，因出其诗草示余，读之，如听河上之歌[7]，令人感慨欷歔[8]而不能止也。

方子生于楚，长于吴，以绝[9]群之姿，遭离困戹[10]，发而为言，磊块历落，自其所宜。余独喜方子之诗在楚无楚人剽悍之气，在吴无吴人浮靡之风；不独诗也，其人亦然。夫方子以妙年轶才[11]，当天下有事之日，明习掌故，往往为设方略，可见之行，岂独区区称能言之士哉！子曰："诵《诗》三百，授之以政，不达；使于四方，不能专对，虽多亦奚以为？"[12]若方子者，吾望其能从政继先公[13]为名臣矣。（《亭林文集·卷之六》）

【注释】

①定交：结为朋友。②单阏：卯年。③钟山：山名，南京紫金山。④云间：地名，位于上海松江。⑤数数：常常。⑥逆旅：旅馆。⑦河上之歌：河上歌，古歌名，犹同病相怜。⑧欷歔：叹息。⑨绝：超越。⑩戹：古同"厄"，灾难。⑪轶才：亦作"轶材"，卓越才能。⑫"诵《诗》三百，授之以政，不达；使于四方，不能专对，虽多亦奚以为？"语出自《论语·子路》，"子曰：'诵《诗》三百，授之以政，不达；使于四方，不能专对；虽多，亦奚以为？'"专对：使节独自应对。⑬先公：方月斯父亲方岳贡，字四长，官至户部、兵部尚书兼文渊阁大学士。

天下郡国利病书序

【题解】

《天下郡国利病书》是顾炎武根据所搜集史籍、实录、方志及奏疏资料，实地考验后所著的记载明代各地社会、经济、政治状况的政治地理学著作。本文是作者为《天下郡国利病书》所作自序。文章主要介绍了《天下郡国利病书》的写作由来和写作目的，“感四国之多虞，耻经生之寡术”，明确地表明了作者经世致用的用意；此外，文章介绍了全书的体例等事项；最后寄希望于“后之君子斟酌去取”，藏之名山，意味深长。顾炎武治学具有鲜明的经世致用精神，但社会环境显然不允许其主张为当世所用，一方面由于顾炎武所主张的内容不一定适应社会所需，另一方面由于政权的更迭的特殊背景。顾炎武只能等待后世君子的相识相知，这与其说是顾炎武个人的不幸，毋宁是时代的悲哀。

【选文】

崇祯己卯[①]，秋闱被摈[②]，退而读书。感四国之多虞[③]，耻经生之寡术[④]，于是历览二十一史[⑤]以及天下郡县志书[⑥]，一代名公文集及章奏[⑦]文册之类，有得即录，共成四十余帙[⑧]。一为舆地之记[⑨]，一为利病之书[⑩]。乱后[⑪]多有散佚[⑫]，亦或增补，而其书本不曾先定义例[⑬]，又多往代[⑭]之言，地势民风与今不尽合，年老善忘，不能一一刊正，姑以初藁[⑮]存之箧[⑯]中，以待后之君子斟酌[⑰]去取云尔。(《亭林文集·卷之六》)

【注释】

①崇祯：明思宗朱由检1628～1644年间年号。己卯：古代干支纪年的第十六年。崇祯己卯，崇祯十二年，公元1639年。②秋闱：科举乡试，每三年秋季举行的最低一级别的科举考试。摈：抛弃。③四国：多天下。虞：忧患。④经生：研究经学的儒生。寡术：缺乏治国学问。⑤历览：遍览。二十一史，明代将《史记》、《汉书》、《后汉书》、《三国志》、《晋书》、《宋书》、《南齐书》、《梁书》、《陈书》、《魏书》、《北齐书》、《周书》、《隋书》、《南史》、《北史》、《新唐书》、《新五代史》、《宋史》、《辽史》、《金史》、《元史》合称“二十一史”。⑥志书：记载地方疆域、典章、山川古迹、风俗等的著作。⑦名公：有名望的贵族达官。章奏：古代臣僚呈报君王的文书。⑧帙：卷册。⑨舆地之记：《肇域志》，顾炎武编著的中国地理总志。⑩利病之书：《天下郡国利病书》，顾炎武记载各地社会、经济、政治状况的政治地理学著作。⑪乱后：战乱以后。⑫散佚：散失。⑬义例：著书主旨、体例。⑭往代：以往朝代。⑮初藁：初稿。⑯箧：小箱。⑰斟酌：思量。

肇域志[①]序

【题解】

《天下郡国利病书序》所提及崇祯己卯年后，顾炎武所编著两本书，一书为《天下郡国利病书》，另一书则是《肇域志》，本文则是为《肇域志》所作自序。文章开篇介绍《肇域志》的资料来源，其次介绍书稿的写作情况，最后对后世同志的寄语嘱托。通过此文，我们可以了解顾炎武治学的扎实程度，为了写作一部书稿，于社会动荡之际，勉强糊口之隙，阅读二十一史和各地志书，旁注无数，其为学之勤可见一斑。此外，我们还可以了解作者在时间面前的谦卑态度和为学的良苦用意，“叹精力之已衰，惧韦编之莫就，庶后之人有同志者为续而传之”。韶华不为少年留，阅读此文，我们当惜时用时。

【选文】

此书自崇祯己卯[②]起，先取《一统志》[③]，后取各省府州县志，后取二十一史参互书之。凡阅志书一千余部，本[④]行不尽，则注之旁；旁又不尽，则别为一集曰《备录》。年来糊口四方[⑤]，未遑[6]删订，以成一家之书[7]。叹精力之已衰，惧韦编之莫就[8]，庶[9]后之人有同志者为续而传之，俾区区[10]二十余年之苦心不终泯没[11]尔。

【注释】

①《肇域志》：顾炎武编著的中国地理总志。②崇祯：明思宗朱由检1628～1644年间年号。己卯：古代干支纪年的第十六年。崇祯己卯，崇祯十二年，公元1639年。③《一统志》：《大明一统志》，明代地理总志，起源于朱元璋时期魏俊民等人编撰的《大明志书》，明英宗天顺年间成书并赐名，明神宗万历年间增订。④本：书册。⑤糊口：寄食、勉强维持生活。四方：天下各地。⑥未遑：来不及。⑦一家之书：⑧韦编：古人书写于竹简之上，用皮绳编缀称“韦编”，泛指书籍。就：完成。⑨庶：希望。⑩区区：谦辞，我。⑪泯没：消失、埋没。

广 师

【题解】

汪琬刻书，称顾炎武“经学修明”，本文则是顾炎武对于汪琬的回应。文章首先陈述写作缘由，“同学之士，有苕文所未知者，不可以遗也，辄就所见评之。”第二部分则介绍同学之中有过自己者，列举王寅旭、杨雪臣、张稷若、傅青主、李中孚、路安卿、吴任臣、朱锡鬯、王山史、张力臣等人的为人为学特点，然后捎带对“达而在位”者的评价，“非布衣之所得议也”。一方面不难看出作者对待朋友谦虚谨慎、虚若怀谷的态度，顾炎武交友广博，大都是些值得信任的挚友，学问和人品均有可取之处；顾炎武遭逢危难之时，大都受到朋友的接济相救。另一方面文章体现了作者以“非布衣之所得议也”为冠冕，视达官为无物的清高之气。与人交友，可不慎乎？

【选文】

苕文汪子刻集[①]，有《与人论师道书》，谓：“当世未尝无可师之人，其经学修明[②]者，吾得二人焉，曰：顾子宁人，李子天生[3]。其内行淳备[4]者，吾得二人焉。曰：魏子环极，梁子曰缉[5]。”炎武自揣鄙劣，不足以当过情[6]之誉，而同学之士，有苕文所未知者，不可以遗[7]也，辄就所见评之。

夫学究天人[8]，确乎不拔[9]，吾不如王寅旭[10]；读书为己[11]，探赜洞微[12]，吾不如杨雪臣[13]；独精三《礼》[14]，卓然经师，吾不如张稷若[15]；萧然物外[16]，自得天机[17]，吾不如傅青主[18]；坚苦力学[19]，无师而成，吾不如李中孚[20]；险阻备尝，与时屈伸[21]，吾不如路安卿[22]；博闻强记[23]，群书之府[24]，吾不如吴任臣[25]；文章尔雅[26]，宅心和厚[27]，吾不如朱锡鬯[28]；好学不倦，笃[29]于朋友，吾不如王山史[30]；精心六书[31]，信而好古[32]，吾不如张力臣[33]。至于达[34]而在位，其可称述[35]者，亦多有之，然非布衣[36]之所得议也。（《亭林文集·卷之六》）

【注释】

①苕文汪子：汪琬，字苕文，号钝庵，初号玉遮山樵，小字液仙，晚年隐居苏州太湖尧峰山，人称尧峰先生。刻集：雕刻文集。②经学：研究儒家经书的学问。修明：整饬、阐明。③顾子宁人：顾炎武，字宁人。李子天生，李因笃，字子德，号天生，陕西富平人，顾炎武朋友。④内行：居家操守。淳备：淳厚、完备。⑤魏子环极：魏象枢，字环极，号庸斋，又号寒松，官至刑部尚书，学者。梁子曰缉：梁熙，字曰缉。⑥过情：超出实际情况。⑦遗：遗漏。⑧学究天人：学识渊博。⑨确乎不拔：刚强坚决，出自《周易·乾·文言》，“乐则行之，忧则违之，确乎其不可拔，潜龙也。”⑩王寅旭：王锡阐，字寅旭，号晓庵，历算学家，江苏吴江人。⑪读书为己：《论语·宪问》载：“古之学者为己，今之学者为人。”为己之学，为提升自我修养而学；为人之学，为装饰自己而学。⑫赜：音 zé，深奥。探赜洞微：探索、洞察隐晦的事理。⑬杨雪臣：杨瑀，字雪臣，江苏武进人。⑭三《礼》：指《周礼》、《仪礼》与《礼记》三部儒家典籍。

⑮张稷若：张尔岐，字稷若，号蒿庵，山东济阳人。⑯萧然：潇洒。物外：世外。萧然物外：超凡脱俗。⑰天机：天意。⑱傅青主：傅山，初名鼎臣，字青竹，改字青主，思想家、书法家、医生，山西太原人。⑲力学：努力学习。⑳李中孚：李颙，字中孚，号二曲，陕西周至人。㉑与时：随时。屈伸：进退。㉒路安卿：路泽农，字吾征，一字安卿，河北曲周人。㉓博闻强记：见识广博、记忆力强。㉔府：储藏文书、书籍或财物之地。㉕吴任臣：吴志伊，一字尔器，号托园，祖籍福建莆田，浙江杭州人。㉖尔雅：文雅、雅正。㉗宅心：用心、居心。和厚：温和敦厚。㉘朱锡鬯：朱彝尊，字锡鬯，号竹坨，又号驱芳，诗人、词人，浙江嘉兴人。㉙笃：忠厚。㉚王山史：王弘撰，字文修，一字无异，号山史，更号待庵，陕西华阴人。㉛六书：指象形、指事、会意、形声、转注、假借六种汉字构造规则。㉜信而好古：相信、爱好古道。㉝张力臣：张弨，字力臣，号亟斋，江苏淮安人。㉞达：显达。㉟称述：叙说。㊱布衣：麻布衣服，借指平民。

答友人论学书

【题解】

本文是顾炎武与人论学的文章，文中的观点在顾氏其他文章中多有涉及，此文中仍可窥见顾炎武治学的致用精神。文章开门见山对友人治学的不足提出质疑，“单提心字而未竟其说，未敢漫为许可”。第二部分以古人治学之道、治学之行、之文、之职、之用、之施和之书等为例，衬托治学应该持有的态度。第三部分批评现世“君子苦博学明善之难，而乐夫一超顿悟之易，‘滔滔者天下皆是也’”。第四部分以谦虚的态度请求朋友指正。文章既毫不掩饰地对巧言空虚之论提出批评，又展示了作者的真诚态度和治学主张，这对于我们恰当处理朋友关系、为人治学有启发意义。真诚踏实应该是人与人相处的基本准则，也更应该是读书人做学问基本态度。

【选文】

《大学》言心不言性①，《中庸》②言性不言心。来教③单提心字而未竟④其说，未敢漫⑤为许可⑥，以堕于上蔡、横浦、象山⑦

三家之学。

窃[8]以为圣人之道[9]，下学上达[10]之方，其行在孝弟[11]忠信；其职在洒扫应对进退[12]；其文在《诗》、《书》、三《礼》、《周易》、《春秋》[13]；其用之身，在出处、辞受、取与[14]；其施之天下，在政令、教化、刑法；其所著之书，皆以为拨乱反正，移风易俗，以驯致乎治平[15]之用，而无益者不谈。一切诗、赋、铭、颂、赞、诔、序、记[16]之文，皆谓之巧言而不以措笔[17]。其于世儒[18]尽性至命之说，必归之有物有则[19]，五行、五事[20]之常，而不入于空虚之论。仆[21]之所以为学者如此，以质诸大方之家[22]，未免以为浅近而不足观，虽然，亦可以弗畔[23]矣夫。

扬子[24]有云："多闻则守之以约，多见则守之以卓。少闻则无约也，少见则无卓也。"此其语有所自来，不可以其出于子云而废之也。世之君子苦博学明善之难，而乐夫一超[25]顿悟之易，"滔滔者天下皆是也"[26]，无人而不论学矣，能弗畔于道者谁乎？

相去千里，不得一面[27]，敢率[28]其胸怀，以报嘉讯[29]，幸更有以教之。(《亭林文集·卷之六》)

【注释】

①《大学》：原是《礼记》中的第四十二篇，宋代程颢、程颐将其单独编为章句，后朱熹将其与《论语》、《孟子》、《中庸》合编注释，称为"四书"。心、性，中国古代哲学术语。②《中庸》：原为《礼记》一篇。③来教：敬辞，来信。④未竟：没有阐明。⑤漫：随意。⑥许可：同意。⑦上蔡：谢良佐，字显道，世称上蔡先生、谢上蔡，二程门人，程门四先生之一。横浦：张九成，字子韶，号无垢，又号横浦居士，杨时门人。象山：陆九渊，字子静，号象山，世称存斋先生，南宋学者。⑧窃：私自。⑨圣人之道：此处指儒家孔孟所主张的仁德之道。⑩下学上达：学习人

情、自然法则。⑪孝弟：孝悌，孝顺父母、敬爱兄长。⑫洒扫应对进退：洒水扫地、接人待物、应酬宾客，儒家修身礼节。⑬《诗》：《诗经》，中国最早的诗歌集，因孔子删定后共计三百余篇，又称《诗三百》，分为风、雅、颂三部分。《书》：《尚书》，又称《书经》，中国最早的历史文献，相传孔子编订。三《礼》：指《周礼》、《仪礼》与《礼记》三部儒家典籍。《周易》：中国古典文献，含《易经》、《易传》两部分，《易经》阐释六十四卦卦名、卦象、卦辞、爻辞等，《易传》解释《易经》。《春秋》：孔子修订鲁国编年史。⑭出处：出仕、隐退。辞受：推辞和接受。取与：亦作“取予”，收受、给予。⑮驯致：亦作“驯至”，逐渐达到。治平：政治清明。⑯诗、赋、铭、颂、赞、诔、序、记：均为文体。颂、赞，颂扬诗文。诔，哀祭文体。⑰措笔：下笔、写作。⑱世儒：俗儒，浅陋、迂腐儒生。⑲有物有则：天地间法则。⑳五行：五种德行，相传不一。五事：貌恭、言从、视明、听聪、思睿。㉑仆：谦称，“我”。㉒大方之家：见多识广、明晓事理的人。㉓畔：同“叛”，背离。㉔扬子：扬雄，字子云，西汉辞赋家，代表作《法言》、《太玄》等。㉕一超：一跃。㉖“滔滔者天下皆是也”：语出自《论语·微子》，“滔滔者天下皆是也，而谁以易之?”以，与。㉗一面：会面。㉘敢：谦辞，冒昧。率：轻率。㉙报：复信。嘉讯：高妙之论。

答徐甥公肃[1]书

【题解】

本文是顾炎武给外甥徐元文的回信，可看作顾炎武对徐元文修史的建议。文章第一部分简介顾氏读史的过程，并说明自己“琴书俱尽”。第二部分简述修史应当“夫史书之作，鉴往所以训今”，顾炎武多次用典论证，嘱托徐元文“身当史局，因事纳规，造膝之谟，沃心之告，有急于编摩者，固不待汗简奏功，然后为千秋金镜之献也。”第三部分则是介绍自己在关中地域的生活情况，同时向徐元文反映各地百姓的困苦，以求庙堂之上深悉。因甥舅的天然关系，顾炎武得以以隐蔽的方式向当局提出修撰《明史》的建议，同时将自己所闻所见的民生疾苦直接传递给当局。虽然顾炎武终身不仕清，但这些建议和书信体现了顾炎武作为读书人的另一份责任和担当。

【选文】

幼时侍先祖[2]，自十三四岁读完《资治通鉴》[3]后，即示之以邸报[4]，泰昌以来颇窥崖略[5]。然忧患之余，重以老耄[6]，不谈此事已三十年，都不记忆。而所藏史录奏状[7]一二千本，悉为亡友借观[8]，中郎被收[9]，琴书俱尽[10]。

承吾甥[11]来札惓惓勉以一代文献[12]，衰朽讵足副此[13]！既叨[14]下问，观书柱史[15]，无妨往还，正未知绛人甲子[16]，郯子云师[17]，可备赵孟、叔孙[18]之对否耳。夫史书之作，鉴往所以训今[19]。忆昔庚辰、辛巳[20]之间，国步阽危[21]，方州[22]瓦解，而老成硕彦[23]，品节矫然[24]。下多折槛[25]之陈，上有转圜[26]之听。思贾谊[27]之言，每闻于谕旨[28]；烹弘羊[29]之论，屡见于封章[30]。遗风善政[31]，迄今可想。而昊天不吊[32]，大命忽焉[33]，山岳崩颓[34]，江河日下，三风不儆[35]，六逆弥臻[36]。以今所觏[37]国维人表[38]，视昔十不得二三，而民穷财尽，又倍蓰[39]而无算矣。身当史局[40]，因事纳规[41]，造膝之谟[42]，沃心[43]之告，有急于编摩[44]者，固不待汗简奏功[45]，然后为千秋金镜[46]之献也。

关辅[47]荒凉，非复十年以前风景，而鸡肋蚕丛[48]，尚烦戎略[49]，飞刍挽粟[50]，岂顾民生[51]。至有六旬老妇，七岁孤儿，挈[52]米八升，赴营[53]千里，于是强者鹿铤[54]，弱者雉经[55]，阖门[56]而聚哭投河，并村[57]而张旗[58]抗令，此一方之隐忧，而庙堂[59]之上或未之深悉[60]也。吾以望七[61]之龄，客居斯土，饮瀣[62]餐霞，足怡贞性[63]，登岩俯涧[64]，将卜幽栖[65]。恐鹤唳[66]之重惊，即鱼潜之非乐[67]，是以忘其出位[68]，贡此狂言[69]，请赋《祈招》[70]之诗，以代麦丘之祝[71]。不忘百姓，敢自托于鲁儒[72]；维此哲人，庶兴哀于周雅[73]。当事君子倘亦有闻而叹息者乎？东土[74]饥荒，颇传行旅[75]，江南水旱，亦察舆谣[76]。涉青云[77]以远游，驾四牡[78]而靡骋[79]，所望随时示以音问[80]，不悉[81]。（《亭林文集·卷之六》）

【注释】

①徐公肃：徐元文，字公肃，顾炎武外甥。②侍：陪从尊长。先祖：已故祖父。③《资治通鉴》：简称“通鉴”，司马光主持编著编年体通史，记载周威烈王二十三年至五代后周世宗显德六年间历史。④邸报：古代手抄君王诏命、臣僚奏章的纸张。⑤崖略：概略。⑥老耄：衰老。⑦史录：史料。奏状：奏章。⑧亡友：指顾炎武好友潘柽章，字圣木，号力田，受“明史案”牵连被凌迟处死，其《明史记》及借阅顾炎武书籍被焚。借观：借阅。⑨中郎：指蔡邕，人称“蔡中郎”。被收：蔡邕受董卓牵连下狱死。⑩琴书俱尽：蔡邕琴书散失。⑪■。⑫惓惓：恳切。文献：熟知典章制度之人。⑬衰朽：老朽。讵：音 jù，岂、怎。副：称。⑭叨：忝、承蒙。⑮柱史：侍郎，徐元文任礼部侍郎。⑯绛人：高寿之人。甲子：年岁。⑰郯子：春秋时期郯国国君。⑱赵孟：赵鞅，赵简子。叔孙：叔孙昭子，名婼。⑲训今：教导当世。⑳庚辰：崇祯十三年，公元 1640 年。辛巳：崇祯十四年，公元 1641 年。㉑国步：国运。阽危：面临危险。㉒方州：大地。㉓老成：年高贤德。硕彦：博学之士。㉔品节：品行节操。矫然：坚劲。㉕折槛：直言谏诤。㉖转圜：顺易。㉗贾谊：世称贾生，西汉思想家、文学家，代表作《过秦论》、《论积贮疏》。㉘谕旨：君王诏命。㉙烹：古代刑罚，煮杀：弘羊，桑弘羊，西汉重臣，官至御史大夫。㉚封章：机密奏章，用皂囊密封。㉛遗风：前人遗留的风教。善政：清明政治。㉜昊天：苍天。不吊：不哀悯庇祐。㉝大命：天命。忽焉：快速。㉞山岳崩颓：王朝覆灭。㉟三风：巫、淫、乱三种恶劣风气。儆：警醒。㊱六逆：“贱妨贵，少陵长，远间亲，新间旧，小加大，淫破义”六种悖逆行为。弥臻：到来。㊲覩：睹。㊳国维：国家法纪。人表：品学表率。㊴倍蓰：亦作“倍屣”、“倍徙”，数倍。㊵史局：史馆。㊶纳：献。规：规劝。㊷造膝：促膝。谟：谋略。㊸沃心：以治国之道启迪君王。㊹编摩：编辑。㊺汗简：史册。奏功：上奏君王表彰个人功劳。㊻千秋金镜：亦作“千秋镜”，史镜。㊼关辅：关中。㊽鸡肋蚕丛：景象残败。㊾戎略：战乱。㊿飞刍挽粟：迅速转运粮草。51民生：民众生计。52挈：提、带。

㊸赴营：谋求。㊹鹿铤：亦作“鹿挺”、赴险犯难。㊺雉经：自缢。㊻阖门：全家。㊼并村：合。㊽张旗：公开。㊾庙堂：朝廷。㊿深悉：了解透彻。61望七：年近七十。62瀣：露水。63怡：和悦。贞性：贞烈之志节。64涧：山间水流。65卜：卜问。幽栖：幽静栖息之地。66鹤唳：鹤鸣，此指战乱。67鱼潜之非乐：指隐居。68出位：超越本分。69贡：献。狂言：狂妄之语。70《祈招》：古诗名，此处指向君王进谏。71麦丘之祝：直言直谏。72鲁儒：儒家学者。73周雅：《诗经》中《大雅》、《小雅》，孔子删定《诗经》。74东土：陕西以东。75行旅：旅客。76舆谣：舆诵、民谣。77青云：远大抱负。78四牡：四马拉车。79靡骋：不能施展抱负。80音问：音讯、书信。81不悉：书信结尾用语，言有不尽。

与杨雪臣

【题解】

本文是顾炎武与好友杨雪臣的信件。文章的第一部分除了日常的祝福外，赞扬了好友及其子不同于时人“为声利所迷而不悟”，而是“不刻文字，不与时名”的高德。第二部分向朋友介绍了自己的生活和学业著作情况，尤其是《日知录》和《音学五书》的刊刻情况。对于《日知录》，顾炎武自信“意在拨乱涤污，法古用夏，启多闻于来学，待一治于后王，自信其书之必传”；对于《音学五书》，则自认“足羽翼六经”，两本著作显示了顾炎武对于自己为学的自信。文章的最后表达了自己对好友的思念之情。因为是朋友之间的交流，文章用语朴实，意思明了。

【选文】

想年来素履康豫[①]，盛德日新[②]，而愚所深服先生者，在不刻文字，不与时名。至于朋友之中，观其后嗣，象贤食旧[③]，颇复难之。郎君博探文籍[④]而不赴科场，此又今日教子者所当取法也。人苟偏[⑤]读五经，略通史鉴[⑥]，天下之事，自可洞然[⑦]，患在为声利所迷而不悟耳。

向者《日知录》[8]之刻，谬承许可[9]，比来[10]学业稍进，亦多刊改[11]。意在拨乱[12]涤污，法古用夏[13]，启多闻于来学[14]，待一治于后王[15]，自信其书之必传，而未敢以示人也。若《音学五书》[16]，为一生之独得，亦足羽翼六经[17]，非如近时拾渖[18]之语，而亦不肯供他人捉刀[19]之用，已刻之淮上[20]矣。平生志行，知己所详，惟念昔岁孤生，漂摇风雨，今兹亲串[21]，崛起云霄，思归尼父之辕[22]，恐近伯鸾之灶[23]。且九州[24]岛历其七，五岳登其四，未见君子，犹吾大夫，道之难行，已可知矣。尔乃徘徊渭川[25]，留连仙掌[26]，将营一亩，以毕余年。然而雾市云岩，人烟断绝，春畦秋圃[27]，虎迹纵横。又不能不依城堡而架椽[28]，向邻翁而乞火，视古人之栖山饮谷[29]者，何其不侔[30]哉!

世既滔滔[31]，天仍梦梦[32]，未知此生尚得相见否？辄因便羽[33]，附布区区[34]。

【注释】

①素履：质朴、清白自守的处世态度。康豫：健康。②盛德：高尚的品德。日新：日日更新。③象贤：效法先人贤德。食旧：食旧德，效用先人恩德。④文籍：文章典籍。⑤徧：同“遍”。⑥史鉴：史籍。⑦洞然：清楚明了。⑧《日知录》：顾炎武著作，初刻八卷于康熙九年，后康熙十五年刻本三十卷，康熙三十四年刻本三十二卷，现行版本为黄汝成集释。顾炎武称“平生之志与业皆在其中”。⑨许可：赞同。⑩比来：近来。⑪刊改：修改、订正。⑫拨乱：修正谬误。⑬法古：效法古人。夏：夏文化，代指中华文化。⑭来学：后世学者。⑮后王：后世君王。⑯《音学五书》：顾炎武研究《诗经》音韵学著作，含音论、诗本音、易音、唐韵正、古音表五部分，参见《音学五书后序》。⑰羽翼：辅助。六经：儒家六部经典著作，即《易》、《书》、《诗》、《礼》、《乐》、《春秋》。⑱拾渖：拾取

汤水。⑲捉刀：代人作文。⑳淮上：淮安；参见《音学五书后序》。㉑亲串：亲戚。顾炎武外甥徐乾学、徐秉义、徐元文均为清初学者、官员。徐乾学，康熙九年探花；徐秉义，康熙十二年探花；徐元文，顺治十六年状元。人称“昆山三徐”。㉒尼父：孔子，名丘，字仲尼。辕：辕门。㉓伯鸾：梁鸿，字伯鸾，东汉隐士。灶：炉灶。㉔九州：古代中国分为兖州等九州。㉕渭川：渭水，渭河流域。㉖留连：滞留。仙掌：华山仙人掌峰，泛指陕西华阴。㉗春畦：春天田园。圃：园圃。㉘椽：木条。㉙栖山饮谷：亦作“栖丘饮谷”，隐遁山林。㉚侔：音 móu，相等。㉛滔滔：混乱。㉜梦梦：昏暗不明。㉝便羽：托人带信。㉞区区：愚见。

与潘次耕

【题解】

本文是顾炎武给潘耒的回信，除了勉励潘耒自立外，亦应允了潘耒入室的请求。文章第一部分是对潘耒的劝勉，“于患难之余，而能奋然自立，以亢宗而传世”；第二部分介绍了自己今年来的治学窘境，尤其是雁门垦荒的情况。第三部分对江南和雁门的对比，表示长居北方的打算。文章的重点在于作者对潘耒入室请求的回应，顾炎武此文虽描述了北方治学的种种困苦，但“思共晨夕”、“彼中亦足以豪”等语句已经回应了潘耒的请求。潘耒是顾炎武挚友潘柽章之弟，后跟随顾炎武治学，基本延续传承了顾炎武的学术理念。顾炎武去世后，潘耒整理刊刻《日知录》。

【选文】

接手札如见故人，追念痛酷[①]，其何以堪！古人于患难之余，而能奋然自立，以亢宗[②]而传世者，正自不少，足下勉旃[③]，毋怠！

承谕负笈从游[④]，古人之盛节[⑤]，仆何敢当！然中心惓惓[⑥]，思共晨夕，亦不能一日忘也。而频年[⑦]足迹所至，无三月之淹[⑧]，友人赠以二马二骡，装驮书卷，所雇从役，多有步行，一年之中，半宿旅店，此不足以累足下也。近则稍贷赀本⑨，于鴈门⑩之北，五台之东，应募垦荒。同事者二十余人，辟草莱⑪，披荆棘，而立室庐于彼。然其地苦寒特甚，仆则遨游四方，亦不能留住也。彼地有水而不能用，当事遣人到南方，求能造水车、水碾、水磨之人，与夫能出资以耕者。大抵北方开山之利，过于垦荒，蓄牧之获，饶于耕耨⑫，使我有泽中千牛羊，则江南不足怀也。

列子“盗天”之说⑬，谓取之造物而无争于人。若今日之江南，锥刀⑭之末将尽争之，虽微如蠛蠓⑮，亦岂得容身于其间乎？文渊子春⑯并于边地立业，足下倘有此意，则彼中亦足以豪，但恐性不能寒，及家中有累耳。

徐介白⑰久不通书，为我以此字达之，知区区⑱未死，宇内⑲犹有一故人也。

【注释】

①痛酷：悲痛。②亢宗：庇护宗族、光耀门庭。③足下：古代下称上或同辈相称的敬词。勉旃：努力。④负笈：游学。从游：随从求学。⑤盛节：高尚操守。⑥惓惓：深切思念。⑦频年：多年。⑧淹：停留。⑨赀本：本钱。⑩鴈门：雁门。⑪草莱：荒地。⑫耕耨：耕田除草，泛指耕种。⑬列子：列御寇，战国时期思想家，著有《列子》。“盗天”之说：出自《列子·天瑞》，“吾闻天有时，地有利。吾盗天地之时利，云雨之滂润，山泽之产育，以生吾禾，殖吾稼，筑吾垣，建吾舍。陆盗禽兽，水盗鱼鳖，亡非盗也。夫禾稼、土木、禽兽、鱼鳖，皆天之所生，岂吾之所有？然吾盗天而亡殃。夫金玉珍宝，谷帛财货，人之所聚，岂天之所与？若盗之而获罪，孰怨哉？”⑭锥刀：微利。⑮蠛蠓：虫名，体小。⑯文渊：马援，字文渊，东汉臣，参见《后汉书·马援传》。⑰徐介白：徐白，字介白，别号笑庵。⑱区区：谦辞，我。⑲宇内：天下。

三朝纪事阙文序

【题解】

本文是顾炎武为其祖父顾绍芾所抄写的《三朝纪事阙文》而作的序（三朝即万历、天启和崇祯）。文章第一部分介绍祖父教导自己为学的故事，重点突出祖父对自己为学的期望和影响，“以科名望臣”、“为士当求实学”，塑造了疼爱关心孙儿的祖父形象。第二部分则介绍了祖父的生平和抄录邸报的情况，重点突出祖父关心国家危亡的责任担当和剪裁邸报勤奋认真的态度。因为祖父是作者亲人，文章多通过生活细节的描述完成对人物形象的塑造。比如白莲教兴起后，祖父指庭中草根所说“尔他日得食此幸矣!”文章在塑造祖父形象的同时，流露出作者对祖父的思念之情，对昔年爱日之义的悔恨，祖孙之间的感情得以自然展现。血缘亲情关系是人类的自然感情，通过此文我们或可理解古人“树欲静而风不止，子欲养而亲不待”的无奈。

【选文】

臣祖父某，盖古所谓隐君子①也。年五十一而始抱臣炎武为孙[2]。臣幼而多病，六岁，臣母于闺中授之《大学》[3]，七岁就外傅[4]，九岁读《周易》[5]。自臣母授臣《大学》之年，而东方兵起，白气亘天[6]。明年三月，覆军杀将。及臣读《周易》为天启之初元，而辽阳陷，奢崇明、安邦彦[7]并反。其明年，广宁陷，山东白莲教[8]妖民作乱。一日，臣祖指庭中草根谓臣曰："尔他日得食此幸矣！"遂命之读古兵家孙子、吴子诸书，及《左传》、《国语》、《战国策》[9]、《史记》。年十一，授以《资治通鉴》。已而三畔平，人心亦稍定。而臣祖故所与往来老人谓臣祖曰："此儿颇慧，何不令习帖括，乃为是阔远者乎？"于是令习科举文字，已遂得为诸生，读《诗》、《尚书》、《春秋》[10]。而先帝即位，天下翕然[11]，以为中兴更化[12]之主，无复向时危迫之意。以臣益长，从四方之士征逐为名。臣祖年益老，更日以科名望臣。又当先帝颁《孝经》、《小学》厘正[13]文字之日，臣乃独好五经及宋人性理书，而臣祖乃更诲之，以为士当求实学，凡天文、地理、兵农、水土，及一代典章之故不可不熟究。而臣有妻，又有四方征逐之事，不能日在膝下，臣祖亦不复朝夕课督如异时矣。

臣祖生于饶州官舍，随臣曾祖之官广西、山东、南京，一切典故悉谙，而当日门户[14]与攻门户之人，两党之魁皆与之游。臣祖年七十余矣，足不出户，然犹日夜念庙堂不置。阅邸报，辄手录成帙。而草野之人独无党，所与游之两党者，非其中表则其故人，而初不以党故相善。然因是两喜两怒之言，无一不入于耳，而具晓其中曲折，亦时时为臣言一二。固问，则又曰："汝习经生言，此非所急也。"臣祖老尚康强，而臣少年好游，往往从诸文士赋诗饮酒，不知古人爱日[15]之义。而又果以为书生无与国家之故，失请于趋庭之日，而臣祖弃臣以没。已而两京沦覆，一身奔亡，比年以来，独居无事，始出其簏[16]中臣祖所手录，皆细字草书，一纸至二千余字。而自万历四十八年七月，至崇祯七年九月共二十五帙，中间失天启二年正月至五年六月，而其后则臣祖老不能书，略取邸报标识其要。然吴中报比之京师，仅得十五，亦无全抄，而臣祖所标识者，兵火之余，又十失其一二。臣伏念国史未成，记注不存，为海内臣子所痛心，而臣祖二十年抄录之勤，不忍令其漫灭⑰，以负先人之志。于是旁搜断烂⑱之文，采而补之，书其大略，其不得者则阙之，名曰《三朝纪事阙文》。非敢比于成书，以备遗忘而已。世之君子尚怜其志而助之见闻，以卒先人之绪⑲，其文武之道实赖之，而臣祖之遗书亦得以不朽矣。（《亭林余集》）

【注释】

①隐君子：隐居逃避尘世之人。②抱臣炎武为孙：指顾炎武由生祖顾绍芳过继给顾绍芾为孙，参见《先妣王硕人行状》、《钞书自序》等。③《大学》：原是《礼记》中的第四十二篇，宋代程颢、程颐将其单独编为章句，后朱熹将其与《论语》、《孟子》、《中庸》合编注释，称为“四书”。④外傅：外出就学。⑤《周易》：含《易经》、《易传》两部分，《易经》阐释六十四卦卦名、卦象、卦辞、爻辞等，《易传》解释《易经》。⑥白气：刀兵之象。亘天：漫天。⑦奢崇明：安邦彦，明代彝族首领，叛明割据，史称“奢安之乱”。⑧白莲教：古代民间组织，起源于佛教净土宗，经茅子元等人改造而成。⑨《左传》：《春秋左氏传》，鲁国史官左丘明根据《春秋》编著。《国语》：记载西周、春秋时期历史的国别体史书，作者相传为左丘明，又称《春秋外传》、《左氏外传》。《战国策》：记载战国时期历史的国别体史书，作者不详，西汉刘向编订，又称《国策》。⑩《诗》：《诗经》，中国最早的诗歌集，因孔子删定后共计三百余篇，又称《诗三百》。《尚书》：又称《书经》，中国最早的历史文献，相传孔子编订。《春秋》：孔子修订鲁国编年史。⑪翕然：称颂。⑫中兴：转衰为盛。

更化：改革。⑬《孝经》：古代儒家经典，阐述儒家孝道，作者相传为孔子。《小学》：南宋朱熹与其弟子刘子澄编著的儒家启蒙教材。厘正，订正。⑭门户：派别。⑮爱日：子女供养父母的时日。⑯簏：竹箱。⑰漫灭：埋没。⑱断烂：残缺不全。⑲绪：前人未完成的功业。

中宪大夫山西按察司副使寇公墓志铭

【题解】

本文是顾炎武为中宪大夫山西按察司副使寇慎所作墓志铭，塑造了寇慎仁民和敢于担当责任的形象。文章第一部分叙述顾炎武写作此文的原因。第二部分，以大量的细节描写记述苏州知府寇慎“周旋上下之间，化大事为小事”的过程，突出其爱民仁民和善于解决矛盾的形象。第三部分记寇慎的按状，其中以贼将其放归山林一事衬托其深得民心。第四部分记寇慎的铭辞，对其作出评价，“廉而劲，才而正。一方之人知其爱利百姓。”古人素有仁民爱物的传统，官员仁民爱物一般会得到百姓的支持拥护，会在历史中留下百世芳名。本文是对寇慎的褒扬，更是顾炎武和百姓对天下官吏的期待。阅读此文，反思当前中国仍有一部分人对清官能臣抱有的期许，我们更要重视当前中国政治制度的建构。

【选文】

天启①六年，寇公②为苏州知府③，炎武年十四，以童子试④见公，被一言之奖。于今五十有四年，而始得至同官⑤拜公于墓下。其年二月某日，公之次子泰征迁公之兆[6]，改葬于县东南之义兴原，而属[7]余为之铭。

余苏人也，公之遗事[8]在于苏，救一方之困，而定仓卒[9]之变，为余所目见者，不可以无述。往者熹庙[10]之时，太监魏忠贤擅政[11]。苏松道参政朱童蒙[12]者，以杖杀不辜为苏人所哗[13]，具文[14]称病。巡抚周公起元疏劾[15]，得旨：巡抚削职为民，擢童蒙为太仆寺少卿[16]。俾之修怨于东林[17]，而斥逐异己，此党祸所由起也。乃公之守[18]苏也，未期月[19]而遭水灾，米斗至银二钱四分。公乘舟出郊，劝民兴工筑圩[20]，以食[21]农民。复至阊门河干[22]，立转般[23]客货之法，以食市中游手之民。城中机户数千人，以年荒罢织，适宣大、延绥、甘肃遣官赍银数万互市[24]缎匹，公又设法俵散督[25]之织造，以食业机之民。涂无饿殍而人心帖[26]然，则民固已诵公之德矣。奉旨征漕[27]，而大水之后，粒米无出，百姓嚣然[28]。巡抚既去，州县官并以朝觐[29]赴京。公行香至城隍庙[30]，万人群拥而呼。公问之曰："尔何为者？"皆跪告曰："漕米无从得尔。"公曰："奈京仓告匮[31]，尔辈亦有晓事[32]者，顾[33]策将安出？"众曰："惟明公为民请命[34]！"公曰："三百亩以上纳米，三百亩以下折银，可乎？"众稽首[35]曰："敢不竭力以从。"公乃亲巡属县[36]，限以期会，而手自计之，尚亏额万余石。乃括任内赎锾公费及移借帑金[37]，招商给帖[38]入楚买米，兑[39]军上船陆续至江。而巡漕御史受内指[40]，以疏请折漕[41]四分为前抚罪，并欲陷公，驳称米色不一，勒停江口[42]。公亲往争之曰："罪在知府，何与军民？且吴中无米，自楚买之，安得一色？愚不知太仓之米果皆一色乎？"御史辞屈[43]。又廉[44]知公清正，无可罪，乃许其过江。而民既诵公之德，且服公之才略矣。

于是六年春，织造太监李实疏论前抚周公及周宗建、缪昌期、周顺昌、高攀龙、李应升、黄尊素六人，欺君蔑旨，结党惑众，阻挠上供[45]。奉旨差锦衣校尉[46]逮捕。顺昌，吴县人也，为吏部文选司员外，素清介。士民皆愤懑不平。校尉之来，复多横索[47]。三月辛酉，抚按[48]等官至校尉所居西察院宣旨，有生员王节等数十人具呈率吁[49]，百姓各执香随之，至万余人。抚按二院不能禁。校尉称旨驱之，众曰："尔奉魏忠贤之命，焉得称旨？"直趋上堂擒校尉，群殴之，毙一人。抚按逃入溷厕[50]。公挺身入，从容语曰："今日周吏部赴京，未必便死。汝等作此举动，反贻[51]之害。不如各散归家，本府与上台计[52]，具疏[53]保救，庶或可全。"至日晡[54]时，众始退。公命医疗其伤者，以兵守之。而驿丞[55]奔告：有校尉往浙江者，舟至胥门[56]外，索供应，众共击之，火其舟。公亟出城慰谕[57]，校尉匿舵[58]尾下，幸不死，具衣冠送之出境。然苏人之围守校尉及周吏部者，街巷之间，千百为群，屯聚[59]不解。而抚按亦以兵自卫。公知抚按素与织监善[60]，说之令求解于忠贤。疏中委曲其事，而阴具[61]舟于河。数日天雨，围者少怠，公亲往西察院谓校尉曰："可去矣！"馈之赆并死者之椑[62]，宵行送之出境。然后宣旨令周吏部就逮入京，而兵守空署如故。越一日，众始知已行，而惧罪仍屯不解。公密诇[63]得首事者颜佩韦等五人，以他事摄[64]之下狱。乃榜曰：罪人已得，余无所问。于是一麾[65]而散。二院解严，各归衙视事。而前疏亦下，责擒首恶而已。于是同二府推官审，拟斩二人戍[66]三人。狱上[67]，有旨：五人俱枭示[68]。抚按命公监刑[69]，五人稽首谢曰："吾等激于公义，累明公矣！"遂慷慨就戮[70]。先是忠贤得织监密报，惧激吴民之变，彷徨累日。及抚按疏上，但谓从役[71]李国柱踏伤偶死。阁臣亦言国体[72]所系，不可播闻，遂依之。票旨[73]得不深究，而缇骑自此亦不更[74]出。然其所以周旋上下之间，化大事为小事者，公一人之力也。向非公平日之恩素结于民心，当此众怒如水火之时，焉知不激之挺而走险，以成意外之患耶！然宵人[75]皆以公为前抚周公所厚，适旨下勘御史周宗建赃罪[76]，公坐以旷官溺职[77]，第[78]追夺其俸。忠贤怒，持之不下，而于他疏批曰："近日府官扶同[79]，以俸作赃，明是侮朕。"公自度不免[80]，会丁继母忧[81]，解官[82]归。不数月而忠贤败，使再迟之期年，公之得罪亦未可测也。

按状：公讳慎字永修，其先自山西之榆次徙中部，再徙同官。祖嘉谏，肃府审理[83]。父遵孟，文县教谕[84]。公中万历四十四年进士，历刑部浙江司工部营缮司主事员外，迁虞衡司郎中，迁苏州知府。丁继母及父忧，崇祯元年服阕[85]，补广平知府。在任三月，迁山西按察司副使，昌平兵备，奉勅[86]监军。以前任苏州工部钱粮未完，降佥事[87]，分巡冀宁，剿贼有功。敌入山西，陷崞县，公守宁武拒之甚力，颇有斩获。迁山西布政使参议，分守朔州。以崇祯八年乞休，时年五十有八。而同官先为贼所残，公归，乃卜居山寨。又八年，李自成陷长安，被执，幽于秦府。贼有知公清官，薄其追饷，放归。优游林下[88]，读书自娱者二十七年。以四月八日无疾而逝，年九十有三。配习氏，惟孝克勤，能相夫子，以成厥家，封恭人。先公十年卒，年八十有二。子二人：瑞征、泰征，孙十二人，曾孙十人，元孙十二人，公及见元孙而没。惟公治剧定变[89]，有叔敖、子产[90]之风。若其七岁丧母，而哀毁[91]如成人。迎父丧于文县，冒干戈[92]而以柩返。捐金以济三党之阨[93]，赈里人之饥，其善行不能尽述。而余尝至关中，一寓书[94]于公。时公年垂[95]九十，犹细书手答，至二百余言，其恭[96]也如是。

铭曰：廉而劲，才而正。一方之人知其爱利百姓。是以当事变之来，片言而定。宜其寿考[97]且康，而子孙蕃盛[98]。新卜斯原[99]，

既安既靓[46]。是公之所以返于真，以复其性者耶？（《亭林余集》）

【注释】

①天启：明熹宗朱由校1621～1627年间年号。②中宪大夫：文官名。寇公：寇慎，字永修，号礼亭，陕西同官人。墓志铭：记载死者生平事迹的文字。③知府：府级行政长官，辖州县。④童子试：又称“童试”，科举考试的一种。⑤同官：地名，位于今陕西铜川。⑥兆：墓地。⑦属：同“嘱”，嘱托。⑧遗事：前人事迹。⑨仓卒：亦作“仓猝”，匆忙：仓卒之变，非常事件。⑩熹庙：明熹宗朱由校，庙号熹宗。⑪擅政：专政。⑫苏松道：行政区域名，明代辖苏州、松江两府。参政：官职名。朱童蒙：字求我，号五吉。⑬杖杀：用杖打死。不辜：无罪之人。哗：喧闹、反对。⑭具文：撰文。⑮巡抚：官职名。周起元：字仲先，号绵贞，东林七君子之一，福建海澄人，时任右佥都御史。疏劾：具疏弹劾。⑯擢：音zhuó，提拔。太仆寺：古代中央掌车马机构，置卿、少卿、丞等。少卿：副职。⑰俾：音bǐ，使。修怨：报宿怨。东林：东林朋党。⑱守：守卫。寇慎时任苏州知府。⑲期月：整月。⑳圩：音wéi，堤。㉑食：音sì，喂食。㉒阊门：城门名，位于苏州古城西。河干：河岸。㉓转般：宋代以后的漕运方式，将各地漕粮集中储存集中运往京师。㉔赍：携带。互市：贸易活动。㉕俵：音biào，散发。俵散：散发。督：监督。㉖饿殍：饿死之人。帖：安定。㉗征漕：征收漕粮。㉘嚣然：饥饿貌。㉙朝觐：臣子朝见帝王。㉚行香：明清时官吏每至朔望入庙焚香叩拜。城隍庙：供奉守护一方神仙的庙宇。㉛京仓：京城粮仓。告匮：宣告匮乏。㉜晓事：明达事理。㉝顾：但。㉞请命：代人请求保全其生命或解除其困苦。㉟稽首：跪拜礼，叩头至地。㊱属县：管辖县域。㊲锾：钱币。赎锾：赎罪的钱币。帑金：国库钱币。㊳帖：官府文书、公文。㊴兑：交换。㊵巡漕御史：明清监察御史奉命外出巡视漕运者，称巡漕御史。内：皇宫。指：指使。㊶折漕：漕粮折银征收。㊷勒停：强制停止。江口：江水与其他水流汇合处。㊸辞屈：理屈词穷。㊹廉：考察。㊺上供：将征缴赋税交给朝廷。㊻锦衣

校尉：锦衣卫校尉，锦衣卫底层官职。㊼横索：勒索。㊽抚按：巡抚和巡按。㊾具呈：备办呈文。率吁：呼吁。㊿溷（音 hùn）厕：厕所。51贻：致使、贻害。52上台：上司。计：谋划。53具疏：列文分条陈述。54晡：音 bū，午后三点至五点。55驿丞：官职名，掌管驿站。56胥门：城门名，位于苏州古城西。57慰谕：宽慰、抚慰。58匿：藏匿。舵：船舵。59屯聚：聚集。60善：友善。61阴：暗地、秘密。具：置办。62馈：赠。赆：临别赠送行人的路费、礼物。槥：音 huì，简陋棺材。63诇：音 xiòng，侦查、探听。64摄：拘捕。65一麾：一挥，举事简捷。66戍：防守边疆。67狱：案件。上：呈上。68枭示：斩头、示众。69监刑：监斩。70就戮：受戮、被杀。71从役：奴仆。72国体：朝廷体统。73票旨：明清内阁学士代皇帝批答章奏，书写批语于票签，贴至疏面。74缇骑：逮治犯人的禁卫吏役。更：重新。75宵人：小人。76适：恰逢。勘：审查。赃罪受贿罪。77坐：犯罪。旷官：不称职。溺职：失职。78第：只、仅仅。79府官：州府长官。扶同：伙同。80度：衡量。不免：无法幸免。81丁忧：遭逢父母丧事，子女守丧，三年内不做官，不婚娶，不赴宴，不应考。82解官：解免官职。83肃府：肃王府。审理：理刑官。84文县：位于甘肃陇南。教谕：学官名，掌文庙祭祀。85服阕：守丧期满、脱去丧服。86奉勅：亦作“奉敕”，奉帝王命。87佥事：官名，副职，掌监察。88林下：隐退之处。89治剧：处理繁杂事务。定变：平定事变。90叔敖：孙叔敖，名敖，字孙叔，辅佐楚庄王称霸。子产：姬侨，字子产，又字子美。91哀毁：居丧悲伤异常而毁损其身。92干戈：战争。93捐金：捐助钱财。济：救助。三党：父族、母族、妻族。阨：困厄。94寓书：寄信。95垂：临近。96恭：容貌端庄、谦逊有礼。97寿考：长寿。98蕃盛：繁茂、兴旺。99卜：占卜。原：平原。100既：且。靓：幽静。

文林郎贵州道监察御史王君墓志铭

【题解】

本文是顾炎武为文林郎贵州道监察御史王国翰所撰写墓志铭，塑造了王国翰于危乱之中对君王的忠义形象。文章第一部分感叹王国翰“君臣父子一旦相失而永诀终天”的人生至痛。第二部分按状则描述王国翰追随君王、临危护主的情势，突出王国翰敢于担当的人臣形象。最后铭记则以类比的方法再次总结主人公的忠诚态度。全文以叙为主，夹叙夹议，通过多处的细节塑造了主人公的饱满形象。顾炎武褒扬忠义精神实质是以“名”报忠臣义士，使之名垂史册，这一方面是顾炎武作为读书人的责任与自觉，另一方面更在于顾炎武与忠臣义士精神的契合。“国家兴亡，匹夫有责”，职业、阶层的多样化并不意味着“保天下”责任有所区别，顾炎武作为读书人，身体力行了“保天下者，匹夫之贱与有责焉耳矣”的主张。

【选文】

天下之变，莫甚乎君臣父子一旦相失而永诀终天[①]，此人生之至[2]痛，而古人臣之所遭未有以比也。况乎强敌压境，而将帅内离，国步颠危[3]，在不可知之日者乎？此王君之所为于邑而终也。

按状[4]：君之始祖彬，国初自襄阳宜城县[5]占籍[6]广平之曲周[7]。传至君之父讳宪祖，以三科武举官钦依守备[8]。君讳国翰，字翼之，自为诸生即有四方之志[9]。从其姊夫总漕都宪路公振飞至淮上[10]，谒皇陵[11]，阅高墙诸宗人[12]，见唐王[13]，心异之，因命君往来省视。及王即大位[14]于福州，召路公自太湖赴行在[15]，而君与其仲子[16]凉武相从，间道度岭至天兴[17]，召对[18]，赐银币，授中书舍人。君虽处闲职，而时在上[19]前陈中外大计，其详不得闻，大抵以去横赋[20]、戢悍卒[21]、固民心为急。君以诸生得侍密勿[22]，荷主知[23]，论事无所避，上益喜。顷之，除[24]贵州道监察御史[25]。是时大帅芝龙[26]已蓄异志[27]，而举朝无敢言者。尝以科敛[28]民间银米，君与之力争于上前，不少假[29]。上目君谓侍臣曰："此吾之李勉[30]也。"车驾亲征[31]，命兼掌军政司印[32]。以子凉武为金吾将军，掌宝纛[33]。赠父宪祖金吾将军贵州道监察御史，母范氏一品夫人。驾至汀州[34]，君奏：人情恇迫[35]，传敌骑已至近郊，上宜速发。与其子凉武待命行宫[36]前。俄而追骑奄[37]至门，中人[38]与之相持。有张致远者，自诡[39]为上，被执，上乃决行宫后垣[40]出，去。方追骑之来，宫前扰乱。君顾不见其子，独行至陌[41]。人言车驾已西幸矣，君弃其仆马，徒步奔从，及于韶州之仁化县[42]，则韩王也，而乘舆[43]竟不知所之。时君之甥路太平奉命征兵至乐昌，乃往依之。自念弃家从主四千里外，卒遭大变，不得为羁绁[44]之臣。其仲子又生离死别，每寤辟[45]长叹，遂以得疾。间关逆旅[46]，明年二月丙戌，卒于全州[47]。妻张氏，封孺人。子三人。君卒后二十五年，长子奋武迎榇[48]北归。以九月辛卯葬于曲周之先茔[49]，而凉武则死于军中矣。季子[50]绳武早亡。有孙五人。

铭曰：有龙蟉[51]，飞而复潜。一蛇从之，枯于嵁岩[52]。徇国之危，奚怨奚嫌？维天不佑，良臣则歼！铭此幽忠，百世所瞻。

【注释】

①永诀：永别、死别。终天：终身。②至：极、最。③国步：国运。颠危：颠困艰危。④状：行状。⑤襄阳：地名，今湖北襄阳。宜城县：地名，今湖北襄阳宜城。⑥占籍：入籍定居。⑦广平：古地名，广平府，治所今河北邯郸永年。曲周：地名，今河北邯郸曲周。⑧钦依：君主依准。守备：武官名。⑨诸生：明代称考取秀才入学的生员（含增生等）为诸生。四方之志：远大志向。⑩姊夫：姐姐的丈夫。总漕：漕运。都宪：官职名，都御史的别称。路振飞：字见白，号皓月，明臣。淮上：淮安。⑪谒：瞻仰。皇陵：皇帝或皇室成员陵墓。⑫宗人：（疑皇室）同族之人。⑬唐王：南明唐王朱聿键，字长寿。⑭大位：帝位。⑮太湖：湖名。行在：君主所在地。⑯仲子：次子。⑰间道：抄道。度岭：越岭。天兴：福州府。⑱召对：君主召见。⑲上：君主。⑳横赋：额外赋税。㉑戢：约束。悍卒：骄悍兵卒。㉒密勿：机密。㉓荷：承蒙。知：了解。㉔除：授职。㉕监察御史：官职名，都察院分道巡按，掌监察狱讼等。㉖芝龙：郑芝龙，字飞黄，明臣降清。㉗异志：叛离之心。㉘科敛：科派。㉙假：宽容。㉚李勉：字玄卿，唐相。㉛车驾：代指君王。亲征：君主出征。㉜司印：掌管印玺。㉝宝纛：君主出行，乘舆上的旗帜。㉞汀州：古地名，位于福建。㉟人情：人心。恇迫：恐惧慌乱。㊱行宫：古代京城以外供君王居住的宫室。㊲俄而：不久、顷刻。奄：突然。㊳中人：宦官。㊴诡：欺诈。㊵垣：墙。㊶陌：田间小道。㊷韶州：地名，广东韶关。仁化：地名，位于今广东韶关。㊸乘舆：音 shèng yú，君王诸侯所乘坐的车，借指君王。㊹羁绁：拘禁。㊺寤辟：醒来以手拍胸。㊻间关：道路崎岖。逆旅：旅居。㊼全州：地名，位于今广西桂林。㊽榇：音 chèn，棺材。㊾先茔：先人坟茔。㊿季子：少子。[51]蟉：蛟龙屈折行动。[52]嵁岩：高山。

常熟陈君墓志铭

【题解】

本文是顾炎武为好友陈梅撰写的墓志铭，颂扬了好友的忠孝和仁德。文章第一部分叙写作者和陈梅的相识过程和与陈梅的友谊。第二部分按状记叙陈梅的家世以及陈梅不醉心于名利，“孝友睦姻，内行备至，与人和厚”的性格特征，同时批评了社会“世道弥衰，人品弥下”的情形。第三部分总结陈梅好施行仁的人格特征。顾炎武对于普通人道德品质的赞颂体现了他对基层群众的关注，与前述文章中的主人公相比，陈梅没有显耀的官衔，也不是殉国殉主的英勇烈士，这位耆旧名德更像是大时代中无奈施展抱负而只能退求保全自己和保护族人的普通人。其实大多数人的一生可能在琐碎的平淡中度过，但这并不妨碍个体追求保持健康和仁德的心灵，而且个体也只有在追求仁德和助人行善的过程中展现价值。

【选文】

崇祯[①]十七年，余在吴门[②]，闻京师[③]之报，人心凶惧[④]。余乃奉母[5]避之常熟之语濂泾，依水为固，与陈君鼎和隔垣[6]而居。

陈君视余年长以倍，于县中耆旧名德[7]，以及田赋水利一切民生利病[8]无不通晓。乃未一岁而戎马驰突[9]，吴中诸县并起义兵自守，与之抗衡。而余以母在，独屏居[10]水乡不出。自六月至于闰月，无夜不与君露[11]坐水边树下，仰视月食，遥闻火炮。从容谓余曰："吾年六十有六矣，不幸遭此大变，不能效徐生绝脰[12]之节，将从众翦发[13]。念余年无几，当实[14]之于棺，与我俱葬耳。"徐生者，名怿，君之同学，诸生[15]，全发自经[16]者也。无何[17]，城破，余母不食以终。余始出入戎行[18]，犹从君寓居水滨[19]。五年而君以疾捐馆[20]。二子相继不禄[21]，贫不克[22]葬。余亦流转外邦[23]。又二十五年而其孙芳绩以书来曰：将以十二月庚申，举其两世六丧[24]葬于所居之西双凤乡吴塘里，而乞一言以铭诸幽[25]。

按状[26]：君讳梅，字鼎和，别字明怀。其先宋季[27]自衢州[28]徙常熟。父讳应选，早世[29]，君方八岁。母许氏，年二十有八，闭户辟纑[30]，教之力学[31]，以至成立[32]，为诸生。少以通经着闻[33]，中年旁览[34]诸子及医药卜筮种树之书，课[35]其家人。耕舍旁地数十亩以糊其口[36]，不婴心[37]于名利，未老而休。然里中凡有繇役[38]争讼之事，君未尝不为之调剂[39]，或片言立解。当天启[40]之末，县之豪宦纵其仆干鱼肉[41]乡民。而独于君之居里无所及。至今民间有不平之事，辄相向太息[42]，以为陈君在，当不令我至此也。君孝友睦姻[43]，内行备至[44]，与人和厚，能忍诟[45]不争，题其居曰守拙[46]之门。而谓芳绩曰："吾穷老无所恨[47]，唯母节未旌[48]，奄[49]遭国变，以此为终天[50]之痛！"又曰："士不幸而际[51]此，当长为农夫以没世[52]。一经之外，或习医卜，慎无仕宦[53]。"嗟乎，可谓贤矣！

余出游四方，尝本其说以告今之人，谓生子不能读书，宁为商贾百工技艺食力[54]之流，而不可求仕。犹之生女不得嫁名门旧族，宁为卖菜佣妇，而不可为目挑心招[55]，不择老少之伦[56]。而“滔滔者天下皆是”[57]，求一人焉如陈君与之论心述古而不可得。盖三十年之间而世道弥衰，人品弥下，使君而及见此，其将嗷然而哭，如许子伯之悲世者矣[58]！君年七十有一，配苏氏，有妇德，能佐君周施[59]，先君数月卒。子四：汝珣、汝瑜、汝琳先后并卒。有孙七人，而芳绩居长，以训蒙[60]自给。

铭曰：以君之好施，而终窭[61]且贫；以君之行仁，而二十余年不克归其窀[62]。惟厥孙之穷约[63]兮，犹足以无负于九原[64]。我铭其幽，视后之人。（《亭林余集》）

【注释】

①崇祯：明思宗朱由检 1628～1644 年间年号。②吴门：江苏苏州。③京师：明代京城北京。④凶惧：恐惧。⑤奉：侍奉。母：顾炎武嗣母王氏。⑥垣：矮墙。⑦耆旧：年高望重者。名德：贤德名望者。⑧民生：民众生计。利病：利害。⑨戎马：军马。驰突：迅猛冲撞。⑩屏居：屏客独居。⑪露：室外。⑫徐生：徐怿，字瞻淇。脰：音 dòu，脖子。绝脰：断颈。⑬翦发：修剪头发。⑭实：装进。⑮诸生：已入学的生员。⑯自经：上吊自杀。⑰无何：不久。⑱出入：进出。戎行：军队。⑲水滨：岸边。⑳捐馆：婉辞，死亡。㉑不禄：亡故。㉒克：能够。㉓流转：流落转徙。外邦：异乡。㉔两世：两代。丧：丧亡。㉕铭：铭文纪念。幽：幽冥。㉖按：按语。状：行状。㉗宋季：宋代末年。㉘衢州：浙江衢州。㉙世：过早去世。㉚辟纑：音 pì lú，绩麻、练麻。㉛力学：努力学习。㉜成立：成人自立。㉝通经：精通经学。着闻：著名、闻名。㉞旁览：广览。㉟课：教授。㊱糊口：勉强维持生计。㊲婴心：关心。㊳繇役：徭役，古代政府强制平民承担的无偿劳动。㊴调剂：调解。㊵天启：明熹宗朱由校 1621～1627 年间年号。㊶豪宦：豪绅。纵：放任。干：侵犯。鱼肉：欺凌。㊷太息：叹息。㊸孝友：孝敬父母、友爱兄弟。睦姻：亦作“睦姻”，

宗族、姻亲和睦。㊹内行：居家操行。备至：周到、周全。㊺询：同“诟”，辱骂、耻辱。㊻守拙：安于愚拙，清贫自守。㊼恨：遗憾。㊽旌：表彰。㊾奄：突然。㊿终天：终身。51际：遭遇。52没世：终身。53仕宦：出仕。54百工：工匠。技艺：技巧才艺。食力：依靠劳动生活。55目挑心招：妓女。56伦：人伦。57“滔滔者天下皆是”语出自《论语·微子》，“滔滔者天下皆是也，而谁以易之?”以：与。58“许子伯之悲世者矣”语出自《太平御览·职官部·督邮》，“谢承《后汉书》曰：许庆，字子伯。家贫，为郡督邮。乘牛车，乡里号曰‘辂车邮’。庆尝与友人谈论汉无统嗣，幸臣专势，世俗衰薄，贤者放退，慨然据地悲哭。时人称许子伯哭世。”59周施：周济施舍。60训蒙：教育童蒙。61终窭：境遇艰难。62窀：音 zhūn，墓穴。63厥：其。穷约：穷困。64九原：九泉。

从叔父穆庵府君行状

【题解】

本文是顾炎武纪念从叔父顾兰服的行状，文章详细记载了与叔父交往过程中的细节，描绘了叔父和易可亲、重视亲情的形象。文章语气平缓，但是在平缓的记叙过程中，包含着作者对叔父的思念与愧疚。文章首先记叙作者与叔父、归庄的交往和友谊，其次记叙叔父帮助自己调解家族矛盾，再次记述战乱时期作者与叔父的短暂的相聚，继而记述十八年之别的思念，最后抒发“人生之聚散，家道之盛衰，与国运之存亡”无常的感情。顾炎武既感慨人生聚散的无常，也感叹家道盛衰的变化，更感叹国运存亡的无奈，个体、家族、国家的命运无常凸显了社会变革过程中个体的无力感。阅读前人对世事无常的感慨，我们更应该珍视生活中的亲人和朋友。

【选文】

呜呼！叔父①之年五十有九，而实少炎武二岁，以其年之相近，故居止游习②无不同也。

自崇祯[3]之中年，先王考[4]寿七十余无恙[5]。而叔父既免丧[6]，天下嗷嗷[7]方用兵，而江东晏然[8]无事。以是余与叔父洎[9]同县归生[10]，入则读书作文，出则登山临水，闲以觞咏[11]，弥日竟夕[12]。近属[13]之中，惟叔父最密。叔父亦豪宕[14]喜交游，里中宾朋多会[15]其宅。而又多材艺，好方书[16]，能诊视人病。与人和易可亲，人无不爱且敬者。已而先王考捐馆[17]，余累焉在疚[18]，而阋侮[19]日至，一切维持调解，惟叔父是赖。而叔父以不问生产之故，家亦稍稍落。

南渡之元[20]，相与赴南京，寓朝天宫[21]，即先兵部侍郎公[22]之祠而共拜焉，亦竟不能有以自树[23]。而戎马内入，邑居残破，昔日酌酒赋诗之地，俄为刍牧[24]之场矣。余既先奉母[25]避之常熟之语濂泾，而叔父亦移县之千墩浦上，居于墓左[26]，相去八十余里，时一挐舟相过[27]，悲歌慷慨如前日也。

叔父不多作诗而好吟诗，归生与余无时不作诗，其往来又益密。如是者又十年，而叛奴事起[28]，余几不自脱[29]，遂杖马箠跳[30]之山东、河北。而叔父独居故里，常郁郁[31]无聊，子姓[32]不才，所遇多拂意[33]者。叔父，弱人[34]也，又孤立莫助，内愤懑[35]而无所发。逋赋[36]日积，久无以偿，余既为宵人所持[37]，不敢遽[38]归，而叔父年老，望之弥切[39]，贻书[40]相责，以为一别十有八年，尔其忘我乎？炎武奉书而泣，终不敢归。而叔父竟以昭阳赤奋若[41]之春二月甲寅，弃我而逝。呜呼痛哉！惟人生之聚散，家道之盛衰，与国运之存亡，有冥冥[42]者主之矣。余又何言！乃挥涕[43]而为之状。

叔父讳兰服，字国馨，别号穆庵，崇祯时为太仓州学[44]诸生。有子一人，名岩。（《亭林余集》）

【注释】

①从叔父：从叔，祖父兄弟之子而年幼于父亲者，堂叔：府君，对已故者的敬称。②居止：起居举止。游习：郊游研习。③崇祯：明思宗朱由检 1628～1644 年间年号。④先王考：已故祖父。⑤恙：病。⑥免丧：守孝期满、脱去丧服。⑦嗷嗷：哀鸣。⑧晏然：安宁。⑨洎：音 jì，通“暨”，和、与。⑩归生：归庄，字尔礼，又字玄恭，号恒轩，又自号归藏，归有光曾孙。⑪觞咏：饮酒咏诗。⑫弥日：终日。竟夕：终夜。⑬近属：近亲属。⑭豪宕：豪荡、豪放。⑮会：会集。⑯方书：医书。⑰捐馆：婉辞，死亡。⑱在疚：居丧。⑲阋侮：内外失和，指顾炎武从叔顾叶墅、从兄顾维与其争夺家产的案件，顾炎武室庐被毁。⑳南渡之元：1644 年朱由崧于南京称帝。㉑朝天宫：位于今江苏南京。㉒先兵部侍郎公：顾炎武曾祖父顾章志，字行之，号观海，官至南京兵部右侍郎。㉓树：建树。㉔俄：顷刻。刍牧：割草放牧。㉕母：嗣母王氏。㉖墓：顾章志之墓。左：东。㉗拏舟：撑船。过：访问、探望。㉘叛奴事起：指顾炎武原来的家奴陆恩与叶方恒告发顾炎武通海。通海：明清时期与南明政权往来。㉙脱：解脱。顾炎武私自处死陆恩后入狱。㉚杖马箠：执马鞭。跳：逃亡。㉛郁郁：忧伤。㉜子姓：子孙后辈。㉝拂意：不如意。㉞弱人：小民。㉟愤懑：抑郁烦闷。㊱逋赋：音 bū fù，欠逃赋税。㊲宵人：小人。持：挟持。㊳遽：仓促。㊴弥：越。切：急切。㊵贻书：写信。㊶昭阳：岁时名，癸：赤奋若，太岁在丑位的年份。昭阳赤奋若：癸丑年。㊷冥冥：神灵。㊸挥涕：挥洒涕泪。㊹太仓：地名，明代为太仓州，隶属苏州府。州学：州中设立学校。

先妣王硕人行状

【题解】

本文是顾炎武为其先妣王氏所撰写的行状，文章通过叙述先妣未嫁守节、断指疗姑、绝食殉国等事迹，塑造了先妣奉守礼法的形象。文章篇幅较长，不仅因为主人公是作者嗣母，还因为本文的主人公代表了传统社会中典型的妇女形象。文章的主线逻辑也比较清晰，第一部分以先妣教育作者读书为引子，引导出先妣实蹈忠臣烈女的贤良事迹。第二部分重点描述先妣未嫁守节、断指疗姑、操持家务、绝食殉国等事迹，塑造了奉守礼法的妇女形象。第三部分则表达作者对于先妣的崇敬之情。文章的结构简单，内容丰富，塑造人物形象饱满。顾炎武将先妣的形象描绘出来并传至后世，一方面尽到了孝道的人子责任，另一方面也尽到了传统文化的道义责任。

【选文】

呜呼！自不孝[①]炎武幼时，而吾母授以《小学》[②]，读至王蠋忠臣烈女[③]之言，未尝不三复[④]也。《柏舟》之节纪于《诗》[⑤]，首阳之仁载于传[6]，合是[7]二者而为一人，有诸乎？于古未之闻也，而吾母实蹈[8]之。此不孝所以藁葬[9]而不葬，将有待而后葬者也。

忽焉二载，日月有时，念二年以来，诸父昆弟[10]之死焉者，姻戚[11]朋友之死焉者，长于我而死焉者，少于我而死焉者不可胜数也。不孝而死，是终无葬日也，矧[12]又独子，此不孝所以踟蹰[13]二年，而遂欲苟且[14]以葬者也。古人有雨不克[15]葬者，有日食而止柩就道右者[16]，今之为雨与日食也大[17]矣。《春秋》嫁女不书葬[18]，而特葬宋共姬[19]，贤之也。吾母之贤如此，而不克特葬；又于不可以葬之时而苟且以葬，此不孝所以痛心擗踊[20]，而亟[21]欲请仁人义士之文以锡[22]吾母于九泉[23]者也。

先妣姓王氏，辽东行太仆寺少卿[24]讳宇之孙女，太学生[25]讳述之女。年十七而吾父亡，归[26]于我。教谕[27]沈君应奎为之记。又一年，而先曾王母封淑人[28]孙氏卒。又十年而先王父之犹子文学公[29]生炎武，抱以为嗣。县人张君大复为之传。其《记》曰："贞孝[30]王氏者，昆山儒生顾同吉未婚妻也。年将笄[31]，嫁有日[32]矣。父上舍[33]述为治装[34]，装多从俗鲜华[35]。氏私白[36]其母曰：儿慕古少君、孟光[37]之为人，焉用此？父为去华就质[38]者十之五。已而顾生病，寻[39]卒。氏不食数日，衣素[40]告父母曰：儿愿一奠[41]顾郎，归乃食。父母知不可夺，为治[42]奠挈[43]氏往。氏拜顾生柩，呜咽弗哭。奠已，入拜太姑[44]淑人、姑[45]李氏，请依[46]居焉。谓父上舍曰：为我谢[47]母，儿不归矣。父为之敛容[48]不能语。舅绍芾[49]者名士，晓大义。泣谓氏曰：多新妇卒念存[50]吾儿，然未讲伉俪[51]，安忍遂妇吾子[52]？氏曰：闻之《礼》[53]，信，妇德[54]也。曩已请期[55]，妾身为顾氏人矣，去此安往[56]？自是依太姑与姑，朝夕一室，送迎不踰阈[57]。数岁不一归省[58]。父上舍病，亟待诀[59]，且日一往[60]哭，即夕反[61]。"其传曰："贞孝自小严整[62]如成人，父母爱之。而顾生故独子，早有文[63]。王与顾为同年[64]家，因许女与之。无何，生年十八夭[65]。父母意甚彷徨[66]，欲未[67]令贞孝知，而贞孝已窃闻[68]之。亟脱步摇[69]，衣白布澣衣[70]，色意大怆[71]，婉婉[72]至父母前，不言亦不啼，若促驾而行者。父母初甚难，而念女至性不可夺，使妪[73]告其翁姑[74]。翁姑悲怆不胜，洒扫如迎妇[75]礼，然不敢言去留也。贞孝既至，面生柩拜而不哭，敛容见翁姑，有终焉[76]之色。而姑李氏故以德闻[77]，拭泪谓贞孝曰：妇岂圣[78]耶？奈何以吾儿累[79]新妇！贞孝闻姑称新妇，泪簌簌下，交于颐[80]。早晚跪奠生柩前，闲视姑眠食，而自屏处一室，亲戚遣妪候视，辄谢之。有女冠持梵行[81]甚严，请见贞孝，贞孝不与见曰：吾义不见门以外人[82]。自是率婢子[83]挫针[84]操作以为常，时遣讯父母安否而已。其他婉淑[85]之行，世莫得闻。久之，翁诣金陵[86]，而姑适病，且悴[87]。贞孝左右服勤，汤糜茗盌[88]视色以进。姑意大怜，而贞孝弥连昼夜不少息[89]。一日煮药进姑，姑强视贞孝言曰：新妇何瘦之甚，盍少休乎？贞孝多为好语慰藉，既进药而病立闲[90]。姑谓婢子曰：吾曩者忧独子夭且夺[91]之，而与吾新妇，吾固当一子，不得两耳[92]。欹枕执贞孝手[93]，而贞孝若不欲露其指者。侦[94]之，则已断一小指和药煮之，姑之病所以立瘥[95]者也。诸婢子亦莫得见，相传语，惊且泣。贞孝止之曰：姑受命于天，宜老寿，而婢子何得妄言阴骘[96]事耶？姑既病起，亦绝不言贞孝断指事，独[97]姑之兄李箕者窃闻之云。贞孝既侍翁姑十二年，而翁姑始为其子定嗣[98]，贞孝抚之如己生。”此二先生之言云，而不孝不敢溢一辞者也。又二年，而知县陈君祖苞拜其庐[99]。又三年，先王母李氏卒，丧之如礼。又十六年，而巡按御史祁君彪佳表[100]其门。

又二年，母年五十有一，而巡按御史王君一鹗奏旌[101]其门曰贞孝。下礼部，礼部尚书姜公逢元奏如章。八月辛巳，上，其甲申，制[102]曰可。于是三吴之人，其耆旧隐德及能文奇伟之士[103]，上与先王父交，下与炎武游[104]者，莫不牵羊持酒，踵[105]门称贺，谓史策所纪[106]，罕有此事。盖其时炎武已齿文会[107]，知名且十年矣。而先王父年七十有四，祖孙母子怡怡[108]一门之内，徼[109]天子之恩以为荣也。而天下兵方起，而江东[110]大饥。

又五年，先王父卒。其冬，合葬先王父先王母于尚书浦之赐茔[111]如礼，而家事日益落。又三年，而先皇帝升遐[112]。又一年，而兵入南京。其时炎武奉母侨居常熟之语濂泾[113]，介两县之间。而七月乙卯，昆山陷，癸亥，常熟陷。吾母闻之，遂不食，绝粒[114]者十有五日，至己卯晦[115]而吾母卒。八月庚辰朔大敛[116]，又明日而兵至矣。呜呼痛哉！遗言曰："我虽妇人，身受国恩，与国俱亡，义也。汝无为异国臣子，无负世世国恩，无忘先祖遗训，则吾可以瞑[117]于地下。"呜呼痛哉！

初，吾母为妇十有七年，家事并[118]王母操之。吾母居别室中，昼则纺绩，夜观书至二更乃息。次日平明[119]起，栉縰问安[120]以为常。尤好观《史记》、《通鉴》[121]及本朝政纪诸书，而于刘文成、方忠烈、于忠肃[122]诸人事，自炎武十数岁时即举[123]以教。及王母亡，董[124]家事，大小皆有法。有使女曹氏相随至老，亦终身不嫁。有奁田[125]五十亩，岁所入，悉以散之三族[126]，无私蓄。先妣生于万历十四年六月二十六日，卒于弘光元年七月三十日，享年六十。其年十二月丁酉，不孝炎武奉柩藁葬于先考[127]之墓旁。

呜呼痛哉！王孙贾之立齐王子[128]也，而其母安；王陵之事汉王[129]也，而其母安；若不孝者，何以安吾母？而犹然有腼[130]于斯人之中，将于天崩地坼[131]之日，而卜葬桥山之未成，而马鬣之先封[132]也。此不孝所以痛心擗踊，而号诸当世之仁人义士者也！今将以□□三年十月丁亥，合葬于先考之兆[133]，在先曾王考兵部右侍郎公[134]赐茔之东六步五尺。伏念先妣之节之烈，可以不辱仁人义士之笔，而不孝又将以仁人义士之成其志而益自奋，以无忘属纩[135]之言，则仁人义士之铭之也，锡类之宏而作忠之至者也，不惟一人一家之褒[136]已也。不孝顾炎武泣血谨状[137]。（《亭林余集》）

【注释】

①先妣：亡母。硕人：王氏封号。行状：文体名，记述死者世系、籍贯、生卒年月和生平事迹的文章。也称状、行述。不孝，父母死，子自称。②《小学》：南宋朱熹与其弟子刘子澄编著的儒家启蒙教材，全书分内外两篇，共六卷。③王蠋：战国时期齐国贤人。《史记·田单列传》载王蠋曾言："忠臣不事二君，贞女不更二夫"。④三复：反复诵读。⑤《柏舟》：出自《诗经·国风·邶》，清代方玉润评此诗："故作为是诗，以写其一腔忠愤，不忍弃君，不能远祸之心。……序此诗于一国之首，以存忠良于灰烬。"纪：通"记"，记载。《诗》：《诗经》。⑥首阳之仁：《史记·伯夷列传》载，商末孤竹国国君死后，其子叔齐让位给伯夷，伯夷不受，叔齐也不登位，兄弟二人先后出走。周武王伐纣，二人叩马谏阻。武王灭商后，二人"义不食周粟，隐于首阳山，采薇而食之。"⑦是：这。⑧蹈：践行。⑨藁：音 gǎo。藁葬：亦作"槀葬"，草草埋葬。⑩诸父：伯父、叔父。昆弟：兄、弟。⑪婣：音 yīn，同"姻"，姻戚，姻亲。⑫矧：音 shěn，况且。⑬踟蹰：音 chí chú，犹豫。⑭苟且：不循礼法。⑮克：能够。⑯柩：音 jiù，装着尸体的棺材。"有日食而止柩就道右者"，出自《礼记·曾子问》，"昔者吾（孔子）从老聃助葬于巷党，及堩，日有食之，老聃曰：'丘！止柩就道右，止哭以听变。'"堩：音 gèng，道。⑰大：指程度深、范围广。⑱《春秋》：孔子修订鲁国编年史。书葬：记载丧礼。⑲特葬宋共姬：《春秋》载："（襄公三十年）秋七月，叔弓如宋，葬宋共姬。"⑳擗踊：音 pǐ yǒng，捶胸顿足、极度悲伤。㉑亟：急。㉒锡：通"赐"，给予。㉓九泉：黄泉、死后葬处。㉔辽东：明代军镇名。太仆寺：古代中

央掌车马机构，置卿、少卿、丞等。少卿：副职。㉕太学生：就读于太学的学生。㉖归：嫁。㉗教谕：学官名，在县学中掌文庙祭祀。㉘曾王母：曾祖母。淑人：古代对于妇女的封号。㉙王父：祖父。犹子：侄子。文学公：顾炎武生父顾同应。㉚贞孝：忠贞孝亲，古代对于妇女的封号。㉛笄：音 jī，古代女子十五岁盘发插笄，示成年。㉜有日：定期。㉝上舍：太学生。宋代太学分外舍、内舍和上舍。㉞治装：准备嫁妆。㉟鲜华：鲜艳华丽。㊱白：告诉。㊲少君：桓少君，西汉鲍宣贤妻。孟光：东汉贤士梁鸿之妻，富有贤德。㊳质：朴素。㊴寻：不久。㊵衣素：穿白色丧服。㊶奠：以酒食祭祀死者。㊷治：备办。㊸挈：带领。㊹太姑：祖母。㊺姑：婆婆。㊻依：依从。㊼谢：告诉。㊽敛容：收敛笑容、严肃正容。㊾舅：公公、丈夫的父亲。绍芾：顾炎武嗣祖顾绍芾。㊿多：只是。念存：惦念。51伉俪：结成夫妇。52妇吾子：嫁与吾子。53《礼》：《礼记》。54妇德：妇女的德行。55曩：音 nǎng，以往。请期：古婚礼六礼之一，男方卜得成婚日期告诉女方。56去：离开。往：去、到。57踰：同“逾”，超过、越过。阈：音 yù，界限。58归省：回家探望父母。59待：将。诀：辞别。60旦日：太阳初出时。一往：一行。61反：通“返”，返回。62严整：庄重。63文：文采。64同年：古代科举考试同科中式者的互称。65夭：夭折。66彷徨：犹豫不决。67未：不。68窃：私下。闻：听见。69步摇：古代妇女附在簪钗上的首饰。70澣衣：亦作“浣衣”，多次洗过的干净旧衣。71大怆：极度悲伤。72婉婉：和顺。73妪：音 yù，年老妇女。74翁姑：公婆。75洒扫：洒水扫地。迎妇：迎娶、迎亲。76终焉：安神终老。77闻：闻名声著。78圣：古称道德高尚、智慧高超的人。79累：牵累、拖累。80颐：面颊。81女冠：女道士。梵行：佛教。82以外：界线以外。门以外人：指女冠。83婢子：女婢。84挫针：捏针缝衣。85婉淑：温顺善良。86诣：到。金陵：南京。87悴：忧伤。88糜：粥。茗：茶。盌：碗。89怠：松懈、轻慢。90间：除去。91独子：独生儿子。夺：强取。92两：成双、成对。93攲：音 qī，倚靠。94侦：讯问。95瘥：音 chài，病愈。96阴骘：阴德。97独：唯独。98定嗣：确定嗣子。99庐：房舍。⑩表：旌表。⑩奏旌：表彰。⑩制：帝王命令。⑩三吴：地名，此处指苏州。耆旧：年高望重者。隐德：施德而隐。能文：善文。⑩游：交往。⑩踵：登门。⑩史策：史册。纪：记。⑩齿：谈说。文会：切磋学问的聚会，指复社。⑩怡怡：喜悦。⑩徼：取。⑪江东：安徽芜湖以下长江南岸地区。⑪王父：祖父。赐茔：赐予茔地。⑫升遐：帝王去世婉辞。⑬语濂泾：地名，位于常熟唐市镇。⑭绝粒：绝食。⑮晦：夜。⑯大敛：丧礼之一，将装裹的尸体放入棺材。⑰瞑：闭眼。⑱并：全。⑲平明：黎明。⑳栉：音 zhì，梳发。纚：音 xǐ，束发。问安：问候尊长起居。㉑《通鉴》：《资治通鉴》，编年体通史，记载周威烈王二十三年至五代后周世宗显德六年间历史。㉒刘文成：刘基，字伯温，谥文成。方忠烈：方孝孺。于忠肃：于谦，字廷益，号节庵，谥忠肃。㉓举：列举。㉔董：主持、管理。㉕奁（音 lián）田：陪嫁田产。㉖三族：父、子、孙三族。㉗先考：亡父。㉘王孙贾：战国时齐湣王侍臣，齐湣王被淖齿所杀，王孙贾受母亲激励，杀死淖齿。㉙王陵：西汉丞相，《史记·陈丞相世家》载，初王陵母被项羽所困，王陵不事汉王刘邦，后其母伏剑自杀，王陵乃跟随刘邦平定天下。㉚腼：羞愧。㉛天崩地坼（音 chè）：天崩塌、地裂陷，巨大灾难。㉜鬣：音 liè，马、狮子等颈上的长毛。马鬣：坟墓封土的一种形状，亦指坟墓。㉝兆：墓地界域。㉞先曾王考兵部右侍郎公，顾章志，顾炎武曾祖父，字行之，号观海，官至南京兵部右侍郎。㉟属纩：音 zhǔ kuàng，临终。㊱褒：赞扬。㊲泣血：无声悲痛。谨状：行状、书状结尾用语，示敬谨陈述。

与潘次耕札之一

【题解】

本文是顾炎武写给潘耒的信札，信中主要表明了作者的治学态度。文章第一段主要是表达欲将“平生一得之愚，亦安得不欲传之其人，而望后人之昌明其业”的愿望，同时显示了作者的学术自信。文章的第二段则对今之为学者为礼为名而学的现状提出批评，以文中子王通为例，指出读书人应当“有明道淑人之心，有拨乱反正之事”，同时勉励潘耒“刻意自厉，身处于宋元以上之人与为师友，而无狗乎耳目之所濡染者焉，则可必其有成矣。”顾炎武对于宋元学者的评论未必恰当，但其为学立本的主张还是值得现代读书人深思。尤其当前功利思潮兴起，社会风气浮躁，读书人难以静心安坐冷板凳，难以踏实治学，我们更应该立志立本，树立治学为己而非名利的信念。

【选文】

接手书[①]，具感急难之诚，尤钦好学之笃[②]。顾惟鄙劣，不足以裨助[③]高深，故从游[④]之示，未敢便诺。今以天下之大，而未有可与适道之人，如炎武者，使在宋、元之间，盖卑卑[5]不足数，而当今之世，友今之人，则已似我者多，而过我者少。俗流失，世坏败，而至于无人如此，则平生一得之愚，亦安得不欲传之其人，而望后人之昌明其业者乎？

凡今之所以为学者，为利而已，科举是也。其进于此，而为文辞著书一切可传之事者，为名而已，有明三百年之文人是也。君子之为学也，非利已而已也，有明道淑人[6]之心，有拨乱反正之事，知天下之势之何以流极[7]而至于此，则思起而有以救之。不敢上援孔、孟，且六代之末，犹有一文中子[8]者，读圣人之书，而惓惓[9]以世之不治，民之无聊为亟[10]。没身之后，唐太宗用其言以成贞观之治，而房、杜[11]诸公皆出于文中子之门。虽其学未粹于程、朱，要岂今人之可望哉。仰惟来旨，有不安于今人之为学者，故先告之志以立其本。惟愿刻意自厉，身处于宋元以上之人与为师友，而无狥[12]乎耳目之所濡染者焉，则可必其有成矣。

【注释】

①手书：亲笔书信。②钦：钦佩。笃：专一、忠实。③裨助：增益。④从游：随从求学。⑤卑卑：平庸、微不足道。⑥明道：阐明事理。淑人：教化风俗。⑦流极：流放。⑧文中子：王通，字仲淹，号文中子，隋代思想家、教育家，著《续六经》。⑨惓惓：深切思念。⑩聊：依靠。亟：急。⑪房、杜：唐代贤相房玄龄、杜如晦，史称“房谋杜断”。房玄龄，名乔，字玄龄；杜如晦，字克明。⑫狥：谋求。

与潘次耕札之二

【题解】

本文是顾炎武劝阻潘耒参与徐乾学于洞庭山开设的书局而作。文章第一部分分析徐乾学开设书局延揽人才的目的在于“盖其群丑，不知熏莸不同器而藏也”。第二部分以自己所见所闻简介徐家蝇营蚁附之流的丑态，并用孔子、孟子、荀子、陶渊明等人的诗句提醒潘耒慎做决定，否则可能“将与豪奴狎客朝朝夕夕，不但不能读书为学，且必至于比匪之伤矣。”徐乾学与潘耒，一位是自己的外甥、清臣，一位是自己的学生，顾炎武对二人的态度则是泾渭分明，真诚地向潘耒陈述了不可参与徐乾学书局的原因，痛斥了徐乾学等人群丑形态。治学本身有其是非曲直的尺度，阅读此文，我们可以了解顾炎武治学的标准不以血缘的亲疏而定，道义不以权贵而更改。

【选文】

原一[①]南归，言欲延次耕[②]同坐[③]。在次耕今日食贫居约[④]，而获游[⑤]于贵要[⑥]之门，常人之情鲜[⑦]不愿者。然而世风日下，人情日谄[8]，而彼之官弥贵，客弥多，便佞[9]者留，刚方[10]者去，今且欲延一二学问之士以盖[11]其群丑，不知熏莸[12]不同器而藏也。

吾以六十四之舅氏[13]，主[14]于其家，见彼蝇营蚁附之流[15]，骇人耳目[16]，至于征色发声[17]而拒之，乃仅得自完[18]而已。况次耕以少年而事公卿[19]，以贫士而依庑下[20]者乎？夫子言吾死之后，则商也日益，赐也日损[21]。子贡之为人，不过与不若[22]己者游，夫子尚有此言，今次耕之往，将与豪奴狎客朝朝夕夕[23]，不但不能读书为学，且必至于比匪之伤[24]矣。孟子曰："饥者甘食，渴者甘饮，是未得饮食之正也，饥渴害之也。"[25]今以百金之修脯[26]，而自侪[27]于狎客豪奴，岂特饥渴之害而已乎？荀子曰："白沙在泥，与之俱黑。"[28]吾愿次耕学子夏氏之战胜而肥也，[29]"吾驾不可回"[30]，当以靖节之诗为子[31]赠矣。（《亭林余集》）

【注释】

①原一：徐乾学，字原一，号健庵，江苏昆山人，顾炎武外甥。札：书信。②潘次耕：潘耒（1646～1708年），字次耕，一字稼堂，晚号止止居士，授翰林院检讨，参修《明史》。③延：聘请。同坐：同席而坐，指共举某事。④食贫居约：贫困节俭。⑤游：交往。⑥贵要：尊贵显要。⑦鲜：少。⑧谄：奉承。⑨便佞：善辩、逢迎。⑩刚方：刚直方正。⑪盖：掩盖。⑫熏莸：音 xūn yóu，香草和臭草。⑬舅氏：舅父。⑭主：寓居。⑮彼：那。蝇营蚁附：亦作"蝇营蚁聚"，趋炎附势。流：类。⑯骇：惊。耳目：视听。⑰征色发声：现于声色。⑱自完：保全。⑲事：侍奉。公卿：三公九卿。⑳依：靠。庑：堂下走廊、房屋。依庑：寄附。㉑"吾死之后，则商也日益，赐也日损。"语出自《孔子家语·六本》，"孔子曰：'吾死之后，则商也日益，赐也日损。'曾子曰：'何谓也？'子曰：'商也好与贤己者处，赐也好说不若己者。不知其子，视其父；不知其人，视其友；不知其君，视其所使；不知其地，视其草木。故曰：与善人居，

如入芝兰之室，久而不闻其香，即与之化矣；与不善人居，如入鲍鱼之肆，久而不闻其臭，亦与之化矣。丹之所藏者赤，漆之所藏者黑。是以君子必慎其所与处者焉。'”商：卜商，字子夏，人称卜子，孔子门人。赐：端木赐，字自贡，孔子门人。㉒若：如。㉓豪奴：强横奴仆。狎客：权贵同伴。朝朝夕夕：时常相随。㉔比匪之伤：出自《周易·比·象传》，“比之匪人，不亦伤乎。”王弼注：“所与比者皆非已亲。”比：亲近、相辅。匪：非。匪人：不端之人。㉕“饥者甘食，渴者甘饮，是未得饮食之正也，饥渴害之也。”语出自《孟子·尽心上》，“饥者甘食，渴者甘饮，是未得饮食之正也，饥渴害之也。岂惟口腹有饥渴之害？人心亦皆有害。人能无以饥渴之害为心害，则不及人不为忧矣。”㉖修脯：酬金。㉗侪：同。㉘“白沙在泥，与之俱黑。”语出自《荀子·劝学》，“蓬生麻中，不扶而直。白沙在涅，与之俱黑。”涅：黑泥。㉙子夏氏之战胜而肥也：出自《韩非子·喻老》，“子夏见曾子。曾子曰：‘何肥也？’对曰：‘战胜，故肥也。’曾子曰：‘何谓也？’子夏曰：‘吾入见先王之义则荣之，出见富贵之乐又荣之，两者战于胸中，未知胜负，故臞。今先王之义胜，故肥。’是以志之难也，不在胜人，在自胜也。故曰：‘自胜之谓强。’”臞：音 qú，消瘦。曾子：曾参，字子舆，孔子门人。㉚“吾驾不可回”：出自陶渊明《饮酒》，“且共欢此饮，吾驾不可回。”㉛靖节：陶渊明，字元亮，又名潜，谥靖节，世称“靖节先生”，田园隐逸诗人。子：古人对男子尊称。

与任钧衡

【题解】

本文是顾炎武写与好友任钧衡的书信。文章第一部分赞扬了任钧衡所著《易学纲领》的治学水平、治《易》的数十年的勤奋态度和“孑孑不随流俗，竟作羲皇上人”的精神，同时批评所谓通经者行“口耳之学，无得于心”之实。文章第二部分婉拒了任钧衡邀顾炎武为其曾祖作文的请求。一赞扬一婉拒，一方面表现出顾炎武谦虚的态度，另一方面则表现出顾炎武作文的标准，二者对于顾炎武而言并无矛盾，二者均体现了顾炎武实学态度和经世致用的精神。治学本身有其是非曲直的尺度，这种尺度不以学者间的友谊亲疏而改变。阅读此文，我们可以了解顾炎武治学与为人的标准。此文可供处于各种复杂利益关系中的现实读书人参考和反思。

【选文】

前于耘野[①]处见尊著《易学纲领》一书，知兄[②]潜心于《易》[③]数十年，可谓勤矣。近世号为通经者，大都皆口耳之学，无得于心，既无心得，尚安望其致用哉？《易》于天道之消息，人事之得失，切实示人，学者玩索[4]其义，处世自有主张。兄至今日而能孑孑[5]不随流俗，竟作羲皇上人[6]，知所得实深，视愚之寻索于音叶[7]者浅甚。如有近作，望惠一二，以慰注怀[8]。

令曾祖湖邨先生高行[9]，吴太仆既有阡表[10]，亦不假愚言[11]为轻重。来春傥得南归，以图一晤，教我不逮[12]，幸甚。

【注释】

①耘野：戴笠，字耘野。②任钧衡：任大任，字钧衡，著《中庸解》。③《易》：《周易》，含《易经》、《易传》两部分，《易经》阐释六十四卦卦名、卦象、卦辞、爻辞等，《易传》解释《易经》。④玩索：玩味探求。⑤孑孑：特立。⑥羲皇：伏羲氏。羲皇上人：隐士。⑦音叶：叶韵、音韵。⑧注怀：期待。⑨令：敬辞，称对方亲属。曾祖：祖父的父亲。高行：高尚品行。⑩太仆：官职名，掌舆马。阡表：墓表。⑪愚言：谦称自己言论。⑫不逮：不足、过错。

与陆桴亭札

【题解】

本文是顾炎武写给好友陆桴亭的信札。文章第一部分赞扬了陆桴亭是当世“真儒”，“具内圣外王之事者”。第二部分则向好友介绍了作者自己的为学的情况，反思了年轻时为学不过是“从诸文士”、“雕虫小技”，现在“知后海先河，为山覆篑”，同时向好友寄付《日知录》，请求好友指正。文字简短，体现了顾炎武一贯的惜墨风格。阅读此文，我们可以理解顾炎武治学的两个阶段，年轻时为科举功名而学，不过是文人治学，家国罹祸后，顾炎武方从事实学，以经世致用的精神撰写《日知录》、《天下郡国利兵书》等著作。吸取顾炎武治学的经验教训，我们当知治学应务必求实，以经世致用为标准，除去虚名，方可成就，发挥个人的价值。

【选文】

廿年以来，东西南北，率彼旷野①，未获一觐清光②。而昨岁于蓟门得读《思辨录》③，乃知当吾世而有真儒如先生者，孟子所谓“穷则独善其身，达则兼善天下”[4]，具内圣外王之事者也。

弟少年时，不过从诸文士之后，为雕虫篆刻[5]之技。及乎年齿渐大，闻见益增，始知后海先河，为山覆篑[6]，而炳烛之光[7]，桑榆[8]之效，亦已晚矣。近刻《日知录》[9]八卷，特付东堂邮呈，专祈指示。其有不合者，望一一为之批驳，寄至都门[10]，以便改正。《思辨录》刻全，仍乞见惠一部。灯下率尔，统惟鉴原[11]。

【注释】

①率：都。旷野：空阔原野。②觏：会见。清光：清美的风采。③陆桴亭：陆世仪，字道威，号刚斋，晚号桴亭，明末理学家，著有《思辨录》。④“穷则独善其身，达则兼善天下”，语出自《孟子·尽心上》，“古之人，得志，泽加于民；不得志，修身见于世。穷则独善其身，达则兼善天下。”⑤雕虫篆刻：雕琢虫书、篆写刻符，微不足道的技能。⑥后海先河：出自《礼记·学记》，“三王之祭川也，皆先河而后海，或源也，或委也。此之谓务本。”为山覆篑，出自《论语·子罕》，“子曰：‘譬如为山，未成一篑，止，吾止也。譬如平地，虽覆一篑，进，吾往也。’”⑦炳烛：老而好学。⑧桑榆：桑树、榆树，代指晚年。⑨《日知录》：顾炎武三十余年读书札记，初刻八卷于康熙九年，后康熙十五年刻本三十卷，康熙三十四年刻本三十二卷，现行版本为黄汝成集释。顾炎武称“平生之志与业皆在其中”。⑩都门：京城。⑪鉴原：鉴察原谅。

记与孝感熊先生语

【题解】

康熙十年，熊赐履举荐顾炎武参与纂修《明史》，此文是顾炎武对当时情景的回忆文章。第一部分简述当时的情形，并记载顾炎武的回复“果有此举，不为介推之逃，则为屈原之死矣”，同时奉劝熊赐履亦不当作此，否则“为后世之人吹毛索垢”。第二部分委婉透露写作此文的原因，表达拒绝再次被征召意愿。文章通过对比三人的不同态度，表达了自己不仕清的坚决态度。文章虽短，细节丰富，寥寥数语，态度鲜明。阅读此文，我们不是要对三人的人生选择做评价，而是适当理解三人所给出的理由是否充分和可靠。人是需要理由的动物，无论正当与否、充分与否，我们总会为自己的行为做出解释，理解这点，对于我们理解迥异于我们的人或许有帮助。但这不意味着绝对的相对主义和无底线的退让，理解旁人同时坚守自己为人处世底线的人更有力量得多。

【选文】

辛亥岁夏在都中[①]，一日孝感熊先生[②]招同舍甥原一[③]饮，坐客惟余两人。熊先生从容言：久在禁近[4]，将有开府之推[5]，意不愿出，且[6]议纂修明史，以遂长孺[7]之志。而前朝[8]故事，实未谙悉[9]，欲荐余佐其撰述。余答以果有此举，不为介推之逃[10]，则为屈原之死[11]矣。两人皆愕然。余又曰：即老先生[12]亦不当作此。数十年以来门户分争，元黄[13]交战，啧有烦言[14]，至今未已。一入此局，即为后世之人吹毛索垢[15]，片言轻重[16]，目为某党，不能脱然[17]于评论之外矣。酒罢，原一以余言太过。

又二年余复入都，问原一：孝感修明史事何如？答云：熊老师自闻母舅[18]之言，绝不提起此事矣。近有传余此语者，或失其真，故聊[19]笔之以视同志[20]。（《蒋山佣残稿·卷二》）

【注释】

①辛亥：古代干支纪年的第四十八年，此处指康熙十年，公元 1671 年。都中：京城。②孝感：地名，位于湖北。熊先生：熊赐履，字敬修，一字青岳，别号愚斋。③舍甥：谦辞，我的外甥。原一：徐乾学，字原一，号健庵，江苏昆山人，顾炎武外甥。④禁近：君王近侍之臣。⑤开府：建立府署、选置僚属。推：荐举。⑥且：将。⑦长孺：汲黯，字长孺，西汉谏臣，主张和亲匈奴。⑧前朝：明朝。⑨谙悉：熟知。⑩介推：介子推，春秋贤臣，退隐后不仕，被晋文公封山烧死。介推之逃，出自《史记·晋世家》，“（晋文公）出，见其书，曰：‘此介子推也。吾方忧王室，未图其功。’使人召之，则亡。遂求所在，闻其入绵上山中，于是文公环绵上山中而封之，以为介推田，号曰介山，‘以记吾过，且旌善人’。”⑪屈原：芈姓，屈氏，名平，字原，战国时期楚国臣。楚国国都被秦国攻破后，屈原投汨罗江。⑫老先生：指熊赐履。⑬元黄：玄黄；玄为天色，黄为地色，玄黄指天地，此处指战乱双方。⑭啧：音 zé，争辩。啧有烦言：相互议论、指责。⑮吹毛索垢：吹毛求疵，指责、挑剔。⑯片言：简短文字。轻重：褒贬。⑰脱然：超脱。⑱母舅：舅父。⑲聊：姑且。⑳笔：书写。视：通“示”，告示。同志：志趣相同、志向相同的人。

答人书

【题解】

本文是顾炎武对友人的答复信件。文章的第一部分回忆了与友人在语濂泾的交往，感叹往日情形不可追寻，“武陵洞口，不可复寻”。第二部分叙写自己十余年来的流亡生活，感慨世事艰难，婉拒友人的请求，与开篇“一生气骨幸未至潦倒随人”相照应。道义与友情都为顾炎武所珍视，文章一方面坦诚表达对友情的珍视，另一方面从道义的角度婉拒朋友之请。但是仔细品味，顾炎武对于道义的追求要比对于友谊的追求高一些，友谊需要以道义为前提。当前读书人面对比顾炎武时代更为复杂的利益关系，做学问可能面对更多的羁绊和无奈，坚守道义的底线对个人提出了更高的要求，高山仰止，景行行止，我们阅读此文，或可有所受益。

【选文】

出游一纪①，一生气骨②幸未至潦倒③随人，而物情日浇④，世路弥窄，追想与吾兄语濂⑤读书之时，真是武陵洞口，不可复寻[⑥]矣！

丁酉[⑦]之秋，启涂淮北[⑧]，正值淫雨沂沐[⑨]，下流并为巨浸[⑩]。跣行[⑪]二百七十里，始得干土，两足为肿。寄食三齐[⑫]，明年客北平，又明年客上谷[⑬]。一身孤行，并无仆从，穷边二载，藜藿为飧[⑭]。庚子[⑮]南涉江、淮，辛丑薄游[⑯]杭、越，乃得提挈书囊[⑰]，赍从估客[⑱]。壬寅[⑲]以后，历晋抵秦，于是有仆从三人，马骡四匹。所至之地，虽不受馈，而薪米皆出主人。从此买妾生子，费用渐奢，北方生计未立，而南方又难兼顾。微本为人所负[⑳]，相知官长一时罢裁[㉑]，奸人构祸，幽囚异方[㉒]，仆夫逃散，马骡变卖，而日用两餐无所取给。十年以来，穷通消息之运如此，又何以为故人谋[㉓]哉？

【注释】

①纪：十二年。②气骨：骨气。③潦倒：不自检束、颠倒。④物情：物理人情、世情。浇：浮薄。⑤语濂：语濂泾，地名，位于常熟唐市镇。⑥“武陵洞口，不可复寻”：出自陶渊明《桃花源记》。⑦丁酉：顺治十四年，公元1657年。⑧涂：同“途”，路途。淮北：淮安。⑨淫雨：久雨。沂：边际。沐：润泽。⑩下流：下游。巨浸：洪水、大河湖泽。⑪跣行：赤脚行走。⑫三齐：山东。⑬客：寄居。上谷：古地名，上谷郡，位于今河北。⑭藜藿：粗劣饭菜。飧：晚饭。⑮庚子：顺治十七年，公元1660年。⑯辛丑：顺治十八年，公元1661年。薄游：漫游。⑰提挈：手提。书囊：书袋。⑱赍：携带（食粮）。估客：行商、商人。⑲壬寅：康熙元年，公元1662年。⑳负：欠。㉑罢：完结。裁：裁决。㉒“奸人构祸，幽囚异方”：指顾炎武因“黄培诗案”牵连入狱，后经友人营救出狱。㉓故人：旧友。谋：谋虑、谋划。

与原一公肃两甥

【题解】

本文是顾炎武写给徐乾学、徐元文两外甥的书信，文章主要向二甥介绍了自己最近的生活计划，表达了作者晚年定居关中的打算，同时准备来年归家省视的愿望和计划。文章第一部分介绍作者在关中已安排妥当，“已定菟裘之卜”。第二部分表达了作者“暮年久客，家园之计亦不得不往一视”的愿望，希冀“关河之无阻，一瞻丘垄，并会亲朋，亦足以毕老人之愿”；顾炎武后半生漂泊在外，实有不得以之苦衷，阅读本文，我们或可知一二，文章详列了省视归家所需的时日和费用，表达归乡之难的无奈。此外，作者婉拒了二甥代为出资的请求。虽是一封家信，用语比较平缓，我们仍可体味出顾炎武面对权贵时公私分明的态度和不为权贵折腰之意。

【选文】

久滞山右①，因有装囊为人所窃，待其吐偿，语具次耕札中。今在太原阎②父母宅，燕、秦之途，相距正等，甚思一见吾甥③，而冰雪将作，不能冒寒而至也。

关中侨寓，局面甚小，永贞来此目见。幸子德[4]归里，相为之情颇专，而彼中官长绅袜[5]，并知下士，虽无叨冒，足遂优游，已定菟裘[6]之卜矣。

念暮年久客，家园之计亦不得不往一视。建坊筑堂一札，烦付汝嘉者，计已悉之，八月二十日已赉银[7]南行矣。如得及旅力之未愆[8]，幸关河之无阻，一瞻丘垄[9]，并会亲朋，亦足以毕老人之愿。然屈指此行，吴门当住十日，昆山半月，千墩一月，各处坟墓皆当展敬[10]；亲友历年存亡，皆当吊慰；淮、扬、白下[11]以至嘉、湖数郡交好之士，皆当过诣其庐，此又得两三月。淮上勘书出书，复得一两月。而夏暑秋潦[12]冬寒，并不利于行路，则必以春去而以春回，首尾一年，费当何若？

吾自甲寅[13]以后，坐食[14]六年，每年约一百二三十金。兼以刻书之役，千墩来物已尽用之。然北方往来，寄食于人，而自有马骡，所需不过刍秣[15]。南方则升米壶醪[16]，皆须自买，一倍矣；鬻骑买舟，二倍矣；穷亲敝友九流三教之徒，无不望切周旋[17]，而久在四方，则自远之朋，不速之客，亦所不能绝，三倍矣；官长我所不干，甥侄之家饔飧[18]自所不辞，资斧[19]岂宜相累。然则费何从出？设若羽书狎至[20]，二竖[21]偶婴，停阁一时，便有一时之费，又不止如前所计而已也。

去年原一书来，我则不暇；今暇矣，何以为谋？又谓能代出行途之费，若谓取诸宫中，恐非吾甥之所能办；若欲我一见当事，必谤议喧腾[22]，稚珪之移文[23]，不旬日而至于几案矣。或者讥其弃室家，离乡井，以为矫枉不情；又或以子夏不归东国[24]，梁生不返西州[25]，为达人之高致，皆未辨乎人事者也。去年两侄书来，望吾一至淮浦，彼来谒见，然亦须住淮两三月，而故人已没，萧寺荒凉，必往山阳、宝应，方可居停。而夏则苦蚊，秋则患水，常须迟至十月取道浦口，方得西行。其费不能减半，又不如差人取书来勘，每徧不过四五金之易为力也。淮上犹难，而况吴会乎？幸吾甥为吾熟筹[26]之以报。来年不能，且须后年耳。

【注释】

①山右：太行山之右，特指山西。②阎：疑为阎若璩，字百诗，号潜丘。③原一：徐乾学，字原一，号健庵，江苏昆山人，顾炎武外甥。公肃：徐元文，字公肃，江苏昆山人，顾炎武外甥。④子德：李因笃，字子德，号天生，陕西富平人，顾炎武朋友。⑤绅韨：官绅。⑥菟裘：告老退隐之处。⑦赍：给。⑧愆：过失。⑨丘垄：亦作“丘陇”、“丘垄”，坟墓。⑩展敬：祭拜。⑪白下：南京。⑫秋潦：秋涝。⑬甲寅：康熙十三年，公元 1674 年。⑭坐食：不劳而食。⑮刍秣：牛马饲料。⑯醪：音 láo，浊酒。⑰周旋：照顾、应酬。⑱饔飧：音 yōng sūn，早饭和晚饭，指饭食。⑲资斧：盘缠。⑳羽书：书信。狎至：接连而来。㉑二竖：病魔，出自《左传·成公十年》：“公梦疾为二竖子，曰：‘彼良医也，惧伤我，焉逃之?’其一曰：‘居肓之上，膏之下，若我何?’医至，曰：‘疾不可为也，在肓之上，膏之下，攻之不可，达之不及，药不至焉，不可为也。’”㉒喧腾：喧闹沸腾。㉓稚珪：孔稚珪，字德璋，南朝文学家。移文：《北山移文》，讽刺隐士贪图禄利。㉔子夏：卜商，字子夏，人称卜子，孔子门人。东国：鲁国。㉕梁生：梁鸿，字伯鸾，东汉隐士。西州：陕西咸阳。㉖熟筹：仔细筹划。

书杨彝、万寿祺等《为顾宁人征天下书籍启》后

【题解】

《为顾宁人征天下书籍启》是杨彝、万寿祺等人为顾炎武写的介绍信，呼吁学者为顾炎武北来治学时提供便利。本文则是顾炎武十年后对友人的答谢，信中回顾了自己游历南北各地治学的过程，向友人汇报了自己的《肇域记》等著作成果，并致友人以思念之情。文章用笔虽简练，内容却包含了作者多年的丰富游历经验。阅读此文，我们一方面可以体会顾炎武治学的艰苦条件和勤奋的治学态度，另一方面我们可以学习顾炎武与朋友相互扶持、相互砥砺的精神。为学与为人，都是读书人日常生活中的处处碰到的问题，顾炎武的思想并没有随着时间的流逝而失去其价值，相反这些随着时间积淀下来的点滴智慧更值得我们珍视，此文或可对我们为人为学有所启发。

【选文】

右[①]十年前友人[②]所赠。自此绝江踰淮[③]，东蹑劳山、不其[④]，上岱岳[⑤]，瞻孔林[⑥]，停车淄右[⑦]。入京师，自渔阳[⑧]、辽西出山

海关[9]，还至昌平[10]，谒天寿十三陵[11]，出居庸[12]，至土木[13]，凡五阅岁而南归于吴。浮钱塘[14]，登会稽[15]，又出而北，度沂绝济[16]，入京师，游盘山[17]，历白檀至古北口[18]。折而南谒恒岳，踰井陉[19]，抵太原。往来曲折二三万里，所览书又得万余卷。爰成《肇域记》[20]，而著述亦稍稍成帙。然尚多纰漏[21]，无以副[22]友人之望。又如麟士、年少、菡生、于一[23]诸君相继即世[24]而不得见，念之尤为慨然！

玄黓摄提格之阳月[25]顾炎武识。

【注释】

①右：指《为顾宁人征天下书籍启》。②杨彝：字子常，号谷园，应社创建者，顾炎武朋友。万寿祺：字年少，后名慧寿，明末画家，《秋江别思图》传世，顾炎武朋友。③绝：横渡。江：长江。踰：越。淮：淮河。④蹑：登。劳山：崂山，参见《劳山图志序》。不其：不其山，崂山西北。⑤岱岳：泰山。⑥孔林：孔子及其后裔墓地。⑦淄右：淄水西，指山东淄博。⑧渔阳：古地名。⑨山海关：又称榆关，位于今河北秦皇岛。⑩昌平：今北京昌平。⑪天寿：天寿山。十三陵：明十三陵。⑫居庸：居庸关，位于今北京昌平。⑬土木：土木堡，位于今河北怀来。⑭钱塘：钱塘江。⑮会稽：会稽山，位于今浙江绍兴。⑯沂：沂水。济：济水。⑰盘山：地名。⑱白檀：地名。古北口：地名，位于今北京密云。⑲恒岳：恒山。井陉：井陉口，又称土门关，位于今河北井陉。⑳爰：才。《肇域记》：即《肇域志》，顾炎武编著的中国地理总志，参见《肇域志序》。㉑纰漏：疏漏、错误。㉒副：相称。㉓麟士：顾梦麟，字麟士，号中庵，时称织帘先生，应社成员。菡生：丁雄飞，字菡生，号倦眉居士。于一：王猷定，字于一，号轸石，著《四照堂集》。㉔即世：去世。㉕玄黓：天干壬。摄提格：干支纪年法中的寅年。阳月：农历十月。

蒋山佣都督吴公死事略

【题解】

蒋山佣是顾炎武自署，蒋山即南京紫金山，顾炎武以此自署以示遗民身份。吴公即吴志葵。文章第一部分介绍本文的写作缘由。第二部分介绍黄浦之役的战况。第三部分评述吴志葵视死如归的忠义精神，驳斥流俗对于吴志葵的误解。第四部分介绍吴志葵的家世，记叙与吴志葵共同牺牲的将领。文章对于黄浦之役惨烈情形的描述比较形象，“公部下皆大舟碇浦中，一时不得去，焚溺殆尽，水为之不流”，尤其“水为之不流”句引发读者想象。此外，文章对流俗鄙见的种种揣测给予了批驳，认为吴志葵黄浦之役战败乃“天下势而已矣”，吴志葵之死乃是死于“封内，职也”。文章忠实记载了吴志葵的生平事迹，歌颂了其壮烈殉国的牺牲精神，表达了顾炎武对吴志葵的敬重之意，“死而后已，亦可以无讥矣。”

【选文】

黄浦之败[①]后十一年，佣[②]以事至松江[③]。吴公之从弟[④]志为其兄乞文于佣，佣读其状而太息[⑤]久之。曰：嗟乎，黄浦之役岂非天哉！

始北兵[⑥]之下，自常州[⑦]以南皆望风而降。公犹建牙[⑧]海上，与采石黄蜚[⑨]、京口郑鸿逵[⑩]、九江黄斌卿[⑪]、定海王之仁[⑫]、温州贺若尧[⑬]、扬州高进忠[⑭]，凡七总兵官合谋拒之。击走叛将洪恩炳[⑮]，进薄苏州[⑯]。不克，以舟师营于黄浦。北兵奄[⑰]至，以轻舟截浦，纵火焚之。潮落风猛，公部下皆大舟碇[⑱]浦中，一时不得去，焚溺殆尽，水为之不流。公与镇南伯黄公皆被执[⑲]。

或言公进不能战，又不蚤[⑳]下海以歼其众；或曰，是役也，岁月日时皆乙酉，盖有天焉。夫公官吴淞[㉑]，死封[㉒]内，职也。安得以不下海訾[㉓]之？所不克者，大势已去，公固无如之何耳。天下势而已矣。乐毅之下齐[㉔]，旬月而七十余城皆为燕，田单复之[㉕]，长驱而北，七十余城皆复为齐。非齐人之怯于前而勇于后也，势也。夫以南京之溃，苏州之降，松江之破，而厪厪[㉖]数十百舟舣[㉗]于城南十里之浒[㉘]，其计诚左[㉙]。要之死而后已，亦可以无讥矣。

公之执也，与镇南俱不屈。九月四日杀于南京之笪桥[㉚]，时年四十有二。夫人范氏先自刎[㉛]死。

公讳志葵，字升阶，华亭璜溪人[㉜]。以武科起家。宿松[㉝]之役，与贼战有功。抚臣张国维题授定波营把总[㉞]，擢钦依标营守备[㉟]。历应天[㊱]坐营游击将军、京口参将。甲申[㊲]，以左军都督府都督佥事充总兵官，镇守吴淞。是冬，晋都督同知。曾祖轸，敕赠承德郎。祖丕显，隆庆[㊳]元年举人，湖广承天府通判。父之灏，太学生。皆以公贵，三世俱赠荣禄大夫。子四人，长永思，后公九年被杀，次汉早卒。次淳次瑶殇。福京[㊴]追封公威卤伯，谥桓愍。设坛致祭。与副总兵鲁之玙、金山参将侯承祖、参将董明弼、都司丁有光、守备季宁、坐营游击吴之藩六人建祠滃州[㊵]。

赠范氏义烈夫人。吴之藩者，公部将。从吴淞力战八日而溃。被执至南京，与公同日被杀。苏州之役，丁有光从之玙巷战而死。季宁身中四矢，犹手斩二级[41]，没于阵[42]。而是日死者有赞画[43]举人傅凝之、诸生施圣烈、游击聂豹、蔚川兵营参将孔虎师、都司黄用伦、守备桐用、宗铎、顾之兰、把总陆进等三十余人。而佣有再从兄子清晏以武进士为宝山[44]守备，亦从公死于黄浦。

【注释】

①黄浦：水名，黄浦江。②蒋山佣：顾炎武自署。蒋山：南京紫金山。③松江：松江府。④都督：总兵，古军事长官。吴公：吴志葵。从弟：堂弟。⑤太息：叹息。⑥北兵：清兵。⑦常州：江苏常州。⑧牙：军旗。建牙：树立军旗。⑨采石：疑为采石矶，位于今安徽马鞍山。⑩京口：位于今江苏镇江。郑鸿逵：郑芝凤，字曰渐，又字圣仪，号羽公，郑芝龙之弟。⑪九江：今江西九江。黄斌卿：字明辅。⑫定海：今浙江舟山。王之仁：字九如。⑬温州：今浙江温州。⑭扬州：今江苏扬州。高进忠：降清。⑮洪恩炳：降清。⑯薄：通“迫”，迫近、接近。⑰奄：突然。⑱碇：音 dìng，抛锚。⑲黄公：黄蜚。执：捉。⑳蚤：通“早”。㉑吴淞：吴淞口，黄浦江入长江处。㉒封：疆界。㉓訾：诋毁。㉔乐毅：子姓，乐氏，名毅，字永霸，战国时期辅佐燕昭王攻打齐国，后受燕惠王猜忌，投奔赵国。下：攻占。㉕田单：妫姓，田氏，名单，战国时期齐国宗室，以火牛阵击破燕军，收复齐国城池，封安平君。㉖廑：仅。㉗舣：停船靠岸。㉘浒：音 hǔ，水边。㉙左：偏、差错。㉚笪桥：地名，位于今南京。㉛自刎：割颈自杀。㉜华亭：上海松江古城。㉝宿松：今安徽安庆宿松。㉞题授：奏准任命。把总：武官，总兵属下。㉟守备：武官，驻守城哨。㊱应天：明代应天府，治所江苏南京。㊲甲申：明崇祯十七年，公元 1644 年。㊳隆庆：明穆宗朱载垕 1567～1572 年间年号。㊴福京：南明朱聿键改都城福州名为福京。㊵祠：祠堂。㊶级：首级。㊷没：通“殁”，死。阵：战场。㊸赞画：官职名。㊹宝山：地名，位于今上海宝山。

与黄太冲书

【题解】

本文是顾炎武给黄宗羲的书信。黄太冲即黄宗羲。顾炎武与黄宗羲似乎有着相似的命运，同为明遗民，均不仕清，均隐居著书立说，同为明末清初思想家，均对明末政治有着深刻的反思。全文体现了作者的谦虚恭敬的学习态度。文章第一部分记述作者“谒先生之杖履”而未成，表达作者对黄宗羲的敬重。第二部分简单介绍自己为学的经过，尤其中年前后治学内容的转变，中年后方知“知后海先河，为山覆篑，而于圣贤六经之指，国家治乱之源，生民根本之计渐有所窥”。第三部分是作者高度评价黄宗羲《明夷待访录》，“知天下之未尝无人，百王之敝可以复起，而三代之盛可以徐还也”，“著书待后，有王者起，得而师之”。第四部分作者向黄宗羲介绍自己的著作，并请其指正。

【选文】

辛丑之岁，一至武林[①]，便思东渡娥江[②]，谒先生[③]之杖履[④]，而逡巡[⑤]未果。及至北方十有五载，浏览山川，周行边塞，粗得古人之陈迹，而离群索居，几同伧父[6]，年逾六十，迄[7]无所成，如何如何！

伏念炎武自中年以前，不过从诸文士之后，注虫鱼[8]，吟风月而已。积以岁月，穷探古今，然后知后海先河，为山覆篑[9]，而于圣贤六经[10]之指，国家治乱之源，生民根本之计渐有所窥[11]，未得就正有道。

顷过蓟门[12]，见贵门人陈、万[13]两君，具谂起居无恙[14]。因出大著《待访录》[15]读之再三，于是知天下之未尝无人，百王之敝可以复起，而三代之盛可以徐还[16]也。天下之事，有其识者未必遭[17]其时，而当其时者，或无其识。古之君子所以著书待后，有王者起，得而师之。然而《易》“穷则变，变则通，通则久”[18]。圣人复起，不易吾言，可预信于今日也。

炎武以管见[19]为《日知录》一书，窃自幸其中所论，同于先生者十之六七，但鄙著恒自改窜，未刻，其已刻八卷及《钱粮论》二篇，乃数年前笔也，先附呈大教。倘辱收诸同志之末，赐以抨弹[20]，不厌往复，以开末学[21]之愚，以贻后人，以幸万世，曷胜祷切[22]！

【注释】

①武林：古代杭州别称。②娥江：曹娥江。③谒：拜访。黄太冲：黄宗羲，字太冲，号南雷，别号梨洲老人、梨洲山人，浙江余姚人，明末清初思想家。④杖履：对老者的敬称。⑤逡巡：徘徊。⑥伧父：鄙贱之人。⑦迄：始终。⑧虫鱼：训诂考据。⑨后海先河：出自《礼记·学记》，“三王之祭川也，皆先河而后海，或源也，或委也。此之谓务本。”为山覆篑，出自《论语·子罕》，“子曰：‘譬如为山，未成一篑，止，吾止也。譬如平地，虽覆一篑，进，吾往也。’”⑩六艺：儒学六经，即《易》、《书》、

《诗》、《礼》、《乐》、《春秋》。⑪窥：观。⑫顷：不久以前。蓟门：北京。⑬陈，万：黄宗羲门人陈介眉、万言。⑭谂：知悉。恙：病。⑮《待访录》：《明夷待访录》，黄宗羲批判君主专制制度的著作。⑯三代：指古代夏、商、周三个朝代。徐：缓。还：返。⑰遭：逢。⑱“穷则变，变则通，通则久”：语出自《周易·系辞下》，“易穷则变，变则通，通则久。”通：通达。⑲管见：谦辞，浅见。⑳抨弹：批评。㉑末学：作者谦称。㉒祷切：急切祈求。

覆智栗书

【题解】

本文是顾炎武对晚辈贤侄的回信。文章第一部分表达了对朋友去世的悲痛之情，同时嘱托其子，“惟有善事高堂，力学不倦，安分守拙，以为保家之计”，方可光宗耀祖。第二部分回复贤侄其所请志铭已另作文。第三部分向贤侄介绍自己生活的近况，同时嘱托贤侄大葬其父时告知作者。因为是写给晚辈的书信，加之对方亲人去世，文章字里行间流露的是亲情、关怀和嘱托，对于自己的近况不宜详一笔带过。文章虽短，情真意切，饱含作者关怀之意。阅读此文，我们可知顾炎武不仅关注国计民生，同样关注身边亲情和友情。

【选文】

远接手书，益深悲哽①！贤侄今日惟有善事高堂②，力学③不倦，安分守拙④，以为保家之计，异日国人⑤皆称幸哉有子，即尊公为不朽矣。

志铭谊不敢辞，草成另上。

不佞[⑥]以十一月廿六日入都，而次耕[⑦]后此匝月[⑧]始至。今将于长安图一读书之地，必不虚其千里相从[⑨]之愿也。南迈[⑩]之期，尚未有日，如大葬有日，幸驰书见示[⑪]。便羽草草[⑫]，未悉。正月十六日，炎武顿首[⑬]。智栗贤侄。(《亭林佚文辑补》)

【注释】

①悲哽：亦作“悲梗”，悲伤哽咽。②善事：侍奉。高堂：父母；《顾亭林诗文集》原注据陈去病考证，此文是顾炎武写与王起田之子王宽的书信，此处高堂应指母亲。王起田，王略，字起田，参见《山阳王君墓志铭》。③力学：努力学习。④安分：安于本分。守拙：安于愚拙，清贫自守。⑤异日：来日。⑥不佞：谦称。⑦次耕：潘耒（1646～1708年），字次耕，一字稼堂。⑧匝月：满月。⑨相从：跟随。⑩南迈：南行。⑪驰书：急速送信。见示：告诉我。⑫便羽：托人带信。草草：草率。⑬顿首：书简结尾敬辞。

军制论

【题解】

顺治二年（公元1645年），顾炎武为响应南明政权的征召，撰写了《军制论》、《形势论》、《田功论》和《钱法论》，合称“乙酉四论”。其中《军制论》是顾炎武对明代军事制度的反思，并提出了军事制度改革的对策。文章首先提出军事制度改革的必要性；其次结合明代初年和三代时期的军事制度，指出较佳的军事制度应当寓兵于农；再次分析明初到明末的军制败坏的过程，最后则提出系统的军制改革思路。此文一方面反映了顾炎武忧国忧君的关怀。另一方面，顾炎武将政权安危寄希望于兵民守卫、兵民合一制度，甚至实行三代时期的军事制度，具有复古色彩。即便我们不能批评顾炎武的思想有其时代局限，但值得我们反思的是如何以合理的、开放的态度面对新事物。

【选文】

法不变，不可以救今已。居不得不变之势，而犹讳其变之实，而姑①守其不变之名，必至于大弊。

今日之军制，可谓高皇帝[2]之军制乎？其名然，其实变矣。而上下相与守之至于极，而因循不改，是岂创制[3]之意哉？高皇帝云："吾养兵百万，不费民间一粒。"自今言之，费乎不费乎？百万之兵安在乎？而犹以为祖制则然，此所谓相蒙[4]之说也。

尝考古《春秋》、《周礼》[5]寓兵于农之说，未尝不喟然太息[6]，以为判兵与农而二之者，三代以下之通弊；判军与兵而又二之者，则自国朝[7]始。夫一民也，而分之以为农，又分之以为兵，是一农而一兵也，弗堪[8]；一兵也，而分之以为军，又分之以为兵，是一农而二兵也，愈弗堪；一兵也，而分之以为卫兵，又分之以为民兵，又分之以为募兵，是一农而三兵也，又益弗堪。不亟变，势不至尽驱民为兵不止，尽驱民为兵，而国事将不忍言矣。

二祖之制：京师设都督府[9]五，卫[10]七十二；畿甸[11]设卫五十；各省设都指挥使司[12]二十一，留守司[13]二，卫百九十一，守御屯田群牧千户所二百十有一；边徼设宣慰安抚长官司九十五，番夷都司卫所百有七。以五千六百人为卫，千一百二十人为千户所，百十有二人为百户所，给军田，立屯堡，且耕且守。人受田五十亩，赋粮二十四石，半赡其人，半给官俸，及城操之军有儆[14]，朝发夕至。若是，天下何病乎有兵，而又乌乎复立兵？

久安弛备，政圮伍虚[15]。正统[16]末，始令郡县选民壮。弘治[17]中，制里佥[18]二名若四五名，有调发，官给行粮。正德[19]中，计丁粮编机兵银，人岁食至七两有奇，悉赋之民。此谓之机快民壮。而兵一增，制一变。又久备益弛，盗发雍豫[20]，蔓延数省。民兵不足用，募新兵倍其糈[21]，以为长征之军，而兵再增，制再变。屯卫者曰：我乌知兵？转漕[22]耳，守御非吾任也。故有机壮而屯卫为无用之人。民壮曰：我乌知兵？给役耳，调发非吾任也。故有新募而民壮为无用之人。

臣尝合天下卫所计之，兵不下二百万。国家有兵二百万，可以无敌，而曾不得一人之用；二百万人之田，不可谓不赡[23]，而曾不得一升一合之用。故曰：高皇帝之法亡矣。然则将尽卫所之军而兵之，官而将之乎？曰不能。抑将尽卫所之军而废之，田而夺之乎？曰不能。请于不变之中，而寓变之之制，因已变之势，而复创造之规。举尺籍[24]而问之，无缺伍乎？缺者若干人？收其田，以新兵补之。大集伍而阅之，皆胜兵乎？不胜者免，收其田，以新兵补之。五年一阅，汰其羸[25]，登其锐，而不必世其人。若然，则不费公帑[26]一文，而每卫可得若干人之用，推之天下，二百万之兵可尽复也。

矧今日驻跸南中挽漕之卒[27]，岁省数倍，以为兵则强，以为农则富，而不及时之宜一为变通，俾此百十万人袭兵之名，糜[28]兵之食，而不能张拳注矢，为国家毫毛之用，是国家长弃此百十万人，并此百十万人之田，而终世不复也。则物力乌得不诎？军政乌得不窳[29]？又何以兆谋[30]敌忾，成克复之勋哉？

【注释】

①姑：暂且。②高皇帝，明太祖朱元璋，字国瑞，明代建立者，庙号太祖，安徽凤阳人。③创制：创建。④蒙：蒙蔽。⑤《春秋》：孔子修订鲁国编年史。《周礼》：亦称《周官》，记载周代官制典籍。⑥喟然：叹息。太息：叹息。⑦国朝：本朝。⑧堪：忍受。⑨二祖：明成祖朱棣。都督府：明设立五军都督府。⑩卫：卫所。⑪畿甸：京城。⑫都指挥使司：官署名，明代地方军事领导机构。⑬留守司：留守官署。⑭儆：古同“警”，警报。⑮圮：毁。虚：衰弱。⑯正统：明英宗朱祁镇 1436～1449 年间年号。⑰弘治：明孝宗朱祐樘 1488～1505 年间年号。⑱佥：佥事，官职名。

⑲正德：明武宗朱厚照 1506～1521 年间年号。⑳雍豫：长安和洛阳。㉑糈：粮饷。㉒转漕：转运粮饷。㉓赡：富足。㉔尺籍：军籍。㉕汰：淘汰。羸：瘦弱。㉖公帑：国库。㉗矧：况且。驻跸：君王出行，中途暂住。挽漕：漕运。㉘糜：耗费。㉙窳：音 yǔ，怠惰、羸弱。㉚兆谋：始谋。

田功论

【题解】

《田功论》同样是“乙酉四论”中的一篇，与《军制论》相承接，本文重点分析农田制度以及农田制度与军功的关系。文章第一部分简要提出富国的两条策略，或耕或牧。第二部分以古人言语为例，论证“并天下之国，臣天下之人者莫耕若”。第三部分分析当时实行农耕制度的四易三难。第四部分则给出对策，以达到“天子收不言利之利，而天下之大富积此”的目的。我们注意到此文最后顾炎武要求对劝农之官“毋问其出入”的宽松政策，这是对明末苛政的反思，一定程度上或许会达到宽民富国的目的，但是这难以称得上是近代自由市场经济思想的萌发。此外，顾炎武所引用魏了翁的话语，仍然难以走出复古的窠臼，实质是主张寓兵于农、兵民结合的制度。

【选文】

天下之大富有二：上曰耕，次曰牧。国亦然。秦杨[①]以田农而甲[②]一州；乌氏、桥姚[③]以畜牧而比封君，此以家富也。弃颍粟而郜封[4]，非子蕃息而秦胙[5]，此以国富也。

事有策之甚迂[6]，为之甚难，而卒可以并天下之国，臣天下之人者莫耕若。尝读宋魏了翁[7]疏，以为："古人守边备塞，可以纾民力而老敌情，唯务农积谷为要道。"又言："有屯田，有垦田。大兵之后，田多荒莱[8]，诸路闲田当广行招诱，令人开垦，因可复业，则耕获之实效，往往多于屯田。盖并边[9]之地，久荒不耕则谷贵，贵则民散，散则兵弱；必地辟耕广则谷贱，贱则人聚，聚则兵强。请无事屯田之虚名，而先计垦田之实利。募土豪之忠义者，官为给助，随便开垦，略计所耕可数千顷，明年此时便收地利，可食贱粟。况耕田之甿[10]，又皆可用之兵，万一有警，家自为守，人自为战，比于仓卒遣戍，亦万不侔[11]。无屯田之名，而有屯田之实；无养兵之费，而又可潜制[12]骄悍之兵；不惟可以制虏[13]，而又以防他盗之出入。不数年间，边备[14]隐然，以战则胜，以守则固。"愚以为此正今日之急务。

夫承平之世，田各有主，今之中土，弥漫蒿莱[15]，诚田主也疾力耕，不者籍而予新甿，不可使吾国有旷土，若是人必服，一易；屡丰之日，视粟为轻。今干戈相承，连年大饥，人多艰食，必劝于耕，二易；古之边屯多于沙碛[16]，今则大河以南厥土涂泥。水田扬州[17]，陆田颍寿[18]，修羊杜[19]之遗迹，复上元[20]之旧屯，三易；久荒之后，地力未泄，粟必倍收，四易。然而有三难：大农告绌[21]，出数十万金钱求利于四三年之后，一难；朝不能久任，人不甘独劳，蕲[22]以数年之力专任一人，二难；天有旱涝，岁有丰凶，若何承矩[23]之初年种稻，霜早不成，几于阻格[24]，三难。

愚请捐数十万金钱，予劝农之官，毋问其出入，而三年之后，以边粟之盈虚贵贱为殿最[25]。此一人者，欲边粟之盈，必疾耕，必通商，必还定。安集[26]边粟而盈，则物力丰，兵丁足，城圉[27]坚，天子收不言利之利，而天下之大富积此矣。

【注释】

①秦杨：疑为秦扬，出自《史记·货殖列传》，“夫纤啬筋力，治生之正道也，而富者必用奇胜。田农，掘业，而秦扬以盖一州。掘冢，奸事也，而田叔以起。博戏，恶业也，而桓发用富。行贾，丈夫贱行也，而雍乐成以饶。贩脂，辱处也，而雍伯千金。卖浆，小业也，而张氏千万。”②甲：首位。③乌氏：乌氏倮，名倮，秦国乌氏族人，善养牛马，参见《史记·货殖列传》。桥姚：姓桥名姚，善养牛马，参见《史记·货殖列传》。④弃：后稷，名弃：封地邰。颖栗：禾穗繁硕，出自《诗经·大雅·生民》，“实颖实栗。即有邰家室。”邰封：舜封弃于邰。⑤非子：秦非子，善养马，周孝王赐地，秦国奠基者。蕃息：滋生，指秦非子养马。胙：分封。⑥迂：曲折。⑦魏了翁：字华父，号鹤山，谥文靖，南宋思想家，著《鹤山集》。⑧荒莱：荒地。⑨并边：靠近边界的地区。⑩甿：农民。⑪侔：音 móu，等同。⑫制：培养。⑬制：抵制。虏：北方外族。⑭边备：边储。⑮蒿莱：杂草。⑯沙碛：沙漠。⑰扬州：地名，位于江苏。⑱颍寿：颍州、寿州。⑲羊：羊祜，字叔子，西晋官员，临终举荐杜预。杜：杜预，字元凯，西晋官员。⑳上元：疑为古历法或南京地名。㉑绌：不足。㉒蕲：通“祈”，求。㉓何承矩：字正则，北宋臣。㉔几于：近于。阻格：阻挠。㉕殿最：考课，古代考核政绩，下等称“殿”，上等称“最”。㉖安集：安定。㉗圉：边境。

与人札

【题解】

本文是顾炎武写给朋友的信札。文章第一部分诉说与友人相隔万里不得相见唯有相思的心肠。第二部分回复好友所寄信札和《杜工部集》的情况，同时劝勉友人“吾辈所恃，在自家本领足以垂之后代，不必傍人篱落，亦不屑与人争名。”第三部分则介绍自己的治学状况，自信《日知录》“虽未敢必其垂后，而近代二百年来未有此书”，同时附寄自己考证《杜诗》的成果。阅读此文，我们得以知晓顾炎武踏实治学的原则，以自家本领垂之后代，不必傍人篱落，亦不屑与人争名。名利之徒，难成百世之学，尤其值得当前读书人镜鉴自省。读书治学须立本，立本之要须静心，既不为前人所羁绊，又不被功名所迷惑，踏实积累，缓慢创新，方可成就为己之学。

【选文】

十年阔别，梦想为劳。老仁兄闭户著书，穷探今古，以视弟之久客边塞[①]，歌兕虎[②]而畏风波者，夐若霄凡[③]之隔矣。

正在怀思，而次耕[4]北来，传有惠[5]札，途中失之。仅得所注《杜集》[6]一卷，读其书，即不待尺素之殷勤[7]，而已如见其人也。吾辈所恃[8]，在自家本领足以垂之后代，不必傍人篱落[9]，亦不屑与人争名。

弟三十年来，并无一字流传坊间[10]，比乃刻《日知录》[11]二本，虽未敢必其垂后[12]，而近代二百年来未有此书，则确乎可信也。道远未得寄呈。偶考[13]《杜诗》十余条，附便先寄太原。旅次[14]炙冻书次，奉候起居[15]，不庄不备[16]。弟名正具。(《亭林佚文辑补》)

【注释】

①客：旅居在外。边塞：边疆要塞。②兕：音 sì，雌犀。兕虎，道衰不遇，出自《史记·孔子世家》，“孔子知弟子有愠心，乃召子路而问曰：‘诗云“匪兕匪虎，率彼旷野’。吾道非邪？吾何为于此？”③敻：音 xiòng，远。霄：云霄。凡：尘世。④次耕：潘耒（1646～1708 年），字次耕，一字稼堂。⑤惠：恩赐。⑥《杜集》：《杜工部集》，杜甫诗文集。⑦尺素：书信。殷勤：心意。⑧恃：依赖。⑨傍人篱落：亦作“傍人篱壁”，依傍他人。⑩坊间：书坊、书店。⑪比：近来。《日知录》：顾炎武三十余年读书札记，初刻八卷于康熙九年，后康熙十五年刻本三十卷，康熙三十四年刻本三十二卷，现行版本为黄汝成集释。顾炎武称“平生之志与业皆在其中”。⑫垂后：传留后世。⑬偶：偶尔。考：考证。⑭旅次：旅途暂作停留。⑮奉候：敬辞，恭候。起居：作息。⑯不庄：书信结尾谦词，不恭：不备，书信结尾谦词，不详尽。

致归元恭[①]札

【题解】

本文是顾炎武写给好友归庄的书信。归庄是顾炎武挚友，二人结识较早，又曾共同起兵抗清，其情谊固非他人能比。文章第一部分点评归庄两次所寄诗文，“每得佳句，为之徘徊击节”，同时对归庄诗文“稍入宋调”提出坦率批评，劝勉归庄去除雕琢曼辞，“以通经学古为一身之资，以救时行道为百世之俟”。第二部分询问归庄长子失踪之事。第三部分向归庄坦露思乡之情，“未尝不作南枝之恋”，“卜邻偕友，追年少之欢悰，乐丘园之肥遁”等语句将作者归乡之情描绘得淋漓尽致。第四部分向归庄介绍了自己最近的行程和著述情况。因为顾炎武与归庄的情谊较深，所以内容也较其他书信丰富，而且用词直接，丝毫没有矫饰之气。

【选文】

刘子端[②]兄北来，所寄札已到[③]。弟别有一书付小仆[④]赵安送上者，内有宋人诗数首。又中秋在燕邸[⑤]附马殿闻[⑥]兄处一书，计俱不浮沉[⑦]。两次惠[⑧]诗文，并已盥手[⑨]细读。每得佳句，为之徘徊击节[10]，而犹嫌其稍入宋调[11]，不若《孝子传》[12]之真古文、真大家也。要之[13]，此等制作[14]，皆司马子长[15]所谓雕琢曼辞[16]耳。以通经学古为一身之资[17]，以救时行道为百世之俟[18]，则弟所窃有愿焉而未逮[19]，而以期诸同学之友朋者也。

丁未[20]正月，策马而南，至于淮浦[21]。见起田[22]兄，谓三四年前，令郎[23]曾一到彼。至问何以不在，则不得其耗[24]。兄字亦不明言，何以遂有穷独之感耶?

承谕三窟之计[25]，向时曾有之。今老矣，时时念故乡，树绕三匝[26]，未尝不作南枝之恋[27]也。人从吴会[28]来者，言彼中人家，日就凋零，情况日就锲薄[29]。又见震泽[30]波涛，鱼鸟俱乱。而冥飞之羽，晏然不闻，暂且偷安异邦，陆沉[31]都市，岂有文渊边郡[32]、子泰[33]无终之意哉！少俟倦还[34]，即当卜邻偕友[35]，追年少之欢悰[36]，乐丘园之肥遁[37]。合并[38]之期，可计日[39]俟耳。

在浦半月，今又北行，草此寄路大兄[40]转觅的人奉致。停骖[41]匆遽[42]，诸亲知[43]并不及作书。比[44]刻先祖[45]诗集，已完，不便携上，仅刻启[46]一通，附寄函中。好音见惠，仍付路大兄可也。率尔[47]不尽。

弟炎武顿首元恭四兄[48]。正月二十七日。（柴德庚《史学丛考·跋顾亭林〈致归元恭札〉墨迹》；引自张兵《顾炎武文选》）

【注释】

①元恭：归庄（1613～1673年），字尔礼，又字玄恭，号恒轩，又自号归藏，归有光曾孙，顾炎武好友，人称“归奇顾怪”。②刘子端：刘楷，字子端，安徽南陵人。③■。④小仆：仆人。⑤燕邸：燕京旅社。⑥马殿闻：字鸣銮。⑦浮沉：沉。⑧惠：恩赐。⑨盥手：洗手。⑩徘徊：来回往返。击节：赞赏。⑪宋调：宋人诗词格调。⑫《孝子传》：归庄《黄孝子

传》。⑬要之：总之。⑭制作：写作。⑮司马子长：司马迁，字子长，西汉史学家，编撰我国第一部纪传体通史《史记》。⑯雕琢：修饰文辞。曼辞：华美言辞。⑰资：依托。⑱俟：等待。⑲未逮：不及。⑳丁未：康熙六年，公元 1667 年。㉑淮浦：江苏淮安。㉒起田：王略，字起田；参见《山阳王君墓志铭》。㉓令郎：敬词，对方儿子。㉔耗：音信、消息。㉕谕：告诉。三窟之计：狡兔三窟。㉖树绕三匝：出自曹操《短歌行》。㉗南枝之恋：出自《古诗十九首·行行重行行》，“胡马依北风，越鸟巢南枝。”㉘吴会：江苏苏州。㉙锲薄：刻薄、浇薄。㉚震泽：太湖。㉛陆沉：隐居。㉜文渊：马援，字文渊，东汉臣，参见《后汉书·马援传》。㉝子泰：田畴，字子泰。㉞倦还：劳累归乡。㉟卜邻：择邻。㊱悰：音 cóng，欢乐。欢悰：欢乐。㊲丘园：家园。肥遁：亦作“肥遯”，隐退。㊳合并：聚会。㊴计日：短暂。㊵路大兄：路泽溥，路振飞长子。㊶骖：音 cān，马车。㊷匆遽：匆忙急促。㊸亲知：亲戚朋友。㊹比：近来。㊺先祖：此处指顾炎武嗣祖顾绍芾，字德甫，号蠡源。㊻启：书信。㊼率尔：轻率随意。㊽元恭四兄：归庄为归昌世季子。

朝闻道夕死可矣

【题解】

《日知录》是顾炎武三十余年读书札记，文字精练，多就某一主题展开论述；顾炎武称“平生之志与业皆在其中”，“启多闻于来学，待一治于后王，自信其书之必传”，可见阅读《日知录》对于了解顾炎武思想的重要性。《钞书自序》一文中顾炎武提到抄书的重要性，而这篇《朝闻道夕死可矣》实际为顾炎武抄录《礼记》和《论语》而成，虽然抄录各篇，但组合而成恰似一文。全文只在文末画龙点睛，点出本文主旨。文章认为“有一日未死之身，则有一日未闻之道”，因此为学务必讲求勤奋和“毙而后已”。当前读书人读书治学务必去除懒惰散漫习惯，以勤奋的态度和高标准自觉严格要求自己，方有可能接近于真理、成就自己的学问。

【选文】

“有弗学，学之弗能，弗措也。有弗问，问之弗知，弗措也。有弗思，思之弗得，弗措也。有弗辨，辨之弗明，弗措也。有弗行，行之弗笃，弗措也。”[①]“不知年数之不足也，俛焉日有孳孳，毙而后已。”[②]故曰：“朝闻道，夕死可矣。”[③]

“吾见其进也，未见其止也。”[④]有一日未死之身，则有一日未闻之道。（《日知录·卷七》）

【注释】

①“有弗学”句出自《礼记·中庸》，孔颖达疏：“‘有弗学，学之弗能弗措也’者，谓身有事不能常学习，当须勤力学之。措，置也。言学不至于能，不措置休废，必待能之乃已也。以下诸事皆然。”措：措置休废。②“不知年数之不足也”句出自《礼记·表记》，“子曰：‘《诗》之好仁如此。乡道而行，中道而废，忘身之老也，不知年数之不足也，俛焉日有孳孳，毙而后已。’”俛焉，勤劳之貌。孳孳：勤勉。③“朝闻道，夕死可矣”句出自《论语·里仁》，朱熹注：“道者，事物当然之理。苟得闻之，则生顺死安，无复遗恨矣。朝夕，所以甚言其时之近。”④“吾见其进也”句出自《论语·子罕》，“子谓颜渊，曰：‘惜乎！吾见其进也，未见其止也。’”进：进步。止：停止。

予一以贯之

【题解】

文章由孔子所言“好古敏求，多见而识”而起，顾炎武不认同事物均不相关相涉的观点，进而以孔子在《论语》、《易传》等多处话语作为引文，论证孔子实是主张“予一以贯之”。然后以孔子教育门人的方式，“其教门人也，必先叩其两端，而使之以三隅反”，进一步论证“殊途而同归”之理，最后驳斥“章句之士”和“高明之君子”两类人，前者“不足以观其会通”，后者“语德性而遗问学”。文章的主旨不难理解，但文章最后对于“章句之士”和“高明之君子”的批评尤其值得我们注意，即每一个个体都有做学问的方式方法和特有的关注内容。此外，文章论据可靠，论证过程严谨，结论似是可靠；顾炎武写作议论文的方法值得我们借鉴。

【选文】

“好古敏求，多见而识”[①]，夫子之所自道也。然有进乎是者。六爻[②]之义，至赜[③]也，而曰“知者观其彖辞，则思过半矣”[④]。

三百之《诗》，至泛[⑤]也，而曰“一言以蔽之，曰思无邪”[⑥]。三千三百之仪[⑦]，至多也，而曰“礼，与其奢也，宁俭”[⑧]。十世之事，至远也，而曰“殷因于夏礼，周因于殷礼，虽百世可知”[⑨]。百王之治，至殊也，而曰“道二，仁与不仁而已矣”[⑩]。此所谓“予一以贯之”[⑪]者也。

其教门人也，必先叩其两端，而使之以三隅反。故颜子则闻一以知十[⑫]，而子贡切磋之言[⑬]，子夏礼后之问，则皆善其可与言《诗》[⑭]，岂非天下之理，殊途而同归，大人之学，举本以该末乎。彼章句之士[⑮]，既不足以观其会通[⑯]，而高明之君子，又或语德性而遗问学，均失圣人之指[⑰]矣。(《日知录·卷七》)

【注释】

①“好古敏求”：语出自《论语·述而》，“子曰：‘我非生而知之者，好古，敏以求之者也。’”“多见而识”，语出自《论语·述而》，“子曰：‘盖有不知而作之者，我无是也。多闻，择其善者而从之；多见而识之；知之次也。’”②爻：《易经》八卦符号，象征阴阳。六爻：自下而上排列的六个阴阳符号，用以占卜。③赜：音 zé，深奥。④“知者观其彖辞，则思过半矣”语出自《周易·系辞下》，韩康伯注：“形而上者可以观道，过半之益，不亦宜乎！”⑤泛：宽泛、普遍。⑥“一言以蔽之，曰思无邪”语出自《论语·为政》，“子曰：‘诗三百，一言以蔽之，曰：“思无邪”。’”⑦仪：法度。⑧“礼，与其奢也，宁俭”语出自《论语·八佾》，“林放问礼之本。子曰：‘大哉问！礼，与其奢也，宁俭；丧，与其易也，宁戚。’”⑨“殷因于夏礼，周因于殷礼，虽百世可知”语出自《论语·为政》，“子张问：‘十世可知也？’子曰：‘殷因于夏礼，所损益，可知也；周因于殷礼，所损益，可知也。其或继周者，虽百世，可知也。’”⑩“道二，仁与不仁而已矣”语出自《孟子·离娄上》，杨伯峻译为“治理国家的方法有两种，行仁政和不行仁政罢了。”⑪“予一以贯之”：语出自《论语·卫灵

公》，“子曰：‘赐也，女以予为多学而识之者与？’对曰：‘然，非与？’曰：‘非也，予一以贯之。’”⑫“颜子则闻一以知十”语出自《论语·公冶长》，“子谓子贡曰：‘女与回也孰愈？’对曰：‘赐也何敢望回？回也闻一以知十，赐也闻一以知二。’子曰：‘弗如也；吾与女弗如也。’”愈：贤。⑬“子贡切磋之言”语出自《论语·学而》，“子曰：‘赐也，始可与言《诗》已矣，告诸往而知来者。’”子贡：端木赐，复姓端木，字子贡，春秋卫国人，孔子门人。⑭“子夏礼后之问，则皆善其可与言《诗》”，出自《论语·八佾》，“子夏问曰：‘“巧笑倩兮，美目盼兮，素以为绚兮。”何谓也？’子曰：‘绘事后素。’曰：‘礼后乎？’子曰：‘起予者商也！始可与言诗已矣。’”⑮章句之士：注解经籍之士。⑯会通：融会贯通。⑰指：古同“旨”，意图。

为不顺于父母

【题解】

孝顺父母是中华传统美德，顾炎武在此文中介绍了舜孝顺父母的概况。顾炎武根据《尚书·尧典》考证《孟子·万章上》所记载舜孝顺父母之事未必是事实，但仍彰显了舜孝顺父母的圣人之心。

【选文】

《虞书》[①]所载，帝[②]曰："予闻，如何？"岳[③]曰："瞽子，父顽，母嚚，象傲。克谐以孝，烝烝乂，不格奸。"[④]是则帝之举舜，在瞽叟厎豫[⑤]之后。今《孟子》乃谓"九男二女，百官牛羊，仓廪备，以事舜于畎亩之中，犹不顺于父母，而如穷人无所归"[⑥]。此非事实，但其推见圣人之心若此，使天下之为人子者处心积虑出乎此，而后为大孝耳。后儒以为实，然则"二嫂使治朕栖"[⑦]之说亦可信矣。

【注释】

①《虞书》：出自《尚书·尧典》。②帝：帝尧、尧，上古部落首领。③岳：四岳，相传羲仲、羲叔、和仲、和叔四人，尧臣。④“瞽子，父顽，母嚚，象傲。克谐以孝，烝烝乂，不格奸。”语出自《尚书·尧典》。象：舜弟。谐：和。烝烝：美。乂：养。格：至。⑤瞽叟：亦作“瞽瞍”，舜父。厎：致。厎豫：得到欢乐。⑥“九男二女，百官牛羊，仓廪备，以事舜于畎亩之中，犹不顺于父母，而如穷人无所归”出自《孟子·万章上》，“帝使其子九男二女，百官牛羊仓廪备，以事舜于畎亩之中，天下之士多就之者，帝将胥天下而迁之焉。为不顺于父母，如穷人无所归。”⑦“二嫂使治朕栖”出自《孟子·万章上》，“象曰：‘谟盖都君咸我绩，牛羊父母，仓廪父母，干戈朕，琴朕，弤朕，二嫂使治朕栖。’象往入舜宫，舜在床琴。”栖，赵岐注“床也”。

求其放心

【题解】

本文强调治学的两个方面："求其放心"与"学"。对于"求其放心"，作者引用孟子的话表示赞同，但顾炎武认为为学不仅仅限于"求其放心"，更为重要的是"学"。顾炎武引用孔子"不如学也"的言语论证；对于心的内容，顾炎武也认为应当依靠"学"来填充，并以弈秋诲弈论证。做学问显然是一个复杂的事情，读书人首先应当诚心立意，进而以求学，并在求学的过程中保持勤奋自觉的习惯等等。顾炎武批评的"但求其放心"便能仁与礼自明的观点，实际是阳明心学流于空虚怪诞而没有实质内容的观点。我们需注意顾炎武对阳明心学的批评不意味阳明心学错误，诚心正意仍是基础性的工作。顾炎武强调的是诚心正意后填充实质内容的工作。

【选文】

"学问之道无他，求其放心而已矣。"[①]然则但求放心，可不必于学问乎？与孔子之言"吾尝终日不食，终夜不寝，以思，无益，不如学也”[2]者，何其不同邪？

他日又曰：“君子以仁存心，以礼存心”[3]，是所存者非空虚之心也。夫仁与礼，未有不学问而能明者也。孟子之意盖曰：能求放心，然后可以学问。“使弈秋诲二人弈，其一人专心致志，惟弈秋之为听。一人虽听之，一心以为有鸿鹄将至，思援弓缴而射之。虽与之具学，弗若之矣。”[4]此放心而不知求者也。然但知求放心而未尝“穷中罫之方，悉雁行之势”[5]，亦必不能从事于弈。(《日知录·卷七》)

【注释】

①“学问之道无他，求其放心而已矣。”语出自《孟子·告子上》，“孟子曰：‘仁，人心也；义，人路也。舍其路而弗由，放其心而不知求，哀哉！人有鸡犬放，则知求之；有放心而不知求。学问之道无他，求其放心而已矣。’”据杨伯峻先生考证《紫石山房文集》，“放心”即“放其良心”、“失其本心”，求其放心，将失去的本心再次求得。②“吾尝终日不食，终夜不寝，以思，无益，不如学也”语出自《论语·卫灵公》。③“君子以仁存心，以礼存心”语出自《孟子·离娄下》，“孟子曰：‘君子所以异于人者，以其存心也。君子以仁存心，以礼存心。仁者爱人，有礼者敬人。爱人者，人恒爱之；敬人者，人恒敬之。’”④“使弈秋诲二人弈”：语出自《孟子·告子上》，“今夫弈之为数，小数也；不专心致志，则不得也。弈秋，通国之善弈者也。使弈秋诲二人弈，其一人专心致志，惟弈秋之为听。一人虽听之，一心以为有鸿鹄将至，思援弓缴而射之，虽与之俱学，弗若之矣。为是其智弗若与？曰：非然也。”⑤“穷中罫之方，悉雁行之势”：原注：“（参见）马融《围棋赋》”。罫，音 guǎi，围棋格子。

法　制

【题解】

本文阐释了顾炎武的法制观念，“法制禁令，王者之所不废，而非所以为治也。其本在正人心、厚风俗而已。”文章开篇摆出论点，第二部分继以《论语》、《尚书》等言语论证，然后以秦汉等时期的法制与人心风俗的演化论证为政之本在正人心，而非用法。第三部分总结法制之弊，“立法以救法，而终不善者也，”并借叶適之言，总结法制致使风俗败坏，国家危亡。第四部分以明初为例，例证省法必要。顾炎武此文认为法制不足以为治，为政之本在于正人心、厚风俗，中国传统社会始终没有恰当认识和处理法与理、法与君主、法与人心风俗的关系，本文或许能为我们反思传统读书人为何缺乏法治思维、传统政治思想缺乏法治理念提供些材料，更重要的是启发我们思考如何认识公民、国家与法治的关系。

【选文】

法制禁令，王者之所不废，而非所以为治也。其本在正人心、厚风俗而已。故曰："居敬而行简，以临其民。"[1]周公作《立政》[2]之书曰："文王罔攸兼于庶言，庶狱庶慎。"又曰："庶狱庶慎，文王罔敢知于兹。"其丁宁[3]后人之意可谓至矣。

秦始皇之治，天下之事无大小皆决于上[4]，上至于衡石量书[5]，日夜有呈，不中呈不得休息，而秦遂以亡。太史公曰："昔天下之网尝密矣，然奸伪萌起，其极也，上下相遁，至于不振。"[6]然则法禁之多，乃所以为趣亡[7]之具，而愚阇[8]之君犹以为未至也。杜子美诗曰："舜举十六相，身尊道何高。秦时任商鞅，法令如牛毛。"[9]又曰："君看灯烛张，转使飞蛾密。"[10]其切中近朝[11]之事乎？

汉文帝诏置三老、孝弟、力田常员[12]，令各率其意，以道[13]民焉。夫三老之卑而使之得率其意，此文景之治[14]所以至于移风易俗，黎民醇厚[15]，而上拟于成康[16]之盛也。

诸葛孔明[17]开[18]诚心，布公道，而上下之交，人无间言[19]，以蕞尔[20]之蜀，犹得小康。魏操、吴权[21]任法术以御其臣，而篡逆相仍[22]，略无宁岁[23]。天下之事，固非法之所能防也。

叔向与子产书曰："国将亡，必多制。"[24]夫法制繁则巧滑之徒皆得以法为市，而虽有贤者，不能自用，此国事之所以日非也。善乎杜元凯[25]之解《左氏》[26]也，曰："法行则人从法，法败则法从人。"

前人立法之初，不能详究事势，豫[27]为变通之地。后人承其已弊，拘于旧章[28]，不能更革，而复立一法以救之。于是法愈繁而弊愈多，天下之事日至于丛脞[29]，其究也"毦而不行"[30]，上下相蒙，以为无失祖制而已。此莫甚于有明之世，如勾军、行钞[31]二事，立法以救法，而终不善者也。

宋叶适[32]言："国家因[33]唐、五代之极弊，收敛藩镇[34]之权，尽归于上，一兵之籍，一财之源，一地之守，皆人主自为之也。欲专大利而无受其大害，遂废人而用法，废官而用吏，禁防纤悉，特与古异，而威柄[35]最为不分。虽然，岂有是哉！故人才衰乏，外削[36]中弱，以天下之大而畏人，是一代之法度又有以使之矣。”又曰：“今内外上下，一事之小，一罪之微，皆先有法以待之。极一世之人志虑之所周浃[37]，忽得一智，自以为甚奇，而法固已备之矣，是法之密也。然而人之才不获尽，人之志不获伸，昏然俛首[38]，一听于法度，而事功[39]日堕，风俗日坏，贫民愈无告，奸人愈得志，此上下之所同患，而臣不敢诬也。”又曰：“万里之远，嚬呻[40]动息，上皆知之。虽然，无所寄任[41]，天下泛泛[42]焉而已。百年之忧，一朝之患，皆上所独当，而群臣不与也。夫万里之远，皆上所制命，则上诚利矣。百年之忧，一朝之患，皆上所独当，而其害如之何？此夷狄所以凭陵[43]而莫御，雠耻所以最甚而莫报也。”

陈亮上孝宗[44]书曰：“五代之际，兵财之柄倒持于下，艺祖皇帝束[45]之于上，以定祸乱。后世不原其意，束之不已，故郡县空虚，而本末俱弱。”

洪武六年九月丁未，命有司庶务[46]更月报为季报，以季报之数类为岁报。凡府、州、县轻重狱囚即依律断决，不须转发。果有违枉，从御史按察司纠劾。令出，天下便[47]之。（《日知录·卷八》）

【注释】

①“居敬而行简，以临其民。”语出自《论语·雍也》，“仲弓曰：‘居敬而行简，以临其民，不亦可乎？居简而行简，无乃大简乎？’子曰：‘雍之言然。’”仲弓：冉雍，字仲弓，孔子门人。②周公：姬姓，名旦，也称

叔旦，封地周，西周政治家、思想家；周文王之子，周武王之弟；辅佐父兄灭商，辅佐成王治国，灭三监之乱，作典章礼乐。《立政》：《尚书·立政》，“周公若曰：‘拜手稽首，告嗣天子王矣。’”《立政》是周公告诫周成王的箴言。③丁宁：叮咛，嘱托。④上：君王。⑤衡石量书：用衡石称量文书，形容君王勤政。⑥太史公：司马迁，字子长，西汉史学家，编撰我国第一部纪传体通史《史记》。“昔天下之网尝密矣”句出自《史记·酷吏列传》。遁，逃避。振，救济。⑦趣：古同“促”，催促。⑧愚闇：亦作“愚暗”，愚钝、昏庸。⑨杜子美：杜甫，字子美，自号少陵野老，后世称杜工部，唐代现实主义诗人，尊称“诗圣”。“舜举十六相”句出自杜甫《述古三首》。十六相，又称“十六族”，相传为尧舜时期的十六位贤臣。商鞅，姬姓，公孙氏，又称卫鞅、公孙鞅，先秦法家思想代表人物，秦孝公时期主持秦国变法。⑩“君看灯烛张，转使飞蛾密。”出自杜甫《写怀》。张：陈设。⑪切中：说中。近朝：近代。⑫汉文帝：刘恒，庙号太宗，谥号孝文。诏：命令。三老：古代官员，掌教化。孝弟力田：汉代选拔官吏的科目，用以奖励孝德和农作之人，汉文帝时期掌教化。常员：常置官员。⑬道：通“导”，引导。⑭文景之治：西汉汉文帝、汉景帝统治时期，沿用黄老思想，采用“轻徭薄赋”、“与民休息”等政策，形成了经济繁荣的盛世局面。⑮黎民：百姓。醇厚：敦厚朴实。⑯拟：类似。成康：周成王与其子周康王，成康统治下的周朝，天下安定，史称“成康之治”。⑰诸葛孔明：诸葛亮，字孔明，号卧龙。⑱开：开启。⑲间言：非议、责难。⑳蕞尔：小。㉑魏操：魏王曹操，字孟德。吴权：吴王孙权，字仲谋。㉒相仍：连续不断。㉓略无：毫无。宁岁：安宁年月。㉔叔向：姬姓，羊舌氏，名肸，字叔向，晋国贤臣。子产：姬侨，字子产，郑国贤臣。“国将亡，必多制。”语出自《左传·昭公六年》㉕杜元凯：杜预，字元凯，著有《春秋左氏经传集解》、《春秋释例》。㉖解：注解。《左氏》：《左传》，《春秋左氏传》，鲁国史官左丘明根据《春秋》编著。㉗豫：预先。㉘旧章：昔日典章。㉙丛脞：烦琐杂乱。㉚究：最终。眊：音 mào，眼睛不明。㉛勾军：征兵。行钞：发行纸币。㉜叶适：字正则，号水心居士，世称水心先生，谥忠定，著有《水心文集》等。㉝因：沿袭。㉞收敛：聚集。藩镇：亦称“方镇”，是唐朝中后期设立的军镇。㉟威柄：权力。㊱削：掠夺。㊲志虑：思想。周浃：周到、周密。㊳昏然：迷糊。俛首：低头。㊴事功：事业、功绩。㊵嚬呻：蹙眉呻吟。㊶寄任：委任、托付。㊷泛泛：随波逐流。㊸凭陵：侵犯、欺扰。㊹陈亮：字同甫，号龙川，著有《龙川文集》等。孝宗：宋孝宗赵昚，字元永，南宋贤君。㊺艺祖皇帝：宋太祖赵匡胤。束：聚拢。㊻洪武：明太祖朱元璋1368～1398年间年号。有司：官吏。庶务：机关中负责总务的人员。㊼便：便利。

人　材

【题解】

《人材》一文反思传统社会中人才难以发挥作用的原因和对策。第一部分顾炎武摆出原因，“法令者，败坏人材之具”。第二部分以明代万历前后法令教化的变化对人才的影响和明宣宗“教养有道，人材自出”的言语论证论点。基于《法制》一文中顾炎武对“法制”的观点，本文分析了法制与人才的关系，然后提出了省法以尽人才的主张。或许，即便了解顾炎武所给出的历史资料，我们仍然难以理解顾炎武将人才与法制视为截然对立的观点。或许我们仍然需要回归到如何认识“法制”的问题，只有恰当认识法制在社会治理中的地位和作用，那么与法制问题相关的人才问题、风俗教化问题、君臣关系问题才有可能恰当地得以认识和解决。

【选文】

宋叶适①言：“法令日繁，治具②日密，禁防③束缚至不可动，而人之智虑自不能出于绳约④之内，故人材亦以不振⑤。”今与人稍谈及度外[6]之事，辄摇手而不敢为。夫以汉之能尽人材，陈汤犹扼腕于文墨吏[7]，而况于今日乎？宜乎豪杰之士无以自奋而同归于庸懦[8]也。

使枚乘、相如[9]而习今日之经义，则必不能发其文章；使管仲、孙武[10]而读今日之科条[11]，则必不能运其权略[12]。故法令者，败坏人材之具。以防奸宄[13]而得之者什[14]三，以沮[15]豪杰而失之者常什七矣。

自万历以上，法令繁而辅之以教化[16]，故其治犹为小康[17]。万历以后，法令存而教化亡，于是机变[18]日增，而材能日减。其君子工于绝缨[19]而不能获敌之首，其小人善于盗马而不肯救君之患。诚有如《墨子》所云“使治官府则盗窃，守城则倍畔[20]，使断狱则不中，分财则不均”，《吕氏春秋》所云“处官则荒乱，临财则贪得，列近则持谏，将众则罢怯”[21]，又如刘蕡所云“谋不足以剪除奸凶，而诈足以抑扬威福。勇不足以镇卫社稷，而暴足以侵害闾里”[22]者。呜呼，吾有以见徒法之无用矣。

《实录》[23]言：宣德[24]五年八月丙戌，上罢朝，御文华殿[25]，学士杨溥[26]等侍。上问：“庶官之选，何术而可以尽得其人？”溥对曰：“严荐举，精考课，何患不得？”上曰：“近代有罪举主之法，夫以一言之荐而欲保其终身，不亦难乎？朕以为教养有道，人材自出。汉董仲舒[27]言：‘素不养士而欲求贤，犹不琢玉而求文采。’此知本之论也。徒循三载[28]考绩之文，而不行三物[29]教民之典，虽尧、舜亦不能以成允厘[30]之治矣。”（《日知录·卷九》）

【注释】

①叶适：字正则，号水心居士，世称水心先生，谥忠定，著有《水心文集》等。②治具：治国举措。③禁防：禁止防范。④绳约：拘束。

⑤振：举。⑥度外：法度之外。⑦陈汤：字子公，西汉将军，曾远征匈奴，安定边塞。扼腕：表愤怒、惋惜。文墨吏：担任文字书写的官吏。陈汤被匡衡、王商等人诬告入狱。⑧庸懦：庸下懦弱。⑨枚乘：字叔，西汉辞赋家，作有《七发》。相如：司马相如，字长卿，西汉辞赋家，代表作《子虚赋》、《上林赋》等。⑩管仲：姬姓，管氏，名夷吾，字仲，谥敬，安徽颍上人，春秋时期法家先驱，官拜上卿，辅佐齐桓公成为春秋霸主。孙武：字长卿，春秋齐国人，军事家，世称“兵圣”，著有《孙子兵法》。⑪科条：法令条文。⑫权略：权谋、谋略。⑬奸宄：奸诈不法之人。⑭什：音 shí，十。⑮沮：音 jǔ，阻止。⑯教化：政教风化。⑰小康：儒家理想中的政教清明、天下安宁的局面。⑱机变：机谋、权诈。⑲绝缨：饮酒无度。⑳《墨子》：记录墨翟及其弟子思想的墨家著作。倍：通“背”，背弃。倍畔：背叛。㉑《吕氏春秋》：秦国丞相吕不韦组织门客编著的著作，内容以黄老道家思想为主，兼收先秦各家思想。列近：接近君王。持谏：此处指奉承。罢怯：怯懦。㉒刘蕡：字去华，唐代官员，著有《对贤良方正直言极谏策》。剪除：消灭。抑扬：进退。威福：弄权。镇卫：镇守捍卫。社稷：代指朝廷国家。闾里：乡里。㉓《实录》：《明实录》，明代官修编年体史书。㉔宣德：明宣宗朱瞻基 1426～1435 年间年号。朱瞻基，庙号宣宗，在位期间政治清明，史称“仁宣之治”。㉕御：君王临幸。文华殿：宫殿名，位于北京紫禁城。㉖学士：翰林学士，官职名。杨溥：字弘济，明代贤臣。㉗董仲舒：西汉哲学家、思想家，儒家思想代表人，提出“天人感应”、“罢黜百家”等主张，代表作《春秋繁露》。㉘考绩：考核业绩。㉙三物：六德、六行、六艺三事。六德：知、仁、圣、义、忠、和。六行：孝、友、睦、姻、任、恤。六艺：礼、乐、射、御、书、数。㉚允：信。厘：治。允厘：治理得当，出自《尚书·尧典》，“允厘百工，庶绩咸熙。”

廉　耻

【题解】

不同于西方的罪文化，廉耻文化是中国传统文化中的重要组成部分，“行己有耻”是衡量个人和社会道德水平的重要标准。本文表达了顾炎武的廉耻观。文章以“礼义廉耻，国之四维。四维不张，国乃灭亡”、“礼义，治人之大法；廉耻，立人之大节”、“不廉则无所不取，不耻则无所不为”为开篇，强调廉耻对天下、国家、君臣和个人的重要性，同时引用孟子、《颜氏家训》、罗仲素等正反证、例证、言论证。文章的后半部分介绍廉耻对于治军的重要性。顾炎武重视廉耻对提升个人道德修养的作用，但更侧重于廉耻对于国家安危的作用，其强调廉耻的重要性是其经世致用精神的具体表现。

【选文】

《五代史·冯道传论》[①]曰：“‘礼义廉耻，国之四维。四维不张，国乃灭亡。’[②]善乎！管生之能言也[③]！礼义，治人之大法；廉耻，立人之大节[④]。盖不廉则无所不取，不耻则无所不为。人而如此，则祸败乱亡亦无所不至。况为大臣，而无所不取，无所不为，则天下其有不乱，国家其有不亡者乎！”然而四者之中，耻尤为要[5]。故夫子之论士，曰“行己有耻。”[6]孟子曰“人不可以无耻，无耻之耻，无耻矣。”[7]又曰“耻之于人大矣，为机变之巧者，无所用耻焉。”[8]所以然者，人之不廉而至于悖礼犯义[9]，其原皆生于无耻也。故士大夫之无耻，是谓国耻。

吾观三代以下[10]，世衰道微，弃礼义，捐[11]廉耻，非一朝一夕之故[12]。然而松柏后凋于岁寒[13]，鸡鸣不已于风雨[14]，彼昏之日，固未尝无独醒之人也[15]。顷读《颜氏家训》[16]，有云：“齐朝一士夫尝谓吾曰：‘我有一儿，年已十七，颇晓书疏[17]。教其鲜卑语及弹琵琶，稍欲通解[18]。以此伏事[19]公卿，无不宠爱。’吾时俯而不答[20]。异哉[21]，此人之教子也！若由此业自致卿相，亦不愿汝曹[22]为之。”嗟乎[23]，之推不得已而仕于乱世，犹为此言，尚有《小宛》诗人之意[24]，彼阉然媚于世者[25]，能无愧哉？

罗仲素[26]曰：“教化者，朝廷之先务；廉耻者，士人之美节；风俗者，天下之大事。朝廷有教化，则士人有廉耻；士人有廉耻，则天下有风俗。”

古人治军之道，未有不本于廉耻者，《吴子》[27]曰：“凡制国治军，必教之以礼，励之以义，使有耻也。夫人有耻，在大足以战，在小足以守矣。”《尉缭子》言：“国必有慈孝廉耻之俗，则可以死易生。”[28]而太公对武王：“将有三胜”，一曰“礼将”，二曰“力将”，三曰“止欲将”[29]。故礼者所以班朝治军[30]，而《兔罝》之武夫皆本于文王后妃之化，岂有淫刍荛[31]，窃牛马，而为暴于百姓者哉。《后汉书》：“张奂为安定属国都尉，羌豪帅感奂恩德，上马二十匹，先零酋长又遗金𫓧八枚。奂并受之，而召主簿于诸羌前，以酒酹地曰：‘使马如羊，不以入厩。使金如粟，不以入怀。’悉以金、马还之。羌性贪而贵吏清，前有八都尉，率好财货，为所患苦，及奂正身洁己，威化[32]大行。”呜呼，自古以来，边事之败，有不始于贪求者哉？吾于辽东之事[33]有感。

杜子美诗：“安得廉颇将，三军同晏眠。”[34]一本作“廉耻将”，诗人之意未必及此。然吾观《唐书》言：“王佖为武灵节度使。先是，吐蕃欲成乌兰桥，每于河壖先贮材木，皆为节帅遣人潜载之，委于河流，终莫能成。蕃人知佖贪而无谋，先厚遗之，然后并役成桥，仍筑月城守之。自是朔方御寇不暇，至今为患。”[35]由佖之黩货[36]也。故贪夫为帅，而边城[37]晚开。得此意者，郢书燕说[38]，或可以治国乎？（《日知录·卷之十三》）

【注释】

①《五代史》：有《旧五代史》和《新五代史》两种，前者由北宋薛居正官修，后者由北宋欧阳修私修。本文《五代史》指《新五代史》，原名《五代史记》，记载唐宋之间后梁、后唐、后晋、后汉与后周的历史。《新五代史·杂传》有《冯道传》。欧阳修，字永叔，号醉翁、六一居士，江西省永丰人，北宋政治家、文学家。冯道，字可道，自号长乐老，历仕后唐、后晋、后汉、后周四朝十君，官至宰相；好学，主持校定《九经》并雕版印书，世称“五代监本”，创官刻书籍之始。②“礼义廉耻，国之四维。四维不张，国乃灭亡。”语出自《管子·牧民》，“何谓四维？一曰礼，二曰义，三曰廉，四曰耻”，“四维不张，国乃灭亡”。维：纲纪。管生，管子、管仲，姬姓，管氏，名夷吾，字仲，谥敬，安徽颍上人，春秋时期法家先驱，官拜上卿，辅佐齐桓公成为春秋霸主。③能言：独到见解。④大节：纲纪、法则。⑤要：音 yào，重要。⑥行己有耻：行为有廉耻底线，出自《论语·子路》，“子贡问曰：‘何如斯可谓之士矣？’子曰：‘行己有耻，使于四方，不辱君命，可谓士矣。’”⑦“人不可以无耻，无耻之耻，无耻矣。”语出自《孟子·尽心上》。⑧“耻之于人大矣，为机变

之巧者，无所用耻焉。”语出自《孟子·尽心上》，“耻之于人大矣，为机变之巧者，无所用耻焉。不耻不若人，何若人有？”机变：智谋权诈。巧：巧诈。⑨悖、犯：违背。⑩三代：指古代夏、商、周三个朝代。以下：以后。⑪捐：抛弃。⑫一朝一夕：一个早晨和一个晚上、一天，指时间短促。故：缘故、原因。⑬“松柏后凋于岁寒”，语出自《论语·子罕》，“子曰：‘岁寒，然后知松柏之后雕也。’”雕：同“凋”，凋落。⑭“鸡鸣不已于风雨”出自《诗经·郑风·风雨》，“风雨如晦，鸡鸣不已。”晦：音huì，昏暗。已：停止。⑮独醒之人：出自《楚辞·渔父》，“举世皆浊我独清，众人皆醉我独醒。”⑯顷：不久前。《颜氏家训》：南北朝时期颜之推所作。颜之推，字介，山东临沂人，文学家、教育家、官员，曾仕南梁、北齐、北周、隋，饱经沧桑。⑰书疏：奏疏、信札。⑱稍：逐渐。欲：省略宾语“其”。通解：通晓、理解。⑲伏事：亦作“服事”，任职公卿属下或朝廷。⑳时：当时。俯：低头。㉑哉：文言感叹助词。㉒汝曹：你们。㉓嗟乎：亦作“嗟呼”，叹词，表感叹。㉔之推：颜之推。《小宛》，出自《诗经·小雅》，朱熹《诗集传》注：“此大夫遭时之乱，而兄弟相戒以免祸之诗。”㉕阉然：曲意逢迎貌。媚世：求悦于世。㉖罗仲素：罗从彦（1072～1135年），字仲素，号豫章先生，宋代理学家，杨时门人，二程再传弟子。㉗《吴子》：又名《吴起兵法》，吴起著作。吴起，又称吴子，战国时期卫国人，军事家、政治家，兵家代表人，曾仕鲁、魏、楚三国。㉘《尉缭子》：作者不详，古代兵书。易：更改。㉙太公：姜太公，姜姓，吕氏，名尚，一名望，字子牙，被周文王封为“太师”，助武王伐纣，封齐国，齐文化的创始人。武王：周武王，姬姓，名发，西伯昌与太姒的嫡次子，其妻为邑姜，西周王朝开国君主。“将有三胜”，出自《六韬·励军》。《六韬》，又称《太公六韬》、《太公兵法》，古代兵书，作者不详，相传为姜太公所作。㉚班朝治军：出自《礼记·曲礼上》，孔颖达疏：“班，次也；朝，朝廷也；次，谓司士正朝仪之位次也。治军，谓师旅卒伍各正其部分也。”㉛《兔罝》：出自《诗经·国风·周南》，朱熹《诗集传》以为该诗主讲文王后妃德化。武夫：勇士。文王：周文王（前1152～前1056

年），姬姓，名昌，又称西伯昌，季历之子，周王朝奠基者。后妃：太姒，姒姓，周文王之妻，周武王、周公旦之母，富有贤德。淫：侵。刍荛：割草采薪之人。㉜《后汉书》：记载东汉历史的纪传体史书，南朝刘宋时期范晔编撰。张奂，字然明。甘肃安西县人，东汉时期名将、学者。安定属国都尉：官职名。豪帅，首领。先零：羌部落之一。酋长：遗，赠送。镰：古乐器。八枚。主簿：官职名，掌文书。酹：音 lèi，洒酒于地，祭奠或立誓。都尉：武官名。率：带领。威化：声威德化。㉝辽东之事：指明末满族入侵。㉞杜子美：杜甫，字子美，河南巩义人，自号少陵野老，唐朝诗人。晏眠：安眠。㉟《唐书》：记载唐朝历史的纪传体史书，有《旧唐书》、《新唐书》两种，前者后晋刘昫等人撰，后者北宋欧阳修等人撰。本文王佖受贿之事新旧两书均有记载。河壖：河边。朔方：北方。㊱黩货：贪财。㊲边城：边界城市。㊳郢书燕说：曲解原意、以讹传讹，语出自《韩非子·外储说左上》。

俭 约

【题解】

传统文化重视节俭，节俭节欲利于个人生活和国家富足，穷奢极欲则相反。文章开篇即强调节俭对于治政理财的重要性，“君子于之行宰相之事也”，第二部分以许劭、蔡子尼、李德林、李僧伽等人实例，论证君子俭约则“以居官而化一邦”，第三部分以毛玠、杨绾为例论证君子节俭“在朝廷而化天下”。最后作者认为节俭应当“修之身，行之家，示之乡党而已。”文章除了介绍俭约的重要性之外，突出了风化对于保持民风淳朴的作用。顾炎武提倡节俭与传统礼法要求是一致的。当前社会财富远比传统社会富足，百姓物质生活水平较之古代有较大的提升，但我们仍有必要坚守先贤传承的俭约遗风，反对穷奢极欲、奢华享乐之风。

【选文】

“国奢示之以俭”①，君子于之行宰相之事也。

汉汝南许劭为郡功曹②。同郡袁绍③，公族豪侠④，去濮阳令归[5]，车徒甚盛，入郡界，乃谢[6]曰“吾舆服岂可使许子将见之！”遂以单车归家。晋蔡充[7]好学，有雅尚[8]，体貌尊严[9]，为人所惮[10]。高平[11]刘整，车服奢丽，尝语人曰“纱縠[12]，吾服其常耳。遇蔡子尼在坐[13]，而经日不自安。”北齐李德林[14]父亡，时正严冬[15]，单衰徒跣[16]，自驾灵舆[17]，反葬[18]博陵。崔谌[19]休假还乡，将赴吊[20]，从者数十骑，稍稍减留，比至德林门，才余五骑，云：“不得令李生怪人熏灼[21]。”李僧伽修整[22]笃业，不应辟命。尚书袁叔德来候僧伽，先减仆从，然后入门。曰：“见此贤，令吾羞对轩冕[23]。”夫惟君子之能以身率物[24]者如此，是以居官而化一邦，在朝廷而化天下。

魏武帝时，毛玠为东曹掾[25]，典选举[26]，以俭率人，“天下之士莫不以廉节自励，虽贵宠之臣，舆服不敢过度”。唐大历末，元载伏诛，拜杨绾[27]为相。绾“质性贞廉，车服俭朴，居庙堂[28]未数日，人心自化。御史中丞崔宽，剑南西川节度使宁之弟，家富于财，有别墅在皇城之南，池馆台榭，当时第一，宽即日潜遣毁撤。中书令郭子仪，在邠州行营，闻绾拜相，坐中音乐减散五分之四。京兆尹黎干，每出入，驺从百余，亦即日减损，惟留十骑而已”。“李师古跋扈，惮杜黄裳[29]为相，命一干吏[30]寄钱数千缗，毡车子一乘。使者到门，未敢送。伺候累日[31]，有绿舆自宅出，从婢二人，青衣褴褛，言是相公夫人。使者遽[32]归，告师古。师古折其谋，终身不敢改节。”

此则禁郑人之泰侈[33]，奚必于三年；变洛邑之矜夸[34]，无烦乎三纪。修之身，行之家，示之乡党[35]而已。道岂远乎哉！（《日知录·卷十三》）

【注释】

①“国奢示之以俭”：语出自《礼记·檀弓下第四》，“国奢示之以俭，国俭则示之以礼”。②汝南：古地名。许劭：字子将。郡功曹：即功曹史，官职名，佐官。③袁绍：字本初，东汉末年诸侯。④公族：诸侯的同族人。豪侠：豪迈仗义。⑤去：去职。濮阳：地名。归：返回。⑥谢：推迟。⑦蔡充：蔡克，字子尼。⑧雅尚：风雅、高尚。⑨尊严：尊贵、威严。⑩惮：畏惧。⑪高平：地名。⑫纱縠：精细、轻薄的丝织品。⑬在坐：亦作“在座”。⑭李德林：字公辅。⑮严冬：极冷的冬天。⑯徒跣：赤足。⑰灵舆：灵车。⑱反葬：归葬。⑲崔谌：史书作“崔谋”。⑳吊：祭奠。㉑熏灼：气势威严。㉒僧伽：僧。修整：严谨。㉓轩冕：车乘和冕服。㉔率物：众人榜样。㉕魏武帝：曹操。毛玠：字孝先。东曹掾：官职名。㉖典：主持。选举：选拔举用贤才。㉗拜：授官。杨绾：字公权。㉘庙堂：朝廷。㉙杜黄裳：字遵素。㉚干吏：办事老练的官吏。㉛伺候：守候观望。累日：数日。㉜遽：迅速。㉝“郑人之泰侈”句出自《左传·襄公三十年》，“子产使都鄙有章，上下有服；田有封洫，庐井有伍。大人之忠俭者，从而与之；泰侈者因而毙之。”“从政一年，舆人诵之曰：‘取我衣冠而褚之，取我田畴而伍之。孰杀子产，吾其与之！’及三年，又诵之，曰：‘我有子弟，子产诲之；我有田畴，子产殖之。子产而死，谁其嗣之？’”㉞“洛邑之矜夸”句出自《尚书·毕命》，“惟周公左右先王，绥定厥家。毖殷顽民，迁于洛邑，密迩王室，式化厥训。既历三纪，世变风移，四方无虞，予一人以宁。”纪，十二年。㉟乡党：乡里。

士大夫晚年之学

【题解】

学无止境，但随着年龄的增长、生活条件的富足、享乐奢靡之风蔓延，大部分人便失去了学习的动力和愿望，或者流于虚无之学。顾炎武针对士大夫晚年学佛学仙的现象，明确提出士大夫晚年应“进德修业，以补从前之阙”，“以斯道觉斯民，成己以成物”，“以道自任，振起坏俗”。文章最后以唐玄宗罢免官员为例，论证士大夫应持圣人之学。士大夫是传统文化，尤其是儒家文化的传承者、维护者，士大夫应当有着明确的社会责任感和使命感；如果士大夫学佛好老，流于虚无，则为“山谷避世之士独善其身者之所好”，显然与儒家积极入世、参与社会革新的主张是相悖的；顾炎武有感而发，鲜明地主张士大夫晚年应当坚持儒家之学。

【选文】

南方士大夫，晚年多好学佛；北方士大夫，晚年多好学僊[①]。夫一生仕宦，投老[②]得闲，正宜进德修业，以补从前之阙[③]，而知不能及，流于异端[④]，其与求田问舍之辈行事虽殊[⑤]，而孳孳为利之心则一而已矣。

《宋史·吕大临传》："富弼致政[6]于家，为佛氏之学。大临与之书曰：'古者三公无职事，惟有德者居之，内则论道于朝，外则主教于乡。古之大人当是任者，必将以斯道觉斯民，成己以成物[7]，岂以位之进退、年之盛衰而为之变哉。今大道未明，人趋异学，不入于庄，则入于释[8]，疑圣人为未尽善，轻礼义为不足学。人伦不明，万物憔悴[9]，此老成大人恻隐存心[10]之时，以道自任，振起坏俗。若夫移精变气，务求长年，此山谷避世之士独善其身者之所好，岂世之所以望于公者？'弼谢之。"以达尊大老[11]而受后生之箴规[12]，良不易得也。

唐玄宗开元六年，河南参军郑铣、虢州朱阳县丞郭僊舟投匦献诗[13]。敕曰："观其文理，是崇道法。至于时用，不切事情，可各从所好。"并罢官，度[14]为道士。(《日知录·卷十三》)

【注释】

①僊：音 xiān，同"仙"，指道教。②投老：告老。③阙：通"缺"，缺失。④知：智慧。异端：古代儒家称佛道等学说为异端。⑤求田问舍：专营田产而无治学志向。行事：办事。殊：不同。⑥吕大临：字与叔，北宋学者。富弼：字彦国，北宋贤相。致政：致仕退休。⑦成己以成物：出自《礼记·中庸》，"诚者非自成己而已也，所以成物也。成己，仁也；成物，知也。性之德也，合外内之道也。"郑玄注："以至诚成己则仁道立。以至诚成物则知弥博。此五性之所以为德也，外内所须而合也。外内犹上下。"⑧庄：庄子，指道家。释：释迦牟尼，指佛教。⑨万物憔悴：出自王之望《出疆次副使准阴舟行》，"两淮经战争，万物皆憔悴。"⑩老成：年高贤德之人。存心：用心。⑪达尊：地位尊显之人。大老：德高望重之人。⑫箴规：劝诫规劝。⑬投匦：上书君王。献诗：进献诗作。⑭敕：音 chì，君王诏命。道法：道教。度：使人出家。

改 书

【题解】

书籍与文字是个人思想的承载者，保持书籍文字的原状既是对于先贤的尊重，也是文化传承的基础。顾炎武第一部分引用《东坡志林》和《汉书·艺文志》描述了古人“不知则阙”传统，分析“合其私者”的改书目的。第二部分则举例万历年间的改书风气及其恶果。改书的直接后果是误读古人原意，文化传承过程出现异化，此外改书容易导致学风不正，人心不古。阅读此文，我们可从两方面受益，一是阅读古典文籍时，应当尊重古人的意思表达，原原本本解读古人的文本，而不是擅自加入自己的主观解读，二是对于传世古典文籍的原始性保持适当的怀疑精神和实证能力，尤其典籍有多重版本时，更应当考证典籍版本的来龙去脉，尽信书则不如无书。

【选文】

《东坡志林》[①]曰：“近世人轻以意改书，鄙浅[②]之人好恶多同，故从而和之者众，遂使古书日就讹舛[③]，深可忿疾[④]。孔子曰：‘吾犹及史之阙文也。’[5]自予少时，见前辈皆不敢轻改书，故蜀本大字书皆善本[6]。”

《汉书·艺文志》[7]曰：“古者书必同文，不知则阙[8]，问诸故老[9]。至于衰世[10]，是非无正，人用其私。故孔子曰：‘吾犹及史之阙文也，今亡矣夫。’盖伤其寖[11]不正。”是知穿凿[12]之弊，自汉已然，故有行赂改兰台漆书[13]，以合其私者矣。

万历间，人多好改窜古书，人心之邪，风气之变，自此而始。且如骆宾王《为徐敬业讨武氏檄》[14]，本出《旧唐书》，其曰“伪临朝武氏者”[15]，敬业[16]起兵在光宅[17]元年九月，武氏但临朝而未革命[18]也。近刻[19]古文，改作“伪周武氏”，不察檄中所云“包藏祸心，睥睨神器[20]”，乃是未篡之时，故有是言。其时废中宗为庐陵王[21]，而立相王[22]为皇帝，故曰“君之爱子，幽之于别宫”也。不知其人，不论其世，而辄改其文，缪种流传[23]，至今未已。又近日盛行《诗归》[24]一书，尤为妄诞[25]。魏文帝[26]《短歌行》[27]：“长吟永叹，思我圣考。”圣考谓其父武帝也，改为“圣老”，评之曰：“圣老字奇。”《旧唐书》李泌对肃宗[28]言：“天后[29]有四子，长曰太子弘[30]，监国[31]而仁明孝悌。天后方图称制[32]，乃鸩杀[33]之，以雍王贤[34]为太子。贤自知不免，与二弟日侍于父母之侧，不敢明言，乃作《黄台瓜辞》，令乐工[35]歌之，冀天后悟而哀愍[36]。其辞曰：‘种瓜黄台下，瓜熟子离离。一摘使瓜好，再摘使瓜稀。三摘犹尚可，四摘抱蔓归。’而太子贤终为天后所逐，死于黔中。”其言“四摘”者，以况[37]四子也。以为非四之所能尽，而改为“摘绝”。此皆不考古而肆臆[38]之说，岂非小人而无忌惮[39]者哉！（《日知录·卷十八》）

【注释】

①《东坡志林》：苏轼所著杂记。苏轼，字子瞻，号东坡居士，北宋文学家。②鄙浅：鄙陋浅薄。③讹舛：谬误。④忿疾：忿怒憎恶。⑤“吾犹及史之阙文也。”语出自《论语·卫灵公》，“子曰：‘吾犹及史之阙文也。有马者借人乘之，今亡矣夫!’”及：遇到。史之阙文：史书中存疑或脱漏的字句。⑥蜀本：宋代蜀中刻印的书，多用颜体，字较大。善本，精校、精刻、精印之手稿、书籍。⑦《汉书》：班固记载西汉历史的纪传体断代史著作。《汉书·艺文志》：中国现存最早目录文献。⑧阙：通“缺”，缺失。⑨故老：年高识广之人。⑩衰世：乱世、末世。⑪寖：逐渐。⑫穿凿：牵强附会。⑬兰台：宫廷藏书之处。漆书：用漆书写的竹木简。兰台漆书句，指汉代儒生应考博士，但其经书常有错误，与兰台漆书不一致，故行贿改漆书。⑭改窜：修改。骆宾王：字观光，唐初诗人，初唐四杰之一。《为徐敬业讨武氏檄》：骆宾王所作檄文。⑮临朝：太后摄政。⑯敬业：徐敬业，又作“李敬业”，曾起事讨伐武则天，兵败被杀。⑰光宅：武后 684 年年号。⑱革命：改朝易代。⑲刻：刊刻。⑳睥睨：窥视。神器：君王印玺，代指国家权力。㉑中宗：唐中宗李显（656～710 年），原名李哲，高宗去世后继位，后被武则天废为庐陵王，705 年在张柬之等人支持下再次称帝。㉒相王：唐睿宗李旦，684 年唐中宗被废后继位。㉓缪种流传：荒谬错误观点流传。㉔《诗归》：明代钟惺、谭元春合编的诗集，含《古诗归》和《唐诗归》。㉕妄诞：荒诞不实。㉖魏文帝：曹魏高祖文皇帝曹丕，字子桓，文学家。㉗《短歌行》：乐府名。㉘李泌：字长源，唐臣，官拜宰相。肃宗：唐肃宗李亨。㉙天后：武则天，名武曌。㉚弘：唐孝敬皇帝李弘，封代王，薨逝于太子位。㉛监国：太子理政。㉜方：刚刚。图：谋划。称制：即位执政。㉝鸩杀：鸩酒毒杀。㉞雍王贤：唐章怀太子李贤，字明允。㉟乐工：掌管歌舞官吏。㊱哀愍：怜惜。㊲况：比方。㊳肆：任意。臆：主观猜测。㊴忌惮：顾虑畏忌。

文须有益于天下

【题解】

《日知录》文章有长有短，最短的《召杀》仅有九字，《文须有益于天下》的篇幅也是比较短的，但是内容丰富，结构清晰。第一句摆明作文的目的，“明道也，纪政事也，察民隐也，乐道人之善也”。第二三句从正反两方面解释写作与否的标准，“有益于天下，有益于将来”，则多作一篇，“有损于己，无益于人”则不作。阅读此文，我们可以体会顾炎武作文的经世致用精神，理解顾炎武惜墨如金的考量，理解他的文风和作文内容。反观自己，我们可以反思自己作文的标准，以求文章有益于天下和将来。

【选文】

文之不可绝于天地间者，曰明道[①]也，纪[②]政事也，察民隐[③]也，乐道人之善也。若此者，有益于天下，有益于将来，多一篇，多一篇之益矣。若夫怪力乱神[④]之事，无稽[⑤]之言，剿袭[⑥]之说，谀佞[⑦]之文，若此者，有损于己，无益于人，多一篇，多一

篇之损矣。(《日知录·卷之十九》)

【注释】

①明道：阐明事理。②纪：记述。③民隐：平民痛苦。④怪力乱神：怪异、勇力、叛乱、鬼神之事，出自《论语·述而》，“子不语怪，力，乱，神。”⑤稽：考查、核实。⑥剿袭：抄袭。⑦谀佞：音 yú nìng，奉承谄媚。

著书之难

【题解】

书籍是个人思想最精华的表达，著书立说是每一个读书人梦寐以求的事情，著述高质量的、足以传世的书籍更是难于上青天之事。顾炎武此文以《吕氏春秋》、《淮南子》、《资治通鉴》、《文献通考》、《伊川易传》等为例论述著书之难。读此文，我们一方面可知传世之书一般是古人“以一生精力成之，遂为后世不可无之书”，或可珍惜当前我们所能阅读到的文章典籍；另一方面，我们应当严格要求自己为学著述，从历史的角度检省作文的必要性，写就经得起历史的考验文笔，方可成就“其必古人之所未及就，后世之所不可无”的学术成就。

【选文】

子书①自《孟》、《荀》之外，如《老》、《庄》、《管》、《商》、《申》、《韩》②，皆自成一家言。至《吕氏春秋》、《淮南子》③，则不能自成，故取诸子之言汇而为书，此子书之一变也。今人书集，一一尽出其手，必不能多④，大抵如《吕览》、《淮南》之类耳。其必古人之所未及就[5]，后世之所不可无，而后为之，庶乎其传[6]也与？

宋人书如司马温公《资治通鉴》[7]、马贵与《文献通考》[8]，皆以一生精力成之，遂为后世不可无之书。而其中小有舛[9]漏，尚亦不免。若后人之书愈多而愈舛漏，愈速而愈不传，所以然者，其视成书太易，而急于求名故也。

伊川先生晚年作《易传》[10]，成，门人请授[11]，先生曰："更俟[12]学有所进。"子不云乎："忘身之老也，不知年数之不足也，俛焉日有孳孳，毙而后已。"[13]（《日知录·卷十九》）

【注释】

①子书：古代子部书籍，收录诸子及释道著作。②《管》：《管子》，先秦时期著作。《商》：《商君书》，先秦法家著作。《申》：《申子》，先秦法家代表人物申不害著作。《韩》：《韩非子》，先秦法家代表人物韩非子著作。③《吕氏春秋》：秦国丞相吕不韦组织门客编著的著作，内容以黄老道家思想为主，兼收先秦各家思想。《淮南子》：又名《淮南鸿烈》、《刘安子》，西汉刘安及其门客编著的著作，内容以黄老道家思想为主，兼收阴阳、墨、法、儒等思想。④多：超越。⑤就：成功。⑥庶乎：差不多。传，传世。⑦司马温公：司马光，字君实，号迂叟，世称涑水先生，卒赠太师、温国公，谥文正，北宋政治家、史学家、文学家；主持编纂《资治通鉴》。《资治通鉴》：简称"通鉴"，编年体通史，记载周威烈王二十三年至五代后周世宗显德六年间历史。⑧马贵与：马端临，字贵与，号竹洲，宋元时期历史学家。《文献通考》：马端临记述历代典章制度的著作。⑨舛：音 chuǎn，错误。⑩伊川先生：程颐（1033～1107 年），字正叔，北宋洛阳伊川人，世称伊川先生，北宋理学家、教育家，与其胞兄程颢共创"洛学"，人称"二程"，宋代理学开创者。《易传》：《伊川易传》，又称《周易程氏传》、《程氏易传》，程颐被贬涪州期间所著。⑪请授：请求授

业。⑫俟：等待。⑬“忘身之老也，不知年数之不足也，俛焉日有孳孳，毙而后已。”语出自《礼记·表记》，“子曰：‘《诗》之好仁如此。乡道而行，中道而废，忘身之老也，不知年数之不足也，俛焉日有孳孳，毙而后已。’”俛焉：勤劳之貌。孳孳：勤勉。

立言不为一时

【题解】

古人著书立说，无论经史，大抵都不为一时一事而言，而是从一时一事中求得普遍的“道”，然后以道行事，以道处世。本文开篇摆明作者观点，“天下之事，有言在一时，而其效见于数十百年之后者”，因此著书立说应当注重长远，谋一世而非谋一时。随后作者引用《魏志》、《魏书》、《唐书》、《元史》、《诗集传》和孔孟的例证证言，论证论点。全文结构清晰，论证合理。阅读此文，我们一方面应当学习古人著书立说的用意，尝试培养自己发现问题的能力，提升自己的作文境界，力求所作传至后世；另一方面应当尝试平和地与古人对话，从古人的言语中汲取有益的智慧。

【选文】

天下之事，有言在一时，而其效[①]见于数十百年之后者。

《魏志》[②]：司马朗[③]有复井田[④]之议，谓“往者以民各有累世[⑤]之业，难[⑥]中夺之。今承大乱之后，民人分散，土业[⑦]无主，皆为公田，宜及此时复之。”当世未之行也。及拓跋氏之有中原[8]，令户绝者墟宅桑榆[9]尽为公田，以给授而口分[10]，世业[11]之制，自此而起，迄[12]于隋、唐守之。

《魏书》[13]：武定[14]之初，私铸滥恶[15]。齐文襄王[16]议：“称钱一文重五铢者[17]，听[18]入市用。天下州镇郡县之市各置二称，悬于市门[19]，若重不五铢，或虽重五铢而杂铅镴[20]，并不听用。”当世未之行也。及隋文帝[21]之有天下，更铸新钱，文曰五铢，重如其文[22]，置样于关[23]，不如样者没官[24]销毁之。而开通元宝之式[25]自此而准，至宋时犹仿之。

《唐书》[26]：“李叔明为剑南节度使[27]，上疏[28]言道佛之弊：‘请本道定寺为三等[29]，观[30]为二等，上寺留僧二十一，上观道士十四，每等降杀[31]以七，皆择有行者[32]，余[33]还为民。’德宗善[34]之，以为可行之天下。诏下尚书省[35]议，已而罢[36]之。”至武宗会昌[37]五年，并省[38]天下寺观，敕上都、东都两街[39]各留二寺，每寺留僧三十人。天下节度、观察使治所[40]及同、华、商、汝州[41]各留一寺，分为三等，上等留僧二十人，中等留十人，下等五人，凡毁寺四千六百余区[42]，归俗僧尼二十六万五百人，大秦穆护祆[43]僧二千余人。而本朝洪武[44]中，亦稍行其法。

《元史》[45]：“京师恃[46]东南运粮，竭民力以航不测[47]。泰定[48]中，虞集[49]建言：‘京东数千里，北极辽海，南滨青、齐[50]，萑苇[51]之场，海潮日至，淤[52]为沃壤。用浙人[53]之法，筑堤捍[54]水为田，听富民欲得官者，合其众而授[55]以地。能以万夫[56]耕者，授以万夫之田，为万夫长；千夫、百夫亦如之。三年视其成[57]，以地之高下定为征额[58]。五年有积畜，命[59]以官，就所储给以禄。十年佩之符印[60]，得以传子孙，如军官之法。如此，可以宽东南之运以纾[61]民力，而游手之徒皆有所归[62]。’事不果行。”及顺帝至正[63]中，海运不至，从丞相脱脱[64]言，乃立分司[65]、农司于江南，召募能种水田及修筑围堰[66]之人各一千名为农师，岁乃大稔[67]，至今水田遗利[68]犹有存者，而戚将军继光复修之蓟镇[69]。

是皆立议之人所不及见，而穷则变，变则通，通则久，[70]天下之理固不出乎此也。孔子言“行夏之时”[71]，固不以望之鲁之定、哀[72]，周之景、敬[73]也，而独以告颜渊[74]。及汉武帝太初之元[75]，几三百年矣，而遂行之。孔子之告颜渊，告汉武也。孟子之欲用齐[76]也，曰：“以齐王，犹反手也。”[77]若滕，则不可用也，而告文公之言，亦未尝贬于齐、梁，曰：“有王者起，必来取法。是为王者师也。”[78]呜呼，天下之事，有其识[79]者，不必遭其时[80]。而当其时者，或无其识。然则开物[81]之功，立言之用，其可少哉！

朱子作《诗传》，至于秦《黄鸟》之篇[82]，谓“其初特出于戎狄之俗[83]，而无明王贤伯以讨其罪[84]，于是习以为常，则虽以穆公之贤而不免，论其事者亦徒闵三良之不幸，而叹秦之衰。至于王政不纲，诸侯擅命，杀人不忌[85]，至于如此，则莫知其为非也。”历代相沿，至我朝英庙始革千古之弊[86]。伏读正统四年六月乙酉书与祥符王有爝[87]曰：“周王薨逝[88]，深切痛悼。其存日尝奏：‘葬择近地，从俭约，以省民力。自妃夫人以下，不必从死。年少有父母者，各遣归其家。’”盖上御极[89]之初，即有感于宪王之奏，而亦朱子《诗传》有以发其天聪[90]也。呜呼仁哉！（《日知录·卷之十九》）

【注释】

①效：功用、成效。②《魏志》：即《三国志·魏志》。《三国志》：记载三国历史的纪传体断代史，西晋陈寿撰。③司马朗：字伯达，河南温县人，官至兖州刺史。④复：恢复。井田：相传商周时期的土地制度，以方

九百亩为一里，以“井”字划为九区，中间为公田，其余八区为私田，同养公田。⑤累世：历代、数代。⑥难：动乱。⑦土业：土地产业。⑧拓跋氏：鲜卑族拓跋部，拓跋珪建立南北朝时期的北魏。中原：黄河中下游地区。⑨户绝：绝户，无子嗣。墟宅：废弃住宅。桑榆：桑树、榆树。⑩给授：给予、交付。口分：按人口分田。⑪世业：也称永业田，北魏时期的桑田，世代承耕。⑫迄：到。⑬《魏书》：记载北魏历史的纪传体断代史，北齐魏收撰。⑭武定：东魏孝静帝元善见543～550年间年号。⑮私铸：私自铸造的钱币。滥恶：低劣。⑯齐文襄王：高澄，字子惠，东魏权臣，谥号文襄。⑰一文：一枚铜钱。铢：古代重量单位。五铢钱：汉武帝时期始铸，至隋皆有续铸。⑱听：任凭。⑲市门：市场之门。⑳杂：混合。铅镴：铅锡合金。㉑隋文帝：杨坚，隋开国皇帝，庙号高祖。㉒文：古代铜钱一面铸写的面值。㉓关：征税机构。㉔没官：没收入官。㉕开通元宝：唐代货币。式：样式、规格。㉖《唐书》：记载唐代历史的纪传体史书，有《旧唐书》、《新唐书》两种，前者后晋刘昫等人撰，后者北宋欧阳修等人撰。本文李叔明谏佛参见《新唐书·李叔明传》。㉗李叔明：字晋卿，唐代官员。剑南：唐代方镇，治所今四川成都。节度使：官职名，唐代设立的地方军政长官，受职时朝廷赐以旌节。㉘上疏：进呈奏章。㉙请：请求。道：行政区划名，原为监察州，逐渐成为一级行政区，后成为节度辖区的称呼。寺：佛教庙宇。㉚观：道教庙宇。㉛降杀：递减。㉜有行者：富有德行者。㉝余：剩余。㉞德宗：唐德宗李适。善：赞许。㉟诏：帝王命令。下：颁布。尚书省：唐代行政机构。㊱已而：不久。罢：停。㊲武宗：唐武宗李炎，原名李瀍。会昌：唐武宗841～846年间年号。㊳并省：合并、减省。㊴敕：音chì，帝王的诏书、命令。上都：长安。东都：洛阳。街：城市、街市。㊵观察使：官职名，唐代地方军政长官，全称为观察处置使。治所：官署。㊶同：同州；华：华州；商：商州；汝：汝州。同州、华州、商州、汝州均为地名。㊷区：区域。㊸大秦：景教教徒。穆护祆：祆教教徒。㊹洪武：明代开国皇帝明太祖朱元璋1368～1398年间年号。㊺《元史》：记载元代历史的纪传体断代史史书，宋濂等编撰。㊻京师：元定都大都，即今北京。恃：依赖。㊼竭：尽。民力：平民的财力、物力、人力。航：航渡。不测：江海。㊽泰定：元泰定帝1324～1328年间年号。㊾虞集：字伯生，号道园，人称邵庵先生，元代诗人。㊿极：到。辽海：辽东。滨：靠近。青齐：青州与齐国，指山东。51萑苇：两种植物名，蒹、葭长成后为萑、苇。52淤：泥沙淤积。53浙人：浙江人。54捍：音hàn，抵御。55合众：聚合众人。授：给。56万夫：万民。57成：成果。58征额：征收税赋数额。59命：任命、使。60符印：凭证。61纾：音shū，缓和。62游手：游荡、不事劳作。归：趋向、归宿。63顺帝：元惠宗，又称元顺帝。至正：元惠宗1341～1368年间年号。64脱脱：亦作托克托，字大用，元末丞相，曾主持编撰《宋史》。65分司：中央官员地方任职。66围堰：堤坝。67稔：音rěn，庄稼成熟。大稔：丰收。68遗利：遗留下的利处。69戚将军继光：戚继光，字元敬，号南塘，晚号孟诸，卒谥武毅，明末军事家、抗倭民族英雄。蓟镇：蓟州镇，位于今天津蓟县。70"穷则变，变则通，通则久，"语出自《周易·系辞下》，"易穷则变，变则通，通则久。"通：通达。71时：历法。行夏之时：出自《论语·卫灵公》，"颜渊问为邦。子曰：'行夏之时，乘殷之辂，服周之冕，乐则《韶》、《舞》。放郑声，远佞人。郑声淫，佞人殆。'"72鲁之定、哀：即鲁国君主鲁定公与鲁哀公。鲁定公，姬姓，名宋。鲁哀公，姬姓，名将。73周之景、敬：即东周君主周景王与周敬王。周景王，姓姬，名贵。周敬王，姓姬，名匄。74颜渊：颜回（公元前521～前490年），名回，字子渊，春秋鲁国人。颜回好学，孔子得意弟子，孔门七十二贤之首。75汉武帝：西汉刘彻。太初之元，太初元年，西汉太初元年改用《太初历》。太初：西汉武帝公元前104～公元前101年间年号。76用：使用、凭借。77"以齐王，犹反手也。"语出自《孟子·公孙丑上》，杨伯峻译："以齐国来统一天下，'易如反掌'。"78"若滕，则不可用也"：出自《孟子·滕文公上》，"今滕，绝长补短，……犹可以为善国。"（孟子）告文公之言，见《孟子·滕文公上》，行仁政之言。贬，减损。"有王者起，必来取法。是为王者师也。"语出自《孟子·滕文公上》。取法：仿效。79识：见识。

⑳遭时：遇到好的时势。㉑开物：通晓万物之理。㉒朱子：朱熹（1130～1200年），字元晦，一字仲晦，号晦庵，晚称晦翁，谥文，亦称朱文公、朱子，南宋理学家、思想家、哲学家。《诗传》：即《诗集传》，朱熹对于《诗经》的注解。《黄鸟》即《诗经·秦风·黄鸟》，《左传·文公六年》载："秦伯任好卒，以子车氏之三子奄息、仲行、针虎为殉，皆秦之良也。国人哀之，为之赋《黄鸟》。"秦伯任好，秦穆公，嬴姓，名任好，谥号穆，在位任用百里奚等贤臣，春秋五霸之一。奄息、仲行、针虎，三良。㉓其：指《黄鸟》所描述的殉葬现象。特：只。戎：古代对位于中原以北少数民族的称呼。狄：古代对位于中原西北少数民族的称呼。㉔明王：圣明君主。贤伯：贤德诸侯。讨罪：声讨罪行。㉕闵：同"悯"，哀怜。王政：王道、仁政。不纲：失去纲纪。擅命：擅自发号施命。忌：畏忌。㉖英庙：明英宗朱祁镇，庙号英宗，废除殉葬制度。㉗伏：敬辞，恭敬。正统：明英宗朱祁镇1436～1449年间年号。乙酉：乙酉日，干支历法中的第二十二天。祥符王有爝：朱有爝，谥号简王。㉘周王：周宪王朱有炖，朱有爝长兄。薨逝：王侯去世。㉙盖：大概。上：皇上。御极：即位。㉚发：启发。天聪：天子听闻。

巧　言

【题解】

顾炎武讲求实学，文章用词较为朴素，鲜有华丽辞藻，阅读此文我们或可理解顾炎武摒弃巧言的原因。文章第一部分引用《诗经》、《论语》，论语古人对于巧言持有的批判态度，“不能不足以为通人，夫惟能之而不为，乃天下之大勇也”。第二部分则论述了不仁之人“好犯上、好作乱之人”与“巧言令色之人”合作的危害。第三部分论述学者面对巧言时应当持有的态度，“必先之以孝弟，以消其悖逆陵暴之心；继之以忠信，以去其便辟侧媚之习。使一言一动皆出于其本心，而不使不仁者加乎其身，夫然后可以修身而治国矣。”第三部分再次引用实例论证巧言的危害。阅读此文，我们一方面应当反思格律技巧等巧言在文学发展史中地位，另一方面应当反思、选择恰当的文笔技巧和内容以更好地展现我们的思想。

【选文】

《诗》云：“巧言如簧，颜之厚矣。”[①]而孔子亦曰：“巧言令色，鲜矣仁。”[2]又曰：“巧言乱德。”[3]夫巧言不但[4]言语，凡今人所作诗赋、碑状[5]足以悦人之文，皆巧言之类也。不能不足以为通人[6]，夫惟能之而不为，乃天下之大勇也，故夫子以“刚、毅、木、讷”为“近仁”[7]。学者所用力之途在此，不在彼矣。

天下不仁之人有二：一为好犯上、好作乱之人，一为巧言令色之人。自幼而不孙弟[8]，以至于弑父与君，皆好犯上、好作乱之推[9]也。自胁肩谄笑[10]，未同而言，以至于苟患失之，无所不至，皆巧言令色之推也。然而二者之人常相因[11]以立于世。有王莽之篡弑，则必有扬雄之《美新》[12]；有曹操之禅代，则必有潘勖[13]之《九锡》。是故乱之所由生也，犯上者为之魁，巧言者为之辅。故大禹谓之“巧言令色孔壬”[14]，而与驩兜、有苗[15]同为一类。甚哉，其可畏也。

然则学者宜如之何？必先之以孝弟，以消其悖逆陵暴[16]之心；继之以忠信，以去其便辟侧媚[17]之习。使一言一动皆出于其本心，而不使不仁者加乎其身，夫然后可以修身而治国矣。

世言魏忠贤初不知书，而口含天宪[18]，则有一二文人代为之。《后汉书》[19]言：“梁冀裁能书计[20]，其诬奏太尉李固[21]时，扶风马融为冀章草[22]。”《唐书》[23]言：“李林甫自无学术[24]，仅能秉笔[25]，而郭慎微、苑咸，文士之阘茸者代为题尺[26]。”又言：“高骈上书，肆为丑悖，胁邀天子，而吴人顾云以文辞缘泽其奸。[27]”《宋史》[28]言：“章惇用事[29]，尝曰：‘元祐[30]初，司马光[31]作相，用苏轼掌制[32]，所以能鼓动四方[33]。’乃使林希典书命[34]，逞毒[35]于元祐诸臣。”呜呼，何代无文人，有国者不可不深惟华实[36]之辨也。（《日知录·卷十九》）

【注释】

①《诗》：《诗经》，中国最早的诗歌集，又称《诗三百》，分为风、雅、

颂三部分。“巧言如簧，颜之厚矣。”语出自《诗经·巧言》。②“巧言令色，鲜矣仁。”语出自《论语·学而》。③“巧言乱德。”语出自《论语·卫灵公》，“子曰：‘巧言乱德。小不忍，则乱大谋。’”④不但：不仅、不只是。⑤碑状：碑文、行状。⑥通人：学识渊博、通达之人。⑦“刚、毅、木、讷”语出自《论语·子路》，“子曰：‘刚、毅、木、讷近仁。’”⑧孙弟：亦作“逊悌”，敬顺兄长，出自《论语·宪问》，“子曰：‘幼而不孙弟，长而无述焉，老而不死，是为贼。’”⑨推：发展。⑩胁肩：耸肩。谄笑：强笑谄媚。⑪因：依托、利用。⑫王莽：字巨君，新朝创建者。篡弑：弑君篡位。扬雄：字子云，西汉文学家。《美新》：《剧秦美新》，扬雄歌功颂德王莽之作。⑬曹操：字孟德，东汉权臣。禅代：禅让。潘勗：潘勖，字元茂。⑭大禹：夏代创建者。“巧言令色孔壬”语出自《尚书·皋陶谟》，“能哲而惠，何忧乎驩兜？何迁乎有苗？何畏乎巧言令色孔壬？”孔：甚、很。壬：谄媚。⑮驩兜：古代传说中的苗族首领。有苗：古代部族。⑯陵暴：轻侮。⑰便辟：谄媚逢迎。侧媚：讨好。⑱天宪：朝廷法令，代指王法。⑲《后汉书》：记载东汉历史的纪传体史书，南朝刘宋时期范晔编撰。⑳梁冀：字伯卓，东汉权臣。裁：仅仅。书计：文字、筹算。㉑李固：字子坚，东汉贤臣。㉒扶风：古地名。马融：字季长，东汉经学家。章草：起草奏章。㉓《唐书》：记载唐朝历史的纪传体史书，有《旧唐书》、《新唐书》两种，前者后晋刘昫等人撰，后者北宋欧阳修等人撰。此处选自《旧唐书·李林甫传》。㉔李林甫：唐代权臣。学术：学问。㉕秉笔：执笔。㉖文士：文人。阘茸：庸碌低劣。尺：书信。㉗高骈：字千里，晚唐将军。顾云：字垂象。缘：饰。泽：润泽。㉘《宋史》：记载北宋和南宋的纪传体史书，元代脱脱主持编撰。㉙章惇：字子厚，宋臣。用事：执政、当权。㉚元祐：宋哲宗赵煦1086～1094年间年号。元祐年间由反对王安石变法的保守党当政，故元祐代指保守党。㉛司马光：字君实，号迂叟，世称涑水先生，卒赠太师、温国公，谥文正，北宋政治家、史学家、文学家；主持编纂《资治通鉴》。㉜苏轼：字子瞻，号东坡居士，北宋文学家。掌：主管。制：君王命令。㉝四方：天下。㉞林希：字子中，宋臣。典：主管。书命：书写诏命。㉟逞毒：施展毒辣手段。㊱华实：名实。

文人摹仿之病

【题解】

本文是顾炎武批评文人模仿、人云亦云的弊病而作的文章。文章开篇即点明主题“近代文章之病，全在摹仿，即使逼肖古人，已非极诣，况遗其神理而得其皮毛者乎!”随后引用萧纲、苏轼、《容斋随笔》等言语论证论点，最后以《曲礼》之训总结全文。读书人模仿学习优秀文章是个人学习过程中必经的阶段，而且模仿优秀文章的内容和方式会对个人以后的治学内容和方式有着重要的影响，但这不意味着放弃个人的主动性，相反个人应当在模仿达到一定的水平后，勇敢实现对于前人的突破，个体治学成熟的标志应该是个体达到青出于蓝而胜于蓝的境界。不消化吸收前人成果和食古不化都不是治学的恰当态度。

【选文】

近代文章之病，全在摹仿，即使逼肖[1]古人，已非极诣[2]，况遗其神理[3]而得其皮毛者乎！且古人作文，时有利钝[4]，梁简文[5]《与湘东王书》云：“今人有效谢乐康、裴鸿胪[6]文者。学谢则不屈[7]其精华，但得其冗长；师裴则蔑弃其所长，惟得其所短。”宋苏子瞻[8]云：“今人学杜甫诗，得其粗俗而已。”金元裕之[9]诗云：“少陵自有连城璧，争奈微之识碔砆[10]。”文章一道，犹儒者之末事[11]，乃欲如陆士衡所谓“谢朝华于已披，启夕秀于未振”[12]者，今且未见其人。进此而窥著述之林，益难之矣。

效《楚辞》[13]者，必不如《楚辞》；效《七发》[14]者，必不如《七发》。盖其意中先有一人在前，既恐失之，而其笔力[15]复不能自遂。此寿陵余子学步邯郸[16]之说也。

洪氏《容斋随笔》[17]曰：“枚乘作《七发》，创意造端[18]，丽辞腴旨[19]，上薄骚些[20]，故为可喜。其后继之者如傅毅《七激》，张衡《七辩》、崔骃《七依》，马融《七广》、曹植《七启》，王粲《七释》，张协[21]《七命》之类，规仿太切[22]，了无[23]新意。傅玄[24]又集之以为《七林》，使人读未终篇，往往弃之几格[25]。柳子厚[26]《晋问》乃用其体，而超然别立机杼[27]，激越清壮[28]，汉、晋诸文士之弊于是一洗矣。东方朔[29]《答客难》，自是文中杰出。扬雄拟[30]之为《解嘲》，尚有驰骋自得之妙。至于崔骃《达旨》，班固[31]《宾戏》，张衡《应閒》，皆章摹句写，其病与《七林》同。及韩退之[32]《进学解》出，于是一洗矣。”其言甚当，然此以辞之工拙[33]论尔，若其意则总不能出于古人范围之外也。

如扬雄[34]拟《易》而作《太玄》，王莽[35]依《周书》而作《大诰》，皆心劳而日拙者矣。

《曲礼》之训：“毋剿说[36]，毋雷同。”此古人立言之本。（《日知录·卷十九》）

【注释】

①逼肖：相似。②极诣：较高的造诣。③遗：遗失。神理：旨意、精

神。④利钝：敏捷与迟钝。⑤梁简文：梁简文帝萧纲，文学家，开创宫体诗。湘东王：梁元帝萧绎，梁简文帝弟，字世诚。⑥效：模仿。谢乐康：谢灵运，袭封康乐公，山水诗派的开创者。裴鸿胪：字几原，文学家，代表作《宋略》。⑦屇：至、到。⑧苏子瞻：苏轼，字子瞻，号东坡居士，北宋文学家。⑨元裕之：元好问，字裕之，号遗山，世称遗山先生，金代文学家。⑩少陵：杜甫，自号少陵野老。连城璧：价值连城之玉。争奈：怎奈、无奈。微之：元稹，字微之，唐代诗人。碔砆：音 wǔ fū，似玉之石。⑪末事：小事。⑫陆士衡：陆机，字士衡，西晋文学家、书法家。"谢朝华于已披，启夕秀于未振"，出自陆机《文赋》。朝华：亦作"朝花"；夕秀：傍晚之花，指后起之秀。⑬《楚辞》：收录屈原、宋玉等人作品的诗歌集。⑭《七发》：西汉枚乘写作的赋。⑮笔力：笔端的气势、写作能力。⑯"寿陵余子，学步邯郸"：出自《庄子·秋水》，"且子独不闻夫寿陵余子之学行于邯郸与？未得国能，又失其故行矣，直匍匐而归耳。"⑰洪氏：洪迈，字景卢，号容斋，又号野处，南宋文学家。《容斋随笔》：洪迈所著读书札记。⑱造端：发端。⑲丽辞：华丽的辞藻。腴旨：丰富的意旨。⑳薄：通"迫"，迫近、接近。骚些：代指《楚辞》。㉑傅毅：字武仲，东汉文学家。张衡：字平子，东汉文学家。崔骃：字亭伯，东汉文学家。马融：字季长，东汉经学家。曹植：字子建，曹魏文学家。王粲：字仲宣，建安七子之首。张协：字景阳，西晋文学家。㉒切：近。㉓了无：毫无。㉔傅玄：字休奕，西晋文学家。㉕几格：几阁，橱架。㉖柳子厚：柳宗元，字子厚，唐宋八大家之一。㉗超然：高超。机杼：诗文结构。㉘激越：激扬清远。清壮：清新壮阔。㉙东方朔：字曼倩，西汉文学家。㉚拟：模仿。㉛班固：字孟坚，东汉史学家、文学家。㉜韩退之：韩愈，字退之，唐代文学家、哲学家、思想家，唐宋八大家之首。㉝工拙：优劣。㉞扬雄：字子云，西汉文学家。㉟王莽：字巨君，新朝创建者。㊱剿说：抄袭别人言说。

言利之臣

【题解】

义利之辨是传统政治思想中的重要命题，主张道义一方大抵认为道义高于功利，主张功利一方则认为功利较为优先，除去特殊的社会变革时期，传统士大夫大都是主张道义优先的。本文顾炎武结合明太祖、唐太宗、唐玄宗等史料表达了道义优先于功利的主张，并对明末士大夫“读孔、孟之书，而进管、商之术”提出了批评。我们反思传统义利之辨，注意界定利的公共属性是必要的。如果利是公利而非君臣的利益，那么道义与利是不矛盾的；相反如果利是君臣的私利，那么义利之辨的答案也应该是明确的。阅读此文，我们应当理解、体会顾炎武对于天下生民的责任与担当，他秉持道义原则的精神是现代读书人应当继承和发扬光大的。

【选文】

《孟子》曰：“无政事则财用不足。”[①]古之人君未尝讳言财也，所恶于兴利者，为其必至于害民也。昔我太祖[②]尝黜[③]言利之御史，而谓侍臣曰："君子得位，欲行其道。小人得位，欲济其私[4]。欲行道者心存于天下国家，欲济私者心存于伤人害物。"此则唐太宗责权万纪[5]之遗意也。又广平府[6]吏王允道言："磁州临水镇产铁，请置炉冶。"上曰："朕闻治世天下无遗[7]贤，不闻天下无遗利。且利不在官则在民，民得其利则财源通，而有益于官；官专其利则利源塞，而必损于民。今各冶数多，军需不乏，而民生业已定，若复设此，必重扰之矣。"杖之流海外[8]。圣祖"不肩好货"[9]之意，可谓至深切[10]矣。自万历中矿税[11]以来，求利之方纷纷[12]且数十年，而民生愈贫，国计亦愈窘[13]。然则治乱盈虚之数[14]从可知矣。为人上者[15]，可徒求利而不以斯民为意与？

《新唐书·宇文韦杨王列传》赞曰："开元中，宇文融[16]始以言利得幸。于时天子见海内完治[17]，偃然有攘却四裔[18]之心。融度帝方[19]调兵食，故议取隐户剩田以中主欲[20]。利说一开，天子恨得之晚，不十年而取宰相。虽后得罪，而追恨融才犹所未尽也。天宝以来，外奉军兴[21]，内蛊艳妃，所费愈不赀计[22]。于是韦坚、杨慎矜、王鉷、杨国忠[23]各以裒刻进[24]，剥下益上，岁进羡缗[25]百亿万，为天子私藏，以济横赐[26]，而天下经费自如[27]。帝以为能，故重官[28]累使，尊显烜赫[29]。然天下流亡日多于前，有司备员不复事[30]。而坚等所欲既充[31]，还用权娼，以相屠灭，四族皆覆[32]，为天下笑。"孟子所谓"上下交征利而国危"[33]者，可不信哉！呜呼，芮良夫之刺厉王也曰："所怒甚多，而不备大难！"[34]三季[35]之君莫不皆然。前车覆而后不知诫，人臣以丧其躯，人主以忘其国，悲夫！

读孔、孟之书，而进管、商[36]之术，此四十年前士大夫所不肯为，而今则滔滔皆是也。有一人焉，可以言而不言[37]，则群推之以为"有耻之士"矣。上行之则下效之，于是钱谷之任，榷课[38]之司，昔人所避而不居[39]，今且攘臂[40]而争之。礼义沦亡，盗窃竞作[41]，苟为后义而先利，不夺不餍[42]。后之兴王所宜重为惩创[43]，以变天下之贪邪者，莫先乎此。(《日知录·卷十二》)

【注释】

①“无政事则财用不足。”语出自《孟子·尽心下》，“孟子曰：‘不信仁贤，则国空虚；无礼义，则上下乱；无政事，则财用不足。’”②我太祖：明太祖朱元璋，字国瑞，明代建立者，庙号太祖，安徽凤阳人。③黜：贬退。④济私：谋私。⑤权万纪：唐吴王李恪、齐王李祐老师。⑥广平府：旧行政区域名，治所今河北永年。⑦遗：舍弃。⑧流：流放，古代刑罚。海外：四海之外，指边远之地。⑨“不肩好货”：出自《尚书·盘庚下》，“朕不肩好货”。肩，任。好货，好利之人。⑩深切：深刻、切实。⑪矿税：矿业税，对矿业行业征收的税费。⑫纷纷：多而杂乱。⑬国计：国家经济、财富。窘：穷困。⑭治乱：安定与动乱。盈虚：盈满与虚空。数：定数。⑮为人上者：指最高统治者。⑯宇文融：开元能臣。⑰完治：大治，政治清明、经济繁荣。⑱偃然：骄傲自得。攘却：驱逐。四裔：四方边远之地居民。⑲度：揣测。方：刚。⑳隐户：逃户，古代逃避徭役、出逃他籍之人。剩田：空地。中：音 zhòng，符合。㉑奉：供给。军兴：军用财务。㉒赀计：计量、计算。㉓韦坚：字子金，唐臣。杨慎矜：隋炀帝，唐臣。王铁：唐臣。杨国忠：唐臣，杨贵妃兄。㉔裒刻：苛敛民财。进：升官。㉕岁：年。进：献、呈。羡：剩余、富余。缗：古代穿钱绳索，指钱币。㉖济：成就。横赐：君王赏赐。㉗自如：不受限制。㉘重官：高官。㉙烜赫：昭著、显赫。㉚有司：官吏。备员：居官有职无权或居官不作为。事：治理。㉛充：满足。㉜覆：灭。㉝“上下交征利而国危”：语出自《孟子·梁惠王上》。征：取。㉞芮良夫：姬姓，《史记·周本纪》载芮良夫劝谏周厉王勿用擅长敛财的荣夷公。刺：斥责。厉王：周厉王，姬姓，名胡。㉟三季：夏、商、周三代的末期。㊱管：管仲，姬姓，管氏，名夷吾，字仲，谥敬，辅佐齐桓公称霸。商：商鞅，姬姓，公

孙氏，主持秦国变法。㊲“可以言而不言”：出自《孟子·尽心下》，“士未可以言而言，是以言餂之也；可以言而不言，是以不言餂之也，是皆穿逾之类也。”餂：音 tiǎn，诱取。㊳榷、课：税。㊴居：担任。㊵攘臂：捋起衣袖、伸出胳膊。㊶作：兴起。㊷餍：满足。㊸惩创：警诫。

正　始

【题解】

正始是魏少帝曹芳240～249年间的年号，正始之后老庄兴盛，名士风流“蔑礼法而崇放达”。文章第一部分，顾炎武此文批评了老庄兴盛所引起的“国亡于上，教沦于下”的危害。第二部分提出了亡国亡天下之分，“亡国与亡天下奚辨？曰：易姓改号，谓之亡国；仁义充塞，而至于率兽食人，人将相食，谓之亡天下。”作者认定老庄兴盛是亡天下的表现。第三部分则以山涛为例论证清谈亡天下。文章最后指出“是故知保天下，然后知保其国。保国者，其君其臣肉食者谋之；保天下者，匹夫之贱与有责焉耳矣”。顾炎武从传统道义论出发，指出天下兴亡匹夫有责，这种观念体现了顾炎武面对风俗日下的责任担当。正是类似顾炎武这样的传统读书人担当，中国传统社会虽有政权更迭，但文脉绵延不绝。我们读书人更有责任将这种道义的担当继承下去。

【选文】

魏明帝殂[①]，少帝即位[②]，改元正始[③]，凡[④]九年。其十年，则太傅司马懿杀大将军曹爽[5]，而魏之大权移矣。三国鼎立，至此垂[6]三十年，一时名士风流，盛于洛下[7]。乃其弃经典而尚老、庄[8]，蔑礼法而崇放达[9]，视其主之颠危[10]若路人然，即此诸贤为之倡[11]也。自此以后，竞相祖述[12]。如《晋书》言王敦见卫玠，谓长史谢鲲曰："不意永嘉之末，复闻正始之音。"[13]沙门支遁以清谈著名于时，莫不崇敬，以为"造微之功，足参诸正始"[14]。《宋书》言羊玄保二子，太祖赐名曰咸、曰粲，谓玄保曰："欲令卿二子有林下正始余风。"[15]王微《与何偃书》曰："卿少陶玄风，淹雅修畅，自是正始中人。"[16]《南齐书》言袁粲言于帝曰："臣观张绪有正始遗风。"[17]《南史》言何尚之谓王球："正始之风尚在"。[18]其为后人企慕[19]如此。然而《晋书·儒林传序》云："摈阙里之典经、习正始之余论，指礼法为流俗，目纵诞以清高。"[20]此则虚名虽被于时流，笃论未忘乎学者[21]。是以讲明六艺，郑、王为集汉之终[22]；演说老庄，王、何为开晋之始[23]。以至国亡于上，教沦于下。羌胡互僭，君臣屡易[24]，非林下诸贤之咎而谁咎哉！

有亡国，有亡天下。亡国与亡天下奚辨？曰：易姓改号，谓之亡国；仁义充塞，而至于率兽食人[25]，人将相食，谓之亡天下。魏、晋人之清谈，何以亡天下？是《孟子》所谓杨、墨之言，至于使天下无父无君而入于禽兽者也[26]。

昔者嵇绍之父康被杀于晋文王[27]，至武帝革命[28]之时，而山涛荐之入仕[29]，绍时屏居私门，欲辞不就[30]。涛谓之曰："为君思之久矣，天地四时犹有消息[31]，而况于人乎？"一时传诵，以为名言，而不知其败义伤教，至于率天下而无父者也。夫绍之于晋，非其君也，忘其父而事其非君，当其未死三十余年之间，为无父之人亦已久矣，而荡阴[32]之死，何足以赎其罪乎！且其入仕之初，岂知必有乘舆败绩之事而可树其忠名以盖于晚也？[33]自正始以来，而大义之不明，遍于天下，如山涛者既为邪说之魁[34]，遂使嵇绍之贤，且犯天下之不韪[35]而不顾。夫邪正之说，不容两立[36]，使谓绍为忠，则必谓王裒为不忠而后可也[37]。何怪其相率臣于刘聪、石勒[38]，观其故主青衣行酒而不以动其心者乎[39]？是故知保天下，然后知保其国。保国者，其君其臣肉食者谋之；保天下者，匹夫[40]之贱与有责焉耳矣。（《日知录·卷之十三》）

【注释】

①魏明帝：曹叡（206～239 年），字元仲，魏文帝曹丕长子。殂：音 cú，死亡。②少帝：曹芳，字兰卿，239 年即位，254 年被司马师废去帝号，贬为齐王。即位：亦作“即立”，指开始成为帝王、皇后或诸侯。③改元：帝王改用新年号。正始：240 年～249 年之间魏少帝曹芳的年号，正始元年即 240 年。④凡：总共。⑤司马懿（179～251 年）：字仲达，曾任职过曹魏的大都督、大将军、太尉、太傅，辅佐魏国四代君王的辅政重臣，后成为掌控魏国朝政的权臣。曹爽：字昭伯，曹真之子，封武安侯，249 年被诛族。⑥垂：传承。⑦名士：恃才放达不拘小节的人。风流：才华出众、不拘泥于礼教的人。洛下：洛阳。⑧经典：儒家典籍。尚：尊崇。老、庄：老子和庄子，指道家，主张“清静无为”、“道法自然”等观点。老子：姓李名耳，字聃，道家思想创立者。庄子：庄周，道家思想代表人。⑨礼法：礼仪制度。放达：豪放豁达。⑩主：君主。颠危：覆灭。⑪倡：倡导。⑫竞相：争抢。祖述：效法、模仿。⑬《晋书》：唐房玄龄等人合著，记载三国时期至东晋的历史。王敦（266～324 年）：字处仲，协助司马睿建立东晋政权，东晋权臣，后发动政变，史称“王敦之乱”。卫玠（286～312 年）：字叔宝，清谈名士和玄学家，官至太子洗马，古代四大美男之一。谢鲲（281～323 年）：字幼舆，两晋时期官员，官至豫章太守，故又称谢豫章。长史：官职名，掌兵马。“不意永嘉之末，复闻正始之音。”出自《晋书·卫玠传》，“昔王辅嗣吐金声于中朝，此子复玉振于

江表，微言之绪，绝而复续。不意永嘉之末，复闻正始之音，何平叔若在，当复绝倒。”永嘉：西晋怀帝司马炽年号。正始之音：三国魏正始年间，以何晏、王弼为首，糅合老庄道家思想与儒家义理的谈玄说道风气。王辅嗣：王弼。王弼（226～249年），字辅嗣，曹魏玄学家，曾注解《周易》和《老子》，受曹爽牵连，疠疾而亡。何平叔：何晏。何晏，字平叔，曹魏玄学家，受曹爽牵连被诛族。⑭沙门：佛门、佛教徒。支遁（314～366年），字道林，关姓，世称支公、林公，别称支硎，东晋高僧、佛学家、文学家，善草隶，好畜马养鹤。“造微之功，足参诸正始”出自《晋书·郗鉴传》。⑮《宋书》：记述南朝刘宋历史的纪传体史书，梁代沈约撰写。羊玄保，刘宋时期重臣。林下，闲雅、超逸。“欲令卿二子有林下正始余风”语出自《宋书·羊玄保传》，“（羊玄保）子戎，有才气，而轻薄少行检，玄保尝云：‘此儿必亡我家。’官至通直郎。与王僧达谤议时政，赐死。死后世祖引见玄保，玄保谢曰：‘臣无日磾之明，以此上负。’上美其言。戎二弟，太祖并赐名，曰咸，曰粲。谓玄保曰：‘欲令卿二子有林下正始余风。’”磾：音 dī，黑石。日磾：音 mì dī，金日磾：西汉政治家，汉武帝托孤。⑯王微：字景玄，一作景贤，南朝刘宋时期人，善属文，能书画。何偃，字仲弘，好清谈，曾注《庄子·逍遥篇》。“卿少陶玄风，淹雅修畅，自是正始中人”出自《宋书·王微传》，“卿少陶玄风，淹雅修畅，自是正始中人。吾真庸性人耳，自然志操不倍王、乐。”王，疑为王衍；乐，疑为乐广。⑰《南齐书》：记述南朝南齐的纪传体断代史，梁代萧子显撰写。袁粲：字景倩，时任刘宋吏部尚书。张绪：字思曼，南朝宋齐时期重臣。“臣观张绪有正始遗风。”出自《南齐书·张绪传》，“宋明帝每见绪，辄叹其清淡。转太子中庶子，本州大中正，迁司徒左长史。吏部尚书袁粲言于帝曰：‘臣观张绪有正始遗风，宜为宫职。’”⑱《南史》：记述南朝宋、齐、梁、陈四代历史的纪传体史书，唐代李延寿撰写。何尚之：字彦德，曾在建业南讲学授徒，世称“南学”。王球：字倩玉，曾任刘宋吏部尚书。“正始之风尚在”：出自《南史·何尚之传》，“尚之亦云：‘球正始之风尚在。’”⑲企慕：仰慕。⑳阙里：孔子故里，借指儒学。流俗：

世俗。纵诞：放纵恣意、荒诞。《晋书·儒林传序》载：“有晋始自中朝，迄于江左，莫不崇饰华竞，祖述虚玄，摈阙里之典经，习正始之余论，指礼法为流俗，目纵诞以清高，遂使宪章弛废，名教颓毁，五胡乘间而竞逐，二京继踵以沦胥，运极道消，可为长叹息者矣。”㉑被：覆盖。时流：世俗之辈。笃论：确切的言论。㉒讲明：解释说明。六艺：儒学六经，即《易》、《书》、《诗》、《礼》、《乐》、《春秋》。郑：郑玄。郑玄，字康成，山东高密人，东汉末年经学家、思想家，注儒家经典，世称“郑学”。王：王肃。王肃，字子雍，山东郯城人，曹魏时期经学家，注儒家经典，编《孔子家语》。㉓王：王弼。何：何晏。㉔羌：音 qiāng，羌族，传说为古代炎帝部落的部分后裔。胡，古代对西北少数民族的称呼，引起西晋时期的“永嘉之乱”。僭：音 jiàn，乱。易：改变。㉕充塞：闭塞、阻绝。率兽食人：指恶政伤民，出自《孟子·梁惠王上》，“庖有肥肉，厩有肥马，民有饥色，野有饿莩，此率兽而食人也。”朱熹注：“厚敛于民以养禽兽，而使民饥以死，则无异于驱兽以食人矣。”《孟子·滕文公下》载：“仁义充塞，则率兽食人，人将相食。”㉖“所谓杨、墨之言，至于使天下无父无君而入于禽兽者也”语出自《孟子·滕文公下》，“圣王不作，诸侯放恣，处士横议，杨朱、墨翟之言盈天下。天下之言，不归杨，则归墨。杨氏为我，是无君也；墨氏兼爱，是无父也。无父无君，是禽兽也。”杨朱：字子居，哲学家，主张“为我”。墨子：名翟，哲学家，墨家学派的创立者，主张“兼爱”。㉗嵇绍：字延祖，嵇康之子。嵇康，字叔夜，曹魏时期思想家，主张“越名教而任自然”，竹林七贤之一；官至中散大夫，又称嵇中散。晋文王：司马昭，字子上，曹魏权臣，西晋奠基人之一，其子司马炎尊封其谥号为文王。㉘（晋）武帝：字安世，西晋开国皇帝，司马昭嫡长子。革命：更换朝代。㉙山涛：字巨源，曹魏西晋时期名士，竹林七贤之一。嵇康临刑前托孤嵇绍于山涛。㉚时：当时。屏居：退隐。私门：私人住宅。就：就职。㉛消息：消长盛衰。㉜荡阴：地名，位于今河南汤阴。荡阴之战：永安元年，晋惠帝司马衷讨伐成都王，战败于荡阴，嵇绍以身护主被杀，古以“嵇侍中血”、“嵇绍血”称忠臣之血。㉝乘舆：音

shèngyú，君王诸侯所乘坐的车，借指君王。败绩之事：指晋惠帝荡阴战败。盖：覆盖。晚：晚年。㉞魁：首位。㉟韪：音 wěi，是。不韪：过错。犯天下之不韪，做普天下的人认为不对的事情，出自《左传·隐公十一年》，“不度德，不量力，不亲亲，不征辞，不察有罪，犯五不韪，而以伐人，其丧师也，不亦宜乎？”㊱两立：并存。㊲王裒（音 póu）：字伟元，山东昌乐人，西晋学者；大司农郎中令王脩之孙，司马王仪之子。王仪被司马昭所杀，王裒不臣西晋，隐居授书。㊳刘聪：一名刘载，字玄明，匈奴人，十六国时期汉赵君主，弑兄登基，攻灭西晋，俘虏并杀害晋怀、愍二帝。石勒：字世龙，羯族，十六国时期后赵建立者。㊴故主：晋怀帝。青衣：汉以后卑贱者着青衣。行酒：依次斟酒。青衣行酒：指晋怀帝被俘受辱。动心：思想、感情波动。㊵肉食者：统治者。匹夫：百姓。

贵　廉

【题解】

本文基本是顾炎武抄录而成，文章强调为官廉政的重要性，并对统治者的卖官鬻爵行为提出尖锐批评。文章第一部分引述贡禹言语，以汉文帝和汉武帝不同的用人制度造成的不同政治后果为例，论证卖官鬻爵的危害，主张“宜除赎罪之法”，“贵孝弟，贱贾人，进真贤，举实廉，而天下治矣。”第二部分介绍明代赎罪赎货造成的严重恶果，认为应当废弃“好货”观念，天下方可立本；同时再次引用贡禹话语，认为近臣、诸曹等不得私自贩卖，与民争利。廉政是对统治者的基本要求，但是政治权力往往缺乏有效的监督制度，致使廉政成为空头支票。传统政治中有多重的监督制约制度，但总不能止住统治者贪腐的欲望。阅读此文，我们可知政治腐化的危害，我们更有理由反思总结传统政治制度的漏洞，以期建立有效的政治监督制度，以制度促廉政。

【选文】

汉元帝时，贡禹[①]上言：“孝文皇帝时，贵廉洁，贱贪污，贾人、赘婿[2]及吏坐赃[3]者皆禁锢[4]不得为吏。赏善罚恶，不阿[5]亲戚。罪白者伏其诛，疑者以与民[6]，亡[7]赎罪之法。故令行禁止，海内大化。天下断狱四百，与刑错[8]亡异。武帝始临天下，尊贤用士，辟地广境[9]数千里，自见功大威行，遂从耆欲[10]。用度不足，乃行一切之变，使犯法者赎罪，入谷者补吏[11]，是以天下奢侈，官乱民贫，盗贼并起，亡命者众。郡国[12]恐伏其诛，则择便巧[13]史书、习于计簿[14]、能欺上府[15]者，以为右职[16]。奸轨不胜[17]，则取勇猛能操切[18]百姓者、以苛暴威服[19]下者，使居大位[20]，故亡义而有财者显于世，欺谩[21]而善书者尊于朝，悖逆[22]而勇猛者贵于官。故俗皆曰：'何以孝弟为，财多而光荣。何以礼义为，史书而仕宦。何以谨慎为，勇猛而临官。'故黥劓而髡钳[23]者，犹复攘臂为政[24]于世。行虽犬彘[25]，家富势足，目指气使[26]，是为贤耳。故谓居官而置富者为雄杰，处奸而得利者为壮士。兄劝其弟，父勉其子，俗之败坏，乃至于是。察其所以然者，皆以犯法得赎罪，求士不得真贤，相守[27]崇财利，诛不行之所致也。今欲兴至治，致太平，宜除赎罪之法。相守选举不以实及有赃者，辄行其诛，亡但免官。则争尽力为善，贵孝弟，贱贾人，进真贤，举实廉，而天下治矣。"

呜呼，今日之变有甚于此！自神宗[28]以来，赎货[29]之风，日甚一日，国维[30]不张，而人心大坏，数十年于此矣。《书》曰："不肩好货，敢恭生生。鞠人谋人之保居，叙钦。"[31]必如是，而后可以立太平之本。

禹[32]又欲令"近臣自诸曹、侍中以上，家亡[33]得私贩卖，与民争利，犯者辄免官削爵，不得仕宦。"此议今亦可行。自万历以后，天下水利、碾硙[34]、场渡[35]、市集无不属之豪绅，相沿以为常事矣。（《日知录·卷十三》）

【注释】

①汉元帝：刘奭，公元前48～前33年在位。贡禹：字少翁，贤臣，世称“贡公”。②孝文皇帝：汉文帝刘恒，庙号太宗，谥号孝文皇帝。贾人：商人。赘婿：入赘女婿。③坐赃：贪污。④禁锢：禁止做官。⑤阿：袒护。⑥白：清楚。伏诛：被处死刑。疑者以与民：原注“师古曰：罪疑惟轻也。”⑦亡：通“无”，没有。⑧刑错：亦作“刑措”、“刑厝”，置刑法而不用。⑨辟地广境：开辟疆土，扩充边境。⑩从：通“纵”，放纵。耆欲：嗜欲。⑪入：缴纳。补吏：填充官员缺位。⑫郡国：郡和国，汉代实行郡县制和分封制，郡直属中央管辖，国为封地。⑬便巧：巧言善辩。⑭习：熟悉。计簿：古代计吏登记户口、赋税、人事的簿籍。⑮上府：上司。⑯右职：重要职位。⑰奸轨：违法乱纪。不胜：不尽。⑱操切：胁迫。⑲苛暴：暴虐。威服：威力慑服。⑳居：担任。大位：尊贵官位。㉑欺谩：欺骗。㉒悖逆：违逆。㉓黥劓：古代刑罚名，黥，墨刑；劓，割鼻。髡钳：古代刑罚名，剃去头发，铁圈束颈。㉔攘臂：捋起衣袖、伸出胳膊。为政：执掌国政。㉕犬彘：猪狗，指人行为卑劣。㉖目指气使：态度骄横。㉗相守：原注“师古曰：相，诸侯相也。守：郡守也。”㉘神宗：明神宗朱翊钧，年号万历，庙号神宗。㉙赎货：财物赎罪。㉚国维：国家法纪。㉛“不肩好货，敢恭生生。鞠人谋人之保居，叙钦。”出自《尚书·盘庚下》。鞠人：穷困之人。㉜禹：指上文贡禹。㉝亡：不。㉞碾硙：石磨。㉟场：市集。渡：渡口。

赌博

【题解】

本文是顾炎武对明末“士大夫无所用心，间有相从赌博者”的批评文章。文章详列《汉书》、《宋书》、《南史》、《金史》、《唐书》、《山堂考索》、《晋中兴书》、《辽史》、《宋史》等典籍史料，论证古人禁止赌博的主张，以“君子勤礼，小人尽力”为劝勉收尾。文章用典较多，足见顾炎武治学扎实程度。

【选文】

万历之末，太平无事，士大夫无所用心，间有相从赌博者。至天启中，始行马吊[①]之戏。而今之朝士[②]，若江南、山东，几于无人不为此。有如韦昭论所云“穷日尽明，继以脂烛。人事旷而不修，宾旅阙[③]而不接”者。吁！可异也。

考之《汉书》，安丘侯张拾、邵侯黄遂、樊侯蔡辟方，并坐搏揜，免为城旦[④]。师古曰：“搏，或作博，六博也。揜，意钱之属也。皆戏而赌取财物。”《宋书·王景文传》：“为右卫将军，坐与奉朝请毛法因蒱戏，得钱百二十万，白衣领职。”[⑤]《刘康祖传》："为员外郎十年，再坐樗蒲戏免"。《南史·王质传》："为司徒左长史，坐招聚博徒免官。"《金史·刑志》："大定八年制[⑥]：品官犯赌博法，赃不满五十贯者，其法杖，听赎[⑦]。再犯者杖之。上曰：'杖者，所以罚小人也。既为职官，当先廉耻。既无廉耻，故以小人之罚罚之。'"今律犯赌博者，文官革职为民，武官革职随舍余食粮差操[⑧]，亦此意也。但百人之中未有一人坐罪[⑨]者，上下相容而法不行故也。晋陶侃"勤于吏职，终日敛膝危坐，阃外多事，千绪万端，罔有遗漏。诸参佐或以谈戏废事者，命取其酒器蒲博之具，悉投于江。将吏则加鞭朴"[⑩]。卒成中兴之业，为晋名臣。唐宋璟[⑪]为殿中侍御史，"同列有博于台中者，将责名品[⑫]而黜之，博者惶恐自匿"。后为开元贤相。而史言文宗切于求理[⑬]，每至刺史面辞[⑭]，必殷勤戒敕[⑮]曰："无嗜博，无饮酒。"内外闻之，莫不悚息[⑯]。然则勤吏事而纠风俗[⑰]，乃救时之首务矣。

《唐书》言杨国忠以善樗蒲得入供奉，常后出，专主蒲簿，计算钩画，分铢不误。帝悦曰："度支[⑱]郎才也。"卒用之而败。玄宗末年荒佚[⑲]，遂以小人乘君子之器，此亦国家之妖孽也。今之士大夫不慕姚崇、宋璟，而学杨国忠，亦终必亡而已矣。

《山堂考索》[⑳]："宋大中祥符[㉑]五年三月丁酉，上封[㉒]者言进士萧玄之本名琉，尝因赌博抵杖刑，今易名赴举登第，诏有司召玄之诘问，引伏，夺其敕[㉓]，赎铜四十斤，遣之。"宋制之严如此，今之进士有以不工赌博为耻者矣。

《晋中兴书》载陶士行言："樗蒲，老子入胡所作，外国戏耳。"近日士大夫多为之，安得不胥天下而为外国乎？[㉔]

《辽史》[㉕]："穆宗应历十九年正月甲午，与群臣为叶格戏[㉖]。"《解》曰："宋钱僖公家有叶子揭格之戏。"而其年二月己巳，即为小哥等所杀。君臣为谑，其祸乃不旋踵[㉗]。此不祥之物，而今士大夫终日执之，其能免于效尤之咎[28]乎！

《宋史·太宗纪》："淳化二年闰月己丑，诏犯蒱博者斩。"《元史·世祖纪》："至元十二年，禁民间赌博，犯者流之北地。"刑乱国用重典，固当如此。

今日致太平之道何繇[29]？曰："君子勤礼，小人尽力。"（《日知录·卷二十八》）

【注释】

①马吊：亦作"马弔"，一种赢取输赢游戏。②朝士：朝廷之士，泛指官员。③韦昭：韦曜，原名韦昭，字弘嗣。脂烛：麻蕡灌入油脂，用以照明。旷：荒废。阙：缺乏。④考：省察。《汉书》：班固记载西汉历史的纪传体断代史著作。博揜：亦作"博掩"，博戏取人财物。城旦：古代劳役刑罚，筑城四年。⑤《宋书》：记述南朝刘宋历史的纪传体史书，梁代沈约撰写。王景文：王彧，字景文，刘宋重臣。⑥制：帝王命令。⑦听：听任。赎：赎罪。⑧革职：免职。差操：差遣。⑨坐罪：获罪。⑩陶侃：字士行，东晋贤臣。阃外：京城以外，指将吏驻守管辖地域。参佐：部下。鞭朴：亦作"鞭扑"，鞭子、棍棒抽打。⑪宋璟：字广平，唐代贤臣。⑫台中：禁中，君王居所。名品：名位品级。⑬文宗：唐文宗李昂。⑭刺史：巡视郡县的监察官员。面辞：告别。⑮戒敕：告诫。⑯悚息：因惶恐而屏息。⑰风：风俗。愆：过失。⑱樗蒱：亦作"樗蒲"，博戏。供奉：侍奉君王。度支：经费开支。⑲荒佚：荒废、放纵。⑳《山堂考索》：又称《群书考索》，全称《山堂先生群书考索》，南宋章如愚编著。㉑大中祥符：北宋宋真宗赵恒 1008～1016 年间年号。㉒上封：古代大臣将奏章缄封上奏。㉓敕：君王诏书。㉔《晋中兴书》：记载东晋历史的纪传体断代史，南朝刘宋何法盛编著。㉕《辽史》：记载辽代历史的纪传体断代史，元代脱脱主持编著。㉖叶格戏：叶子戏，以叶子格为工具的博戏。㉗《解》：《辽史·国语解》。旋踵：时间短促。㉘效尤：仿效过错。咎：灾祸。㉙繇：通"由"，从。

酒　禁

【题解】

本文论述了禁酒的必要性。文章前半部分论述三代至明末饮酒制度和卖酒制度的转变，古人饮酒，“天子无甘酒之失，卿士无酣歌之愆”；后人饮酒，“为日用之需”；前人“礼以先之，刑以后之”，后人“名禁而实许之酤，意在榷钱而不在酒矣”。后半部分论述过度饮酒的危害，“水为地险，酒为人险”。对于个人而言，饮酒是一种选择，古人既有诗仙李白，也有词圣苏轼。但顾炎武显然不是从个人的角度，而是从礼法教化和义利之辨的角度论述酒禁的必要性，群饮酣酒易致“厚生正德之论莫有起而持之者”，榷酤实质是羡酒课、敛民财。可见，顾炎武写作本文的用意仍然在于修治齐平。

【选文】

先王之于酒也，礼以先之，刑以后之。《周书·酒诰》[①]：“厥或告曰：‘群饮。’汝勿佚，尽执拘以归于周，予[②]其杀！”此刑乱国用重典也。《周官·萍氏》“几酒谨酒”[③]，而《司虣》“禁以属游饮食于市者。若不可禁，则搏而戮[4]之”。此刑平国用中典也。“一献之礼，宾主百拜，终日饮酒而不得醉焉”，则未及乎刑而坊[5]之以礼也。故成康[6]以下，天子无甘酒之失，卿士无酣歌之愆[7]。

至于幽王[8]，而“天不湎尔”[9]之诗始作，其教严矣。

汉兴，萧何造律[10]，三人以上无故群饮酒罚金四两。曹参[11]代之，自谓遵其约束，乃园中闻吏醉歌呼而亦取酒张饮，与相应和[12]。是并其画一之法[13]而亡之也。坊民以礼，酇侯既阙[14]之于前；纠民以刑，平阳复失之于后。弘羊踵此，从而榷酤[15]，夫亦开之有其渐乎？

武帝天汉[16]三年，初榷酒酤。昭帝始元[17]六年，用贤良文学[18]之议，罢之，而犹令民得以律占租[19]卖，酒升四钱，遂以为利国之一孔，而酒禁之弛实滥觞[20]于此。然史之所载，自孝宣[21]已后，有时而禁，有时而开。至唐代宗广德[22]二年十二月，诏天下州县，各量定酤酒户，随月纳税，除此之外，不问官私，一切禁断。自此名禁而实许之酤，意在榷钱而不在酒矣。宋仁宗乾兴[23]初，言者以天下酒课月比[24]岁增，无有艺极[25]，非古禁群饮节用之意。孝宗淳熙[26]中，李焘奏谓“设法劝饮，以敛民财”，周辉《杂志》以为“惟恐其饮不多而课不羡[27]”，此榷酤之弊也。

至今代，则既不榷缗而亦无禁令，民间遂以酒为日用之需，比于饔飧[28]之不可阙，若水之流，滔滔皆是，而厚生正德[29]之论莫有起而持之者矣。

邴原[30]之游学，未尝饮酒，大禹之疏仪狄[31]也。诸葛亮之治蜀，路无醉人，武王之化妹邦[32]也。

《旧唐书·杨惠元传》[33]：“充神策[34]京西兵马使，镇奉天。诏[35]移京西，戍兵万二千人，以备关东。帝御望春楼，赐宴，诸将列坐。酒至，神策将士皆不饮。帝使问之。惠元时为都将，对曰：‘臣初发奉天，本军帅张巨济与臣等约曰：斯役也，将策大勋[36]，建大名，凯旋之日，当共为欢。苟未戎捷[37]，无以饮酒。故臣等不敢违约而饮。’既发[38]，有司供饩[39]于道路，唯惠元一军瓶罍[40]不发。上称叹久之，降玺书[41]慰劳。及田悦叛，诏惠元领禁兵三千，与诸将讨伐。御河[42]夺三桥，皆惠元之功也。”能以众整如此，即治国何难哉！

魏文成帝大安[43]四年，酿酤饮者皆斩。金海陵正隆[44]五年，朝官饮酒者死。元世祖至元二十年，造酒者本身配役，财产女子没官。可谓用重典者矣。然立法太过，故不久而弛也。

水为地险，酒为人险。故《易》爻之言酒者无非《坎》卦[45]，而《萍氏》“掌国之水禁”，水与酒同官。徐尚书石麒[46]有云：“传曰：‘水懦弱，民狎[47]而玩之，故多死焉。’酒之祸烈于火，而其亲[48]人甚于水，有以夫，世尽殀[49]于酒而不觉也。”读是言者，可以知保生之道。《萤雪丛说》[50]言：“顷年陈公大卿生平好饮。一日，席上与同僚谈，举‘知命者不立乎岩墙之下’[51]问之，其人曰：‘酒亦岩墙也。’陈因是有闻，遂终身不饮。”顷者米醪不足，而烟酒兴焉，则真变而为火矣。（《日知录·卷二十八》）

【注释】

①《周书》：《尚书》。《酒诰》：古代禁酒令。②佚：放纵。执拘：拘捕。予：我。③《周官》：又称《周礼》。萍氏：古官职名。《萍氏》出自《周礼·秋官》。几、谨：节制。④司虣（音 bào）：古官职名。《司虣》出自《周礼·地官》。戮：斩杀。⑤坊：通“防”，防范。⑥成康：周成王与其子周康王，成康统治下的周朝，天下安定，史称“成康之治”。⑦甘酒：嗜酒。酣歌：沉溺于饮酒歌舞。愆：过失。⑧幽王：周幽王，姬姓，名宫

湼，周末暴君。⑨天不湎尔：出自《诗经·大雅·荡》，“天不湎尔以酒”。湎：沉迷。⑩萧何：汉初政治家，辅佐刘邦创建汉代，封酂侯，官至丞相，制定《九章律》。造律：制定律令。⑪曹参：字敬伯，封平阳侯，官至丞相。⑫张：通“帐”。张饮：设帐饮酒。⑬画一之法：全体遵循的法令。⑭阙：损毁。⑮弘羊：桑弘羊，西汉重臣，官至御史大夫。踵：继承。榷酤：汉代开始实行的盐酒等物品的专卖制度。⑯武帝：汉武帝刘彻。天汉：汉武帝公元前100～前97年间年号。⑰昭帝：汉昭帝刘弗陵，刘彻之子。始元：汉昭帝公元前86～前80年间年号，始元六年召开盐铁会议，桑弘羊与贤良、文学就盐铁官营政策展开争论。⑱贤良文学：又称“贤良方正”，汉代实行的人才举荐制度。⑲占：据有。租：租借。⑳滥觞：发端。㉑孝宣：汉宣帝刘询，原名刘病已，西汉贤君。㉒唐代宗：李豫，在位平定安史之乱，收复两京。广德：唐代宗763～764年间年号。㉓宋仁宗：赵祯，在位推行“庆历新政”。乾兴：宋真宗赵恒1022年年号，宋仁宗继位沿用。㉔酒课：酒税。比：密。㉕艺极：准则。㉖孝宗：宋孝宗赵昚，字元永，南宋贤君。淳熙：宋孝宗1174～1189年间年号。㉗羡：盈余。㉘饔飧：音 yōng sūn，早饭和晚饭，指饭食。㉙厚生正德：出自《尚书·大禹谟》，“正德、利用、厚生惟和”。㉚邴原：字根矩，曾戒酒苦学。㉛仪狄：夏禹时掌造酒官员，相传为中国最早酿酒人。㉜妹邦：古地名，其人嗜酒，《尚书·酒诰》载“明大命于妹邦。”明：昭告。大命：天命。㉝《旧唐书》：后晋刘昫等人编撰，记载唐代历史的纪传体史书。㉞充：担任。神策：神策军，唐代禁军。㉟诏：君王命令。㊱策勋：记功勋于策书。策书，古代记载帝王任免官员等命令的简册。㊲戎捷：战利品。㊳发：征发。㊴有司：官吏。饩：粮食。㊵瓶罍：酒器。㊶玺书：君王诏书。㊷御河：环绕皇城的护城河。㊸魏文成帝：北魏文成帝拓跋濬，谥号文成皇帝，庙号高宗。大安：疑为“太安”，魏文成帝455～459年间年号。㊹金海陵：金代海陵王完颜亮，字元功。正隆：海陵王1156～1161年间年号。㊺《坎》卦：《易经》六十四卦中的一卦，主卦不当位而客卦当位。㊻徐石麒：原名文治，字宝摩，号虞求，官至南明吏部尚书。㊼狎：

轻慢。㊽亲：亲近。㊾殀：死。㊿《萤雪丛说》：南宋俞成著作。㉛“知命者不立乎岩墙之下”：语出自《孟子·尽心上》，“孟子曰：‘莫非命也，顺受其正；是故知命者不立乎岩墙之下。尽其道而死者，正命也；桎梏死者，非正命也。’”